小林秀雄とその戦争の時

『ドストエフスキイの文学』の空白

山城むつみ

新潮社

小林秀雄とその戦争の時●目次

小林秀雄とその戦争の時
——『ドストエフスキイの文学』の空白

彼らが空中を跳躍しているところを見る必要はない、ただ彼らが地面にふれる瞬間、また、ふれた瞬間を見さえすればよい——すると、彼らはそれと見分けられるのである。

キルケゴール『おそれとおののき』

まえがき

小林秀雄には、敗戦前から『ドストエフスキイの文学』（以下『文学』と略す）という作品論集成の腹案があった。それは評伝『ドストエフスキイの生活』（以下『生活』と略す）と一対になるはずのものだったが、小林の望んだ形ではついに刊行されなかった。小林は、敗戦後に仕切り直して作品論を再開したが、それも、ついに小林の満足のゆく形には成らずに終った。なぜか。本書はこのひとつの問いをめぐって書かれている。

詳しくは関連年表を参照して欲しいが、小林のドストエフスキー論考は戦争の持続と並行して書かれている。満州事変後、満州国が建国された翌年、すなわち一九三三年から小林はドストエフスキー作品に関する評論を書き始め、翌三四年から三五年にかけて本格的に『罪と罰』と『白痴』を論じ完結させている。しかし、すぐに『悪霊』を論じることはしない。『生活』をまず連載し、この評伝が三七年に完結してから、いわば十分な用意のもと『悪霊』を論じるのだ。にもかかわらず、この年に起った日中戦争の最中、この『悪霊』論は未完のまま中絶を余儀なくされる。翌三八年、小林は大陸に二度、渡り、従軍旅行記を、いわば小林自身の『作家の日記』のように書き継ぐ。帰国後の三九年、もともとは『文学』と一対で上梓する予定だったと思われる『生活』を単独で出版する。四一年からは、『悪霊』中絶の空白が埋まらぬまま『カラマーゾフの兄弟』を論じ始めるが、これも、年末に太平洋戦争の開戦があり、翌四二年七月の「近代の超克」座談会の頃、未完のまま中絶せざるをえなくなる。この前後から小林は主に大東亜文学者大会の準備のため、大陸と「内地」を何度か往復し、大陸に長期滞在するが、この間もドストエフスキーのことだけは考え続け、帰国後、四五年に入ると、本土決戦の声が聞える中、『文学』の執筆に専念する。しかし、八月、「終戦」を迎えると、ほぼ出来上がって本を出すばかりになっていた千枚の原稿を放擲してしまう。そして、四六年、『文学』をいちから書き直すことを宣言し、四八年に、仕切り直しの作品論第一作『罪と罰』論を完結する。五二年からは、第二作『白痴』論の連載を開始するが、五三年に未完のまま中絶してしまう。六四年、その未完論考に短い最終章を書き加えて『「白痴」について』を単行本として刊行すると、それ以降、小林は「本居宣長」連載に専心し、『文学』の執筆に戻ることはなかった。

こうした経緯を、本書は、概ね、以下の七つの推断のもと考察する。

(1) 小林は、一連のドストエフスキー論考の執筆において、同時に並行して持続していた戦争に深く食い入ってゆき、その内部に或るリミットを垣間見た。

(2) それは、ドストエフスキーが『悪霊』以後を書いた一八七〇年代の諸問題を、同時代の、すなわち小林自身の「戦争の時」において反復的に生き、そして書くことだった。『悪霊』以後を論じるために歴史的過去としての一八七〇年代を参照するという次元をもはや超え出ていたのだ。

(3)『文学』の成否は、戦争の内部から、この「戦争の時」を超えてゆく或る絶対的なものを、一般論としてではなく、小林一個の実存に、したがって文学者である小林の場合、文に析出させることができるかどうかにかかっていた。

⑷　その絶対的なものが実存に析出しないかぎり、たとえ「終戦」で戦争が終っても、「戦争の時」はいわゆる戦後という別の形で持続する。

⑸『文学』の完結は、したがって、小林の内部における、いわゆる戦後という形で持続する「戦争の時」の終結を意味していた。

⑹『文学』の小林にとって、この真の意味での戦後をもたらすその絶対的なものはキリストというかたちで問われた。

⑺　しかし、だからこそ、同時代に反復する「一八七〇年代」の内側にキリストを析出させる書記運動の創出が『文学』にとって最大の困難として現れた。

本書は、小林秀雄の全体像を描き出そうとしたものではない。僕は小林秀雄の全体像を知らない。三十五年以上も前から今に至るまで、僕にとって小林は、ドストエフスキーを読んでいるとその行く先々で障害物のように立ちはだかるものとしてあった。その抵抗だけが僕の知っている小林秀雄だ。小林秀雄像としてはおよそ偏頗なものだ。だが、偏頗であっても、自分の肉に切実に切り結んだ断片から奥に入り込めるなら、そこで見えたものだけでも、僕には手に余る。二十年前の「小林批評のクリティカル・ポイント」では、小林秀雄の総体を論じているかのように偽装したが、そんな辻褄合わせをするつもりも、その余裕も今はない。抵抗点が形づくる偏頗な輪郭線を、偏頗なまま描いたのが本書である。

小林秀雄とその「戦争の時」との関わりにおいて『文学』の空白について考察する本書は、したがって、戦後の「「白痴」について」に乗り上げる形で事実上、終っている。この『白痴』

論は、小林秀雄のドストエフスキー論考が、というよりも小林の批評が記録した最長の到達点であると僕は、二十年前同様、今もなお考えている。というよりも、何度も読み返したはずだが、今度、あらたにそれを読み、そしてそれについて書いてみて、以前には全く何も読んでいなかったということを痛感した。何とも異様な書記の運動なのだ。小林も、このような文は二度とは創りえなかった。いったい、どうしたらこれほどの強度と密度の文が出来上がるのか。小林の戦後の『罪と罰』論と『白痴』論に言及する論評は少なくないが、これを小林秀雄の全軌跡における特異点として真摯に受け止めて分析した論評は少ない。「イッポリートの告白」（一九六四）の秋山駿が小林について書いた「自己回復のドラマ――小林秀雄の一面」（一九六六）と「小林秀雄の戦後」（一九六七）、鎌田哲哉「「ドストエフスキー・ノート」の諸問題（続）」（二〇〇二）しか僕は知らない。小林における「「白痴」について」の特異性を解明したものではないが、印象に残っている哲学的試論として、中村昇「ある一点」（『小林秀雄とウィトゲンシュタイン』（二〇〇七）所収）がある。戦後の『白痴』論の、敗戦前のドストエフスキー論考からの断層を、中原中也との関係において、微細な改稿の痕跡として指摘した論考に佐藤泰正「中原中也と小林秀雄」（『中原中也という場所』（二〇〇八）所収）がある。逆に敗戦前後でドストエフスキー論に位相の差異を認めていないが、『悪霊』論以後という視野で小林秀雄の全体像をとらえようとした論考に山本七平『小林秀雄の流儀』（一九八六）がある。これらの諸論考には序章、第一章、第六章および終章の注で言及した。

　二十歳前後に講談社版名著シリーズ『ドストエフスキイ』（一九六六）で小林のドストエフスキー論考を『生活』から作品論まで初めて通して読んで以来、今でもこれを手もとに置いて、読み返すときにはたいていこの古本で読んでいるが、これに郡司勝義が寄せた「あとがき」は、半世紀近く前の文章ながら、小林のドストエフスキー論考に関してこれに優る解説は今なおないと思う。そこには、今でも全集に収録されておらず入手し難い小林の文章や発言がかなりの紙幅を裂いて随所に引用されている。むろん、初読時はそういう有り難さも当然、わからぬまま、ごくあたりまえのようにその益を享受していたわけだが、これほど行き届いた解説に導かれていなければ、小林のドストエフスキー論考と（とは、僕の場合、小林秀雄と、ということだが）深切に関わることはなかっただろう。郡司は一九八一年にやはり講談社から、より包括的な『ドストエフスキイ全論考』を編纂刊行している。これに郡司が寄せた「解題」も重宝なものだ。第三章の注で少し言及した。

小林の「「白痴」について」連載中絶（一九五三）以降に、それとは別個に、しかし、それが抱えていたのと全く同じく、戦後も持続する「戦争の時」と格闘して独特の軌跡を残した試みに武田泰淳の「ひかりごけ」（一九五四）、森有正の『遥かなノートル・ダム』（一九六七）がある。「「白痴」について」がその空白によって全身で提示している困難を受け継ぎ、それを一九七〇年代以降へとリレーしているこの二作品については、それぞれ別々の機会に書いたノート（前者に関するノートは「群像」二〇一〇年一月号に「『ひかりごけ』ノート」として、後者に関するノートは講談社文芸文庫版『遥かなノートル・ダム』（二〇一二年十月刊）解説として書いたものである）を巻末に収めた。補論として、というよりも来るべき戦後を考察するための種子として、である。「「白痴」について」から先は、文というものにとって、今なお未到の曠野であり続けていると思うからである。

『ドストエフスキイの文学』関連年表

一九三一年　＊満州事変（九月）

一九三二年　＊満州国建国（三月）

一九三三年　「「永遠の良人」」（一月号）

「「未成年」の独創性について」（十二月号）

一九三四年　「「罪と罰」について」（二月号、五月号、七月号）

「「白痴」について」（九月号、十月号、十二月号、三五年五月号、七月号）

一九三五年　「ドストエフスキイの生活」（一月号〜三七年三月号）

「「地下室の手記」と「永遠の良人」」（十二月号、三六年二月号、四月号）

一九三六年　「ネチャアエフ事件」（「ドストエフスキイの生活」）（九月号）

一九三七年　「ドストエフスキイの時代感覚」（一月号）

「ドストエフスキイの生活」連載完結（三月号）

「「悪霊」について（一）」（六月号）

「「悪霊」について（二）」（七月号）

＊盧溝橋事件により日中戦争勃発（七月）

＊第二次上海事変（八月）

＊野戦酒保規程改正（九月）

（酒保の開設とは別に「慰安所ノ設置」を定める）

「「悪霊」について（三）」（十月号）

＊中原中也死去（十月）

一九三八年
「「悪霊」について(四)」(十一月号(未完))
「戦争について」(十一月号)
＊杭州湾敵前上陸(十一月)
＊在上海日本総領事館警察署長発長崎県水上警察署長宛依頼状
「皇軍将兵慰安婦女渡来ニツキ便宜供与方依頼ノ件」(十二月)
＊南京事件(十二月)
＊和歌山県知事発内務省警保局長宛
「時局利用婦女誘拐被疑事件ニ関スル件」(二月)
＊陸支密第七四五号(陸支密亜第二一九七号)
「軍慰安所従業婦等募集ニ関スル件」(三月)

★上海-杭州-南京-蘇州(三月~四月)
「杭州」、「杭州より南京」(五月号)
「支那より還りて」(五月)
「雑記」、「蘇州」(六月号)(一部削除処分)
「雑記」、「従軍記者の感想」(七月号)
「軍人の話」(七月)
★慶州-新京-吉林-ハルビン-黒河-孫呉-綏棱-熱河-北京(十月~十二月)

一九三九年
「満洲の印象」(一月号、二月号)
『ドストエフスキイの生活』を創元社より刊行(五月)
「慶州」(六月号)(一九三八年十月執筆)

一九四〇年
★釜山-大邱-京城-平壌-新京-奉天-大連-ハルビン(八月)
「文学と自分——文芸銃後運動講演」(十一月号)

一九四一年　「「カラマアゾフの兄弟」」（十月号、十一月号）
★朝鮮（大田-京城-平壌-咸興-清津）（十月）
＊太平洋戦争開戦（十二月八日）

一九四二年　「「カラマアゾフの兄弟」」（一月号〜三月号）、「当麻」（四月号）
「「カラマアゾフの兄弟」」（五月号）、「無常といふ事」（六月号）
「「カラマアゾフの兄弟」」（七月号）、「平家物語」（七月号）
＊「座談会　近代の超克」（七月二十三日、二十四日）
「徒然草」（八月号）

一九四三年　「「カラマアゾフの兄弟」」（九月号（未完））、「西行」（十一月号、十二月号）
「実朝」（二月号、五月号、六月号）
★満州・中国（六月〜七月）
★南京・揚州（十二月〜四四年六月）

一九四四年　★南京・上海（十一月）
＊第三回大東亜文学者大会（十一月）

一九四五年　＊義勇兵役法（六月二十三日）
＊アメリカが広島に原爆投下（八月六日）
＊ソ連が対日宣戦布告（八月八日）
＊アメリカが長崎に原爆投下（八月九日）
＊ポツダム宣言受諾（八月十四日）
＊終戦の詔勅（八月十五日）
＊日本、降伏文書に調印（九月二日）

一九四六年　「近代文学」同人との座談会「コメディ・リテレール」に出席（一月十二日）
＊小林の母、精子が亡くなる（五月）

＊小林、「新日本文学」誌上で「戦争責任者」に指名される（六月号）
＊小林、水道橋駅のプラットフォームから転落する（八月）
＊日本国憲法公布（十一月三日）

一九四七年　「感想――ドストエフスキイのこと」（十一月十日〜十三日）
「ランボオの問題」（三月号）
＊上野の東京都美術館で「泰西名画展」（三月十日〜三十日）
＊武田泰淳「審判」（四月）
＊大岡昇平『中原中也詩集』編集（八月）
＊武田泰淳「蝮のすえ」（八月号〜十月号）
＊小林『ドストエフスキイの文学』執筆中、次作としてゴッホ論（四千枚）を執筆予定との記事が「新夕刊」に（一月十九日）

一九四八年　「ランボオⅢ」擱筆（四七年の「ランボオの問題」を改稿）（二月十六日）
＊大岡昇平、小林宅の離れに転居（十一月）
「罪と罰」について」（十一月発行）
「ゴッホの手紙(1)」（十二月）
＊大岡昇平「野火1」（十二月）

一九四九年　「ゴッホの手紙(2)」（七月）
＊大岡昇平「野火2」（七月）
「中原中也の思ひ出」（八月号）
＊大岡昇平『武蔵野夫人』ノート」（六月〜十二月）
＊大岡昇平「中原中也伝――序章『揺籃』」（八月号）

一九五〇年　＊朝鮮戦争（六月〜五三年七月）
＊大岡昇平「武蔵野夫人」（一月号〜九月号）
＊保田與重郎『絶対平和論』（十二月）

一九五一年　「感想（「群像」の正月号に、……）」（一月）

一九五二年　「ゴッホの手紙」（一月号～五二年二月号）　＊大岡昇平「野火」（一月号～八月号）　＊黒澤明『白痴』（五月）　＊サンフランシスコ講和条約発効（四月二十八日）
一九五四年　「『白痴』について」（五月号～五三年一月号（未完））　＊武田泰淳「ひかりごけ」（三月号）
一九五五年　「ハムレットとラスコオリニコフ」（八月号）――「近代絵画」連載中　＊吉本隆明「マチウ書試論」（六月号、十二月号）
一九五六年　「ドストエフスキイ七十五年祭に於ける講演」（五月）――「近代絵画」連載中
一九五九年　「批評」同人との座談会「小林秀雄氏をかこむ一時間」（十月）――「感想」連載中　＊大岡昇平『朝の歌』所収の中原中也伝諸篇を発表（一月号～九月号）
一九六三年　「ネヴァ河」（十一月～十二月）
一九六四年　「ソヴェトの旅」（二月号）
一九六五年　『「白痴」について』を角川書店より刊行（五月）
一九六七年　「本居宣長」連載開始（六月号～七六年十二月号）　＊森有正『遙かなノートル・ダム』（四月）
一九七〇年　＊河上徹太郎「「地下生活者」の造反」（四月号、五月号）――「本居宣長」連載中　＊大岡昇平『在りし日の歌』（九月）
一九七三年　＊河上徹太郎「ドストエフスキーの七〇年代」（四月号～十月号）――「本居宣長」連載中
一九七七年　＊森有正『経験と思想』（九月）
一九七九年　小林・河上対談「歴史について」（十一月号）

序章　回帰する一八七〇年代──「『悪霊』について」

ドストエフスキーの後期長編群には或る決定的な断層がある。『白痴』と『悪霊』以後とのあいだに大きな段差があるのだ。両者は地平が違う。したがって、『罪と罰』や『白痴』を論じるのと同じ段で『悪霊』を論じることは不可能だ。それは、『作家の日記』というジャーナリスティックな時評的雑文の連載と並行して長編の創作がなされたという事態が端的に物語っているように、一八七〇年代に入るとこの作家が同時代のロシアに流動する現在に全身を投じて書くようになったからである。たとえば、『悪霊』は、芸術的な側面を犠牲にして政治的パンフレットを書くにすぎぬような事になろうともという覚悟で書かれた。小林秀雄は、これが、ドストエフスキーが「自分の作品に対して初めてとつた新しい態度」であるということを正しく認識していた（「『悪霊』について」）。一九三四、五年に『罪と罰』、『白痴』と続けて論じ切りながら（三四年二月号〜十二月号、三五年五月号、七月号）、すぐには『悪霊』を論じず、むしろ、禁欲的に作品への論評を避けながら作家の実生活とその時代に分け入ってゆく「ドストエフスキイの生活」の連載に直ちに着手したのはそのためだ（三五年一月号〜三七年三月号）。この長期連載の最も力強い議論は「作家の日記」の章（「ナロオドといふ漠然たる言葉に包括された、近代国家或は近代国民なる概念について全然無智な、果しない地平の彼方に拡つた農民の姿」が「怪物」として、

「幽霊」として、「深淵」として浮かび上がる）にあるが、印象的なのは「ネチャアエフ事件」の回（三六年九月号）で『作家の日記』からの次の引用を切り口にそこへと入って行く小林の筆の鋭角さである。

諸君は、ネチャアエフなどといふ人間は、必ず白痴に相違ない白痴的狂信だと確信してゐる。だが果してさうか。（中略）白痴どころではない、彼等のうちの正銘の怪物は非常に進歩した、狡猾極まる人間、いや立派な教養を備へた人間に、なればなれたであらう。モスクヴァのあの奇怪な厭はしいイヴァノフ殺害事件は、疑ひなく、ネチャアエフが、未来の「共同の偉大な目的」の為には有利な政策上の一事件として、その犠牲者等、ネチャアエフ主義者達に与へた殺害であると見られる。さう見なければあの事件は理解する事が出来ない。さう見なければ、何故あの数人の青年達が（彼等がどんな人間であつたにしろ）あんな陰惨な犯罪を合議の下に行ふ事が出来たか理解出来ない。再び言ふが、僕が小説『悪霊』のなかに描かうとしたのはまさしくこれである。即ち種々雑多な形の彼等の動機である。この動機の為に、心の清らかな単純な人間でも、あの様な厭はしい罪悪の遂行に誘惑され得るのだ。其処に、恐ろしいものがあるのだ。僕等は、厭ふべき人間に堕落しないでも厭ふべき行為を為し得る。（後略）

『作家の日記』一八七三年十二月十日

連載も終る頃、小林は「ドストエフスキイの生活」の要約と言っていい「ドストエフスキイの時代感覚」(三七年一月号)でも右と全く同じ箇所を訳出している。おそらく『悪霊』を論じる助走路として書いたのだろう、三月に「ドストエフスキイの生活」の連載が完結するとまもなく「「悪霊」について」を連載し始める(三七年六月号から)。『白痴』を論じてから約二年をかけた周到な用意の上で『悪霊』論に着手したわけだ。にもかかわらず、この『悪霊』論は未完のまま中絶してしまう(三七年十一月号)。

「「悪霊」について」の第四回は、いわゆる「スタヴローギンの告白」から長文を引用した後に不意に休止する。それは、スタヴローギンが見た、荒唐無稽なまでに美しく清らかな「黄金時代」の夢から、泣き濡れながら目覚める場面の叙述だ。夢の中で、沈みつつある太陽(キリストの眼)から射し込んでいた斜光は彼が目覚めた部屋にも射し込んでいるのだが、その光の中から「何かしら小さな一点」が浮び出し「赤い蜘蛛」になる。彼がかつてレイプした少女、マトリョーシャが別室で首を縊って絶命するのを待っている間、窓辺のゼラニウムの葉の上に止まっているのを彼が忘我の境地でじっと見つめていたあの生き物である。この瞬間、マトリョーシャの幽霊が現れた。「痩せて熱病やみのやうな目つきをしたマトリョオシャ」が、自殺する直前に彼を威嚇して行ったときと全く同じ姿で彼の前に現れたのである。「(前略)僕にはたゞこの姿だけが堪らないのである。つまり、閾の上に立つて、威嚇するやうに、小さな拳を振り上げてゐる姿、たゞこの姿、たゞこの瞬間、たゞこの頤をしやくる身振り、これがどうしても堪らないのだ……」。まさしく「心の清らかな単純な人間でも、あの様な厭はしい罪悪の遂行に誘惑され得るのだ。其処に、恐ろしいものがあるのだ。僕等は、厭ふべき人間に堕落しないでも厭ふべき行為を為し得る」という言葉を文字どおり肉化したようなエモーショナルな叙述なのだが、小林は、この引用の後、何の論評もせず、ただ「(未完)」であることのみ読者に告げて突然、論考を切断してしまうのである。

後藤明生は今から四十三年前に書いていた。「今年はドストエフスキー生誕百五十年にあたるというが、一八七一年に公表された『悪霊』の本質を理解することが、そのちょうど百年後の、まさにわれわれが生きている現代の本質を理解することに他ならないということに、ふしぎな興奮を禁じ得ないのはわたし一人だろうか? それにしても小林秀雄氏の『悪霊』論が、「スタヴローギンの告白」の引用の部分で中断されているのは、一つの象徴であるように思えてならない。そこからの出発が、一九七〇年代におけるわれわれ後輩の運命であり、同時に義務というべきではあるまいか」(「百年後の『悪霊』」(一九七一))。後藤の言葉は、四十三年後の今にこそ妥当する。

「「悪霊」について」は、偶然だが、一九三七年七月に始まった日中戦争の展開と雁行するように連載され、いわゆる南京事件の前月の号に掲載された第四回で中断された。一八七〇年代に入ってドストエフスキーの実生活とそれを取り巻く時代が大きく変ったように、「「悪霊」について」を書く小林を取巻いていた歴史的情況も激変し、彼の書くものをその実生活から揺ぶっただろう。これも全くの偶然だが、一九三七年からちょうど六十年前、ロシアはトルコと開戦しており、ドストエフスキーは『作家の日記』においてファナティックと言われても仕方のないくらい苛烈な主戦論を燃焼させ、トルストイの『アンナ・カレーニナ』にも激しく噛み付いていた。他方、一八七〇年代とは、日本では吉田松陰の教え子達を一中心として明治維新の初期の諸改革が進められた頃であり、小林がドストエフスキー論を書き継いだ一九三三年以降はいわゆる昭和維新の運動が明確化していった時代なのだ。その運動は一八七〇年代に急速にテロリズムに傾斜していったロシアのナロードニキの運動に酷似していた。小林は、いわば回帰する一八七〇年代的情況のなかで『悪霊』を論じていたのである。維新の志士たち同様、欧米の侵略と植民地化からアジアを解放し独立させるという「共同の偉大な目的」のためなら命を投じることも厭わなかった、心の清らかで純粋な人々が、ほかならぬアジアを侵略し植民地化して、まさしくスタヴローギンのように「厭はしい罪悪の遂行」に誘惑されてゆく。その情況には、明治維新以降の近代日本の諸矛盾が濃縮されていた。「其処に、恐ろしいものがあるのだ。僕等は、厭ふべき人間に堕落しないでも厭ふべき行為を為し得る」とドストエフスキーが看破し、『悪霊』に、わけてもスタヴローギンの手記にエモーショナルに結晶化させた歴史が小林の実生活とそれを取巻いていた時代そのものに、もはや虚構ではなく現実として直接に回帰しつつあったのだ。したがって、ドストエフスキーの一八七〇年代、すなわち『悪霊』以後を戦時下の自分自身の歴史の問題として論じ切れたのかという問いが小林のドストエフスキー論考にとって切実な試金石となる。

そう正しく見抜いていたのは晩年の河上徹太郎である。この戦時下の小林の同伴者が『作家の日記』の引用から一八七一年のパリ・コミューン（「ランボオの『地獄の季節』はコミューン直後の作だが」）を論じて「ドストエフスキーの七〇年代」へ入ってゆく『近代史幻想』（一九七四）は、戦前・戦後を通じて小林が書いたドストエフスキー諸論考の致命的急所を正確に突いてこれを補足しようとした、小林に対する批評的レスポンスだったのである。それが、河上の、同伴者としての責任の取り方だった。

ここには、この二人が無視できたはずがないもうひとつの事実がある。「『悪霊』について」は、中原中也の死（一九三七年十月）の直後に切断されるということだ。「事変の騒ぎの中で、世間からも文壇からも顧みられず、何処かで鼠でも死ぬ様に死んだ。時代病や政治病の患者等が充満してゐるなかで、孤独病を患つて死ぬのには、どのくらゐの抒情の深さが必要であつたか」（「中原中也」三七年十二月号）。だが、敗戦後、復員してすぐに中原中也伝に取り組む大岡昇平がこの時代について「私だって、ずっと前から政治と文学で頭が一杯で、半年も経たないうちに、中原のことなど思い出さなくなっていた」（「『在りし日の歌』」）と書いているのが率直なのである。時代の形勢はまさしくそのようだった。小林も例外ではなかった。しかし、重要なのは、戦争が進展すればするほど「彼の残した詩句が不思議に心に沁みる」ということ、だから「中原の詩が、戦争中から若い人の間に愛誦され、筆写されていた」ということ、したがってまた敗戦後、『中原中也詩集』が創元社から出たおり、二万部も刷ったのは「戦争中たぶん私と同じ感銘を持った人たちによって、争って買われていた」からだということなのである（大岡同前および「わが文学に於ける意識と無意識」）。中原の詩が僕らの「心に沁みる」ようになるには「戦争の時」を経過する必要があったのだ。小林が、中原と長谷川泰子との「奇怪な三角関係」が「告白といふ才能」も「思ひ出といふ創作」も信ずる気になれないほど深くて暗い「悔恨の穴」を自分の内部に穿ったと回想するのも、戦後「ゴッホの手紙」連載中のことなのだ（「中原中也の思ひ出」四九年八月号）。この「穴」と『悪霊』論の穴が無関係であるはずがないが、この糸は本書では追えない。ここにその端緒だけ書いておく。

小林がなぜ戦後の『白痴』論を未完のまま放棄したのかという問いは、長いあいだ僕の念頭を去らないでいるが、それは、なぜ小林は『悪霊』以降を論じ切ることができなかったのかという、より大きな問いの一部にすぎなかったようだ。戦後の『白痴』論の穴は戦前の『悪霊』論の穴の一角なのである。前者にのみ固執する者は必ず《小林秀雄にとってのキリスト教》という「問題」に閉ざされる。それは僕らの視野から「歴史の「おそろしさ」」（小林との対談「歴史について」における河上徹太郎）を消去する。敗戦後の小林にとってキリストが何を意味していたかという問いを真に考え抜くためには後者の感覚によって前者の「問題」をうち開くことが不可欠なのである。

小林は「「悪霊」について」を中絶したが、それは限界も「〝転換〟」（山本七平[注1]）も意味しない。むしろ、そこで中断せざるをえなかったからこそ、この後、自分がその一部として属している歴史において『悪霊』以後、すなわち「ドストエフスキーの七〇年代」を戦時下の自分自身の問題として論じ始めたのだ。というよりも、そうせざるをえなくなったからこそ、「「悪霊」について」は中断しなければならなかったのである。具体的には、『悪霊』以後を読み、そしてそれについて書くためには、小林にとって『作家の日記』に相当するような文章を書かざるをえなくなったということである。自分自身の戦争について考えさせられるということと、『悪霊』以後について考えるということが、小林にとっては、もはや別のことではなくなったのだ。「従軍記者になりたくて、文藝春秋社に頼みやつてもらふ事に決つたが、お袋があまり心配するので心を飜へして了つた」（「事変下と知識」三七年十二月）。翌年三月、小林は、戦況を考慮してだろう、再び心を翻し、従軍記者として中国に渡航する。小林は従軍記者をやむを得ず引き受けたのではなく、志願したのである。

注1『小林秀雄の流儀』（一九八六）は、小林が「「悪霊」について」でプネウマという、日本人にとって不可知なものに出くわして方向を〝転換〟し、以来、一方でヴァレリー、ドストエフスキー、モーツァルト、ゴッホ、ベルグソンを、同時に他方で、福沢諭吉、当麻、実朝、西行、仁斎、徂徠を追うという「併行現象」（いわば音読みと訓読みの訓読的併用）を継続して『本居宣長』に行き着くという見取り図を描く。だが、小林のドストエフスキー論考の分析に大きく依拠したその推論は敗戦前後の位相の違いを見ようとしない。だから、敗戦後の「「罪と罰」について」を論じている要所に、戦前の「「白痴」について」（一九三四〜三五）からの断片を平気で流し込んで援用する。山本には『罪と罰』論および『白痴』論、それぞれの敗戦前後の差異が見えていない。『小林秀雄の流儀』には自身の戦争体験への言及や暗示が随所にあるにもかかわらず、「戦争の時」が、従ってそれを内側から乗り越えてゆこうとする経験が抜け落ちている。

第一章　一九三八年の戦後――「杭州」と「蘇州」

小林の従軍記事を再読する必要があるようだ注1。小林が戦争中に中国、朝鮮の各地に派遣されて新聞、雑誌に寄稿した大小、十ほどの随筆的あるいはコラム的な戦地報告だ。

むかし通して読んだが、こちらの無知のせいもあって、歴史的背景が焦点を鮮明に結ばず、また地名を始めとする固有名詞もピンと来ないせいか、どの従軍記事も今ひとつ胸に届いて来なかった。そもそも小林自身が、第二次上海事変、杭州湾上陸、そして南京事件という一連の大きな動きのあった直後に上海、杭州、南京と戦跡の生々しい各地を転々としながらも「見るもの聞くもの僕には新しく面白かつたが、これを特に進んで人に語らうとする気持ちにもならない」と憮然と書いているのだ（「雑記」）。「物の考へ方が行つて来て違つて来たなぞといふ事も無論ない。戦跡見物ぐらゐで人間の思想が新たになるなぞといふ馬鹿気た事も起りやうがないのである。僕は何を見ても悲観的にも楽観的にもならなかつた。文壇の一隅にゐて考へあぐねた自分の孤独な思想が、意外な根強さを持つてゐる事を発見し大変気持ちがよかつた」とさえ書いている。小林の従軍報告の筆は大いに渋ったようである。げんに、この「雑記」にも「文藝春秋の義務原稿も未だ残つてゐる始末で、駄目である」とある。直接には「蘇州」のことらしいが、従軍記事は、どれも「義務原稿」なのだろう。決して小林が気乗りして書いた文章ではない。

しかし、最後にこうも書いているのだ。

然し僕の心の裡で何かが変つたらう、自分でもはつきりしないが、見物して来た戦後のど強い支那の風物は、僕の心のうちの何かを変へたらうとは感じてゐる。そしてそれは新鮮な精気として確かに感じられてゐる。

小林は、中国から帰って来てすぐに従軍報告をスラスラ書けるような、そんな底の浅い変化は経験しなかったと言いたかったようである。大陸に渡って何も変わらなかったのではない。何か「自分でもはつきりしない」変化が小林を通り過ぎようとしているのだ。それは「文壇の一隅にゐて考へあぐねた自分の孤独な思想」さえついには相対化してしまうような決定的な変化だったのではないか。そう軽々には文章には表われてくれなかっただろう。小林の従軍報告の筆が渋るのはそのためなのだ。たぶん、小林はその変化を「新鮮な精気」として感じ続けることができたわけではなかっただろう。小林をゆっくりと通過する変化、小林自身にさえ「はつきり」せず、したがって本人自身、その意味を不断に誤解し続けたかもしれない無意識の変化[注2]に僕は興味があるのだ。

たとえば、小林は最初の従軍記事「杭州」を、上海時間と日本時間の時差のため杭州行きの汽車に乗り遅れるという「失錯行為」(フロイト)から書き出していた。

事変後の上海では、上海時間と日本時間が併用されていたらしい。鉄道が日本時間で運転されていれば、上海時間の時計を一時間進めて予定しておかないとついうっかり乗り遅れることになる。じっさい、「二つの時間がこんがらかつて」しまった小林は時間どおり杭州行きの汽車に飛び乗ったつもりが、それは反対方向の「南京行の汽車」だったのだ。

同じ場所で二つ時間があるといふ事にたゞもう無性に腹が立つた。

「杭州」初出

もちろん事実をそのまま書いているのだが、この一文は小林の従軍経験の総体を寓意的に要約している。

大陸に渡った小林には、いわば「二つの時間」が流れているのだ。ひとつは戦地の時間。「そこ」に渡った小林はすでに戦地の時間の内部にいる。もうひとつは内地から連続している時間。小林は、内地から引きずっている「ここ」の時間の内側から戦地を見ているのである。大陸に渡った小林は、同時に流れるこの「二つの時間」の隙間、喩えて言えばわずか一時間の時差に不断に落ち込み、奇妙に混乱した感覚を強いられている。苛立ちながらこの隙間から「ど強い支那の風物」を見聞して書いたのが小林の従軍記事なのである。

ただし、「ど強い」風物は、たとえば次のパッセージにおけるように或る「空気」[注3]に包まれてしか顔を見せない。小林は冒頭から、「ど強い」事実そのものよりも、それを透明のフィルムのように包んでいる「空気」に焦点を合わせることを読者に要求している。その「空気」は微妙だ。ゆっくり読もう。焦点が合いさえすれば、その先には何かそら恐ろしいものさえ見えるはずである。

こちらに来た翌日、行き違ひになつて会へまいと思つてゐた東朝のSに偶然会つた。彼は航空隊附の名記者である。何だ未だゐたのかと言ふと、ちよつと○○の爆撃を済ませて還らうと思つてね、と何か自分でちよつと済ませる様な顔をした。へえ、そんなものかね、だつて下から打つだらう。愚問と知りつゝ聞いて見ざるを得ない。そんなものつて何がさ無論無暗に打つて来るさ、まあ一ぱいどうだ此の頃は昼間からこれだ。Sはコツプにウイスキイをドク／＼注いでくれる。見たところ洋服を新調したり、靴を誂へてみたりし乍ら日和を待つてゐるらしい。そこへダンサアが二人遊びに来る。A君が崇明島の残敵討伐部隊に従軍して、真赤に陽に焼けた顔をしてリユツクサツクを背負つて帰つて来る。僕が愚問を発しない限り、どうだつたと聞く者もない。三日に廿五里だ、と言ひ乍ら、ウイスキイのコツプを片手にさつさとバス・ルームに這入る。そんな空気をやゝ納得するにも数日を要した。

同前

取材のために従軍記者として行くとは言え、空爆も残敵討伐も「ど強い」出来事には違いない。だが、そのどぎつさを「ここ」（内地）の時間と感覚から問題視して何か好奇な問いを差し挟もうとしても、それがことごとく「愚問」となってしまう空気が「そこ」（戦地）にはある。

空爆や残敵討伐は「そこ」でもまちがいなく非常事なのだが、その非常事が非常事のまま、茶飯事（ウイスキーを飲むこと、シャワーを浴びること）と並列的にぴったり直に接続され、日常生活の一部としてしっかりと組み込まれてしまっているため、「ここ」の時間から疑問を挟む余地が全くないのだ。

だからと言って、小林は「ここ」の時間に引きこもってしまうこともできない。逆に、SやA君のように「そこ」の時間に慣れ切ってしまうこともできない。ヒアとゼア、二つの時間の隙間に落ち込んで「たゞもう無性に腹が立」つばかりなのである。こんな「空気」を「やゝ」納得するにも数日を要したとは、旅行中、ついに完全に納得することはなかったということだろう。大陸を旅行中の小林はずっと汽車に乗り遅れ続けているようなものなのだ。「同じ場所で二つ時間があるといふ事にたゞもう無性に腹が立つた」という一文が寓意的だと言った所以である。

「自分でもはつきりしないが」と断りつつ、「僕の心のうちの何かを変へたらう」と小林が書いていた「戦後のど強い支那の風物」は、たとえば、こんなリズム、こんなテンポで紹介されるのだが、まずは小林が「戦後の」と言っていることに注意しよう。ゆっくり読めば、「蘇州」では、現在時を「戦前」と比べる視線さえ当時すでにあるのだ。

前年の一九三七年十一月の杭州湾上陸以後に続いた激しい戦闘の緊張は十二月の首都南京占領前後を区切りに急速に弛緩し始める。多くの兵士の意識においては、遅くとも翌年三月には戦争は終わっていたようだ。たとえば、火野葦平は当時の空気にふれて「そのころ、もはや、戦争は終りで、近く凱旋するという噂がもっぱらだつた」と記している（火野葦平選集第一巻

「解説」)。気分はもう「戦後」だったのである。生死を賭けて極限まで張りつめていた緊張がいったん解けてしまった兵士が、自国軍が制圧している、法的には事実上、「例外状態」となっている地域に「戦後」になお駐留し続ければどうなるかはよく知られている。

故郷では妻子もあり立派に暮しているはずなのに、戦場では自分をみちびいてゆく倫理道徳を全く持っていない人々が多かったのです。住民を侮辱し、殴打し、物を盗み、女を姦し、家を焼き、畠を荒す。それらが自然に、何のこだわりもなく行われました。私には住民を殴打したり、女を姦したりすることはできませんでした。しかし豚や鶏を無だんで持ってきたりしたことは何度もあります。無用の殺人の現場も何回となく見ました。武器を自由勝手にとりあつかい、誰もとりしまる者のない状態、その中で比較的知的訓練のない人々がどんなことをはじめるか、正常の生活にいるあなたがたには想像できますまい。法律の力も神の裁きも全く通用しない場所、ただただ暴力だけが支配する場所です。やりたいだけのことをやらかし、責任は何もありません。この場所では自分がその気になりさえすれば、殺人という普通ならそばへもよれない行為が、すぐ行われてしまうのです。

武田泰淳「審判」

そういう「ど強い」出来事は、当人が「ここ」においてどういう生れのどういう品性の人間、平生どういう「倫理道徳」をもつ人間であったかにかかわらず、「そこ」の場の関係性において個人を容赦なく捉えただろう。「知的訓練」があったということも、「豚や鶏を無だんで持ってきたりした」ことしかなかったということも関係がないのだ。「ど強い」出来事よりもその「空気」に焦点を絞って読もう。

煉瓦塀をめぐらした豪農の家、赤や緑に塗りたてた廟など、みな人影もなく荒れはてています。その路が広漠たる春の枯野に入ろうとするところで、二人の農夫らしい男がこちらに向いて歩いて来ました。二人は私たちの姿をみとめるとちょっと立ちどまりましたが、またスタスタ歩いて来ます。一人は小さな紙製の日の丸の旗を持っています。私たちも立ちどまって待っていました。二人はそばへ来ると笑顔でみんなに挨拶しました。分隊長は一人の差し出す紙片を受けとって読みあげました。それはこの二人を使っていた日本の部隊長の証明書でした。よく自分の隊で働いた善良な農夫であり、これからもとの村へ帰してやる所であるから、途中の日本部隊は保護せられたい由が記されてありました。分隊長は専門学校出の曹長でした。大阪の大地主の息子で、時たま物わかりの良いかわり、時たまわがままな大男でした。「よしよし」彼は二人に通過してよろしいと申しわたしました。二人は何度も頭を下げてから嬉しそうに歩き出しました。二人が歩き出すと分隊長はニヤリと笑い、小さな声で「やっちまおう」と側にいる兵士にささやきました。「おりしけ!」と彼は声を殺して命令しました。兵士たちはあわてて自分勝手に銃をかまえました。二人は着ぶくれた藍色の服の背をこちらに向け、日の丸の紙旗を風に吹かせながら、何も知らぬげに歩いて行きます。「あたるかな」などと、兵士たちは苦笑したり顔をゆがめたりしながら射的でもやるようにして発射命令を待っています。私も銃口のねらいをつけました。まだ二、三百メートルですから、いくら補充兵の弾丸でも、誰かのがあたるのはわかり切っています。私は銃口をそらそうかとも考えました。射たないでおこうかとも考えました。しかしその次の瞬間、突然「人を殺すことがなぜいけないのか」という恐しい思想がサッと私の頭脳をかすめ去りました。自分でも思いがけないことでした。今すぐ殺される二人の百姓男の身体が少しずつ遠ざかって行くのをジリジリしながら見つめ、発射の音をシーンとした空気の中で耳に予感している間に、その異常な思想がひらめきました。それが消え去ったあとに、もう人情も道徳も何もない、真空状態のような、鉛のように無神経なものが残りました。人情は甘い、そんなものは役にたたぬという想いも、何万人が殺されているなかのホンのちょっとした殺人だという考えも、およそ思考らしいものはすべて消えました。そしてただ百姓男の肉の厚み、やわらかさ、黒々と光る銃口の色、それから膝の下の泥の冷たさなどが感ぜられるだけでした。命令の声、数発つづく銃声、それから私も発射しました。

同前

「審判」はもう一発の個人的発砲についても記している。本文には「五月二十日の午後」のことだとある。「この記述がもし事実なら、それは「三八年五月二十日の午後」のことであろう」(川西政明『武田泰淳伝』、また朝日新聞二〇〇六年一月十二日夕刊掲載のコラム「武田泰淳の日記を読む——苦しみの根源 あらわに」も参照)。川西の推察どおりだとすれば、武田泰淳が徐州会戦に従軍中の事であり、小林の「蘇州」が載った「文藝春秋」が刊行される十日ほど前である。「平生はみんな善人なんです、少なくともみんな普通の人間なんです。それが、いざといふ間際に、急に悪人に変るんだから恐ろしいのです」(夏目漱石『こゝろ』)。「戦後」の外地とはそういう「いざといふ間際」の集中する場所だ。むろん、変らない人もいる。しかし、それも、その人がどういう生れのどういう品性の人間、平生どういう「倫理道徳」をもつ人間であったかにかかわらず、である。ただ変らなかったということがあるだけなのだ。まさに「わが心のよくて」殺さなかった(奪わなかった、姦さなかった、焼かなかった)わけではないのだ。だからこそ、逆に、それまで平生、どれほど温厚な善人であったとしても、気がついてみれば掠奪し、強姦し、虐殺し、放火してしまっていたということも起こりえた。「発射」そのものも、むろん、恐ろしいことである。だが、それよりも、それを恐ろしいと感じる「神経」そのものが失われている「真空状態」の中で意味なく「発射」させるこの「空気」が「恐ろしい」。

この同じ「空気」が、すでに「戦後」に復している上海のロイヤル・ホテルを接収していた軍報道部をも包んでいたのだ(火野葦平選集第二巻「解説」)。小林をつまずかせた、そんなものって何がさ無論無暗に打って来るさ、まあ一ぱいどうだ式の進行を容れているのも同じ「空気」なのだ。もちろん、「発射」はなかった。しかし、それは隣接していた。ここからそこまでは日常性によって地続きであり、わずか一歩だったのである。

これが「そこ」での「空気」であり「戦後」である。もちろん、「戦後」の戦地には「戦後」の戦地に特有の「ど強い」風物がある。まだ大陸に着いたばかりのころ、上海で小林はみんなから「先づ南京に行け」、「丁度君の行く頃は、新政府が出来る頃になるだらうから大変好都合だ」と言われている。しかし、その「ど強い」風物そのものに、と言うよりは、それを包んでいる一種微妙な「空気」に、鋭敏な旅行者はつまずく。小林は火野葦平に芥川賞を渡しに杭州に赴くため直ぐには南京に行かないのだが、まず「南京」に行けと口々に言うそのあっけらかんとした「空気」そのものに最後まで慣れることができなかったようだ。「僕には何が好都合なのだかよく解らない」と書いている。それでいて、「南京行の汽車」に乗ってしまうのである。

どうせ読むなら全部初出で読んだ方がいい、そう思って、一昨年（二〇一二年）、小林が各種の雑誌、新聞に発表した従軍記事全部の初出稿を集めておこうと国会図書館へ行ったときのことである。幸い、すべて複写は出来たのだが、一点、「蘇州」冒頭を含む四ページ分が破り取られて真っ黒なページに「切り取り　P三一一〜P三一四」と記されていた。

後日、「文藝春秋」一九三八年六月号のそのページだけ複写しに、近所の大宅壮一文庫に行ったが、やはりそのページが破り取られている。不審に思い、窓口に問い合わせたところ、分館に同じ号が所蔵されているかもしれないので調べておいてくれるとのこと。その日は、ページの綴じ合わせ部分に破れ残った断片に印刷されている活字を書き写して帰った。

「蘇州」の初出本文は三段組みで印刷されている。各段は一行二十字で二十五行、すなわち一段がフルで五百字相当、一ページがフルで千五百字相当という計算になる。

破れ残った断片の状態は、以下のとおりである。

三一一ページの破片。見開き左ページで、綴じ合わせのところが、ページの上部右端約九分の一から綴じ合わせに向かって右斜めに破れ残っている。上三分の一ほどが黒いベタ印刷。活字は残っていない。逆に下三分の二ほどは白いベタ印刷。やはり、活字は残っていない。

目次によれば、小林の「蘇州」は三一二ページから始まることになっている。その裏の三一一ページは何かの広告ページの破片だろうか。いずれにせよ、「蘇州」本文には関係がない。

三一二ページの破片。見開き右ページで、綴じ合わせのところが、ページの上部左端約九分の一から綴じ合わせに向かって左斜めに破れ残っている。判読できる活字は下記のとおり。■は判読不能箇所あるいは欠損箇所。傍線部は僕の推定。

上段（以下断片Aと呼ぶ）

言ふ具合に道も教へてく■る。■■■■■■（第二十四行）

見学禁止憲兵隊と大きく書かれてゐて、見物（最終行）

中段（以下断片Bと呼ぶ）

かうとするので、手帖を出し、■■見学と書（最終行）

下段（以下断片Cと呼ぶ）

み、両側に糧■■■■■■■■■■■■■■（最終行）

三一三ページの破片。見開き左ページで、綴じ合わせのところが、ページの上部右端約九分の一から綴じ合わせに向かって右斜めに破れ残っている。判読できる活字は下記のとおり。

上段（以下断片Dと呼ぶ）

しで掛けてゐる。胸には、めい〱番号と名　（第一行）

前のはいつた慰安所営所証を[redacted]　（第二行）

中段（以下断片Eと呼ぶ）

うで[redacted]こゝで彼女達の[redacted]を祈つて置　（第一行）

下段（以下断片Fと呼ぶ）

眼に付いた。[redacted]であ　（第一行）

三一四ページの破片。見開き右ページで、綴じ合わせのところが、ページの上部左端約九分の一から綴じ合わせに向かって左斜めに破れ残っている。判読できる活字は下記のとおり。

上段（以下断片Gと呼ぶ）

碑門に道貫古今なぞと見事に彫られた字のす　（第二十四行）

ぐ横には仁丹と塗られてゐると言つたあんば　（最終行）

中段（以下断片Hと呼ぶ）

顔は和やかだが、店々の色彩は淋しく、生活　（最終行）

下段（以下断片Iと呼ぶ）

人で交互に歌ふ同[redacted]同じ店が向　（最終行）

ジグソーパズルでもやるように、全集に収録されている「蘇州」のテクストと照合してみた。断片Gには、四段落目、仁丹の広告の多いことにふれたくだりの「碑門の「道貫古今」などといふ字を見事な字と思つて見てゐると、直ぐ傍に抜からず「仁丹」とある」という一文が相当するようだ。

断片Hには、同じく四段落目の玄妙観という寺に通じる「仲店」の様子に言及したくだりの「うろつく人々の顔は和やかだが、店々の色彩は乏しく、生活は苦しいのである」という一文が相当している。

断片Iには、五段落目、同じ「仲店」で砂糖黍のジュースを売っている店で二人が搾りながら歌をうたっているのを描写したくだりの「暫く歩くと、又、二人で交互に歌ふ同じ歌声が聞え、同じ店が向ひ合つてゐた」という一文が相当している。

断片Aから断片Fに相当する部分は本文に見つけることができなかった。大宅壮一文庫からの連絡を待つほかない。

まず南京へ行けと報道部で促された小林は、火野葦平に芥川賞の賞金と賞品（スイス製モバードの時計）を授与することを口実に単身、逆方向の杭州に向かう。「二つの時間」の時差ゆえに前日に「南京行の汽車」に飛び乗った翌日の早朝、今度は時間に用心して杭州行の汽車に乗るのである。

火野が所属していた陸軍第十八師団第百十四聯隊第二大隊第七中隊は当時、杭州の西湖をすぐ前に望む豪華な金持の家を接収して本部としていた。小林が到着したのは、清水吉之助中隊長の命令により火野が執筆した公式の戦記「清水隊　江南戦記」（一九三七年十月九日から三八年三月二十四日までの清水中隊の戦闘と行動の記録）が草稿として二十八部だけ印刷されたばかりの頃だった（この「江南戦記」は二〇〇一年十二月発行の河伯洞記念誌「あしへい」第三号に掲載されている）。

三月二十七日午前十時半、中隊本部の庭に中隊全員が整列し、芥川賞の陣中授与式が行われた。「気を付け、注目」という号令がかかると、国民服に戦闘帽、従軍記者の腕章を巻いた小林はいささか緊張気味で「これからも、日本文学のために、大いに身体に気をつけて、すぐれた作品を書いていただきたい」と思い切って号令をかけるような挨拶を述べた（火野葦平選集第一巻「解説」）。すると、その晩に開かれた祝賀宴で一人の中隊下士官が酔っぱらって小林を難詰し始めたらしい。兵隊の身体は陛下と祖国にささげたものだから陛下と祖国のために武運長久を祈るというのならわかるが、文学のためにとは何事か、と抜刀していきまいたという。また、清水中隊長は火野の書いた「江南戦記」の筆致が淡々としているのに甚だ不満で、火野はトーチカ攻略の勇士だが、「文章はまだまだいかん、あんたに一つ直して貰はう」としきりに言って小林を大いに閉口させた（「杭州」）。

「ここ」から「そこ」へと渡った小林は、「二つの時間」の狭間で「自分でもはつきりしない」まま、彼らが没入してしまっているためあたりまえになっていた「空気」につまずいていたのだ。全集に収録されている本文からは削除されているが、「杭州」初出には記載されていた次のパッセージで小林が眼を瞠っているのも同じ「空気」に、である。「ど強い」出来事に、ではない。そこには焦点を合わせずに読もう。

火野君の戦記に依ると嘉善附近のトーチカの数は、杭州入城後の戦跡視察によると、コンクリートのもの一〇三、堆土のもの四〇〇、支那全線に渡つて稀有な数だつたさうだが、それを四日間で強引に突破した。その時の事だが、火野君は七人の兵を連れ、一番大きな奴に、機銃の死角を利用して近付き、這ひ上つて、通風筒から手榴弾を七つ投げ込み、裏に廻つて扉をたゝき壊して跳り込み、四人を斬つて、三十二人の正規兵を××××で縛り上げたと言ふ。一たん縛つた奴は中々殺せんものぞ、無論場合が場合なので、わしは知らなんだが、夕方出てみると壕のなかに××××××××おつた。中に胸を指さして殺してくれといふ奴があつての気の毒で××してやつたがな。

本多勝一が『南京への道』で引用して以来、広く知られるようになったこの「杭州」初出文には、火野葦平が『土と兵隊』に戦後に書き加え、サンフランシスコ講和条約発効後に発表した次のパッセージが呼応している（玉井史太郎「『土と兵隊』戦後版補筆」『葦平曼陀羅』）。

　横になった途端に、眠くなった。少し寝た。寒さで眼がさめて、表に出た。すると、先刻まで、電線で数珠つなぎにされてゐた捕虜の姿が見えない。どうしたのかと、そこに居た兵隊に訊ねると、皆、殺しましたと云った。

　見ると、散兵壕のなかに、支那兵の屍骸が投げこまれてある。壕は狭いので重なりあひ、泥水のなかに半分は浸って居た。三十六人、皆、殺したのだらうか。私は暗然とした思ひで、又も、胸の中に、怒りの感情の渦巻くのを覚えた。嘔吐を感じ、気が滅入って来て、そこを立ち去らうとすると、ふと、妙なものに気づいた。屍骸が動いてゐるのだった。そこへ行って見ると、重なりあった屍の下積き《ママ》になって、半死の支那兵が血塗れになって、蠢いて居た。彼は靴音に気附いたか、不自由な姿勢で、渾身の勇を揮ふやうに、顔をあげて私を見た。その苦しげな表情に私はぞっとした。彼は懇願するやうな眼附きで、私と自分の胸とを交互に示した。射ってくれと云って居ることに微塵の疑ひもない。私は躊躇しなかった。急いで、瀕死の支那兵の胸に照準を附けると、引鐵《ひきがね》を引いた。支那兵は動かなくなった。山崎小隊長が走って来て、どうして、敵中で無意味な発砲をするかと云った。どうして、こんな無惨なことをするのかと云ひたかったが、それは云へなかった。重い気持で、私はそこを離れた。

小林文の最初の三文字の伏せ字は、三十二人の正規兵を「電話線」で縛り上げた、だっただろうか。次の九文字の伏せ字は、壕のなかに「屍骸が投げこまれて」おった、そして最後の二文字の伏せ字は、気の毒で「射殺」してやったがな、だっただろうか。

火野の『土と兵隊』戦後版補筆は、捕虜の人数、もう一人の捕虜にも背中を撃っていること等、一九三七年十二月十五日父宛書簡（花田俊典「新資料　火野葦平の手紙」「国文学　解釈と教材の研究」二〇〇〇年十一月号）と異同はあるが、概ね事実だった。少なくとも、ここに嘘はない。しかし、火野が『土と兵隊』にその「ど強い」事実をほぼ事実そのままに記したその文体は、出来事から十一年以上を経た敗戦後の、しかも「ここ」の時間の中で書かれたものである。一九三八年、杭州で火野から同じ出来事の話を口頭で聞いたときに小林がその言葉に直覚していたはずの奇妙な「空気」はこの文章には存在していない。

多数の捕虜が惨殺されたということは、たしかに非道な「無惨なこと」にちがいない。また、気の毒だから、捕虜自身の望みをかなえてやるために撃ったのだと釈明できるとは言え、一人の瀕死の捕虜を射殺することもまた陰々滅々たることにちがいない。しかし、そうした「ど強い」事実よりも「恐ろしい」のは、《一たん縛つた奴は中々殺せんものぞ》が《夕方出てみると壕のなかに屍骸が投げこまれておつた》に、さらには《射殺してやつた》に並列的に接続されてしまう「空気」の方ではないか。

この「空気」の中では、「ここ」の感覚からすればどう見ても異様な現実が、異様なまま、しかし日常生活の中に茶飯事（クリークで顔と手を洗うこと、久しぶりで米の飯を食べること、眠ること、等々）と同格のものとして並列的に組み込まれていただろう。興味本位に「どうだった」と訊く余地がそもそもない。訊いても愚問にしかならない。「どうだった」って何がさ、むろんこたえるさ、まあいっぱいどうだ、とコップにウイスキーをドクドク注がれるのが関の山だ。そんな「空気」が、杭州で火野が小林に語った言葉でも確実に生きられていたはずなのだ。

小林も「どうだった」とは火野に訊かなかっただろう。火野も「そこ」では「わしは当分何も書かんぞ。戦争をした者には戦争がよくわからんものだ」と言っていたのだ。「どうだった」を自分から進んで語ったはずがない。

しかし、十一年以上経って火野はそれを書いた。その細かな文学的心理描写に嘘はあるまい。しかし、それらの事実や心理が置かれていた「空気」は消えている。

たとえば、屍体に向けて発砲したと思ったのだろう、小隊長が走って来て「どうして、敵中で無意味な発砲をするか」と言ったのに対して、「どうして、こんな無惨なことをするのか」と言い返したかったと火野は書いているが、ふたつの「どうして」は「そこ」では等価だったはずだ。

ぴんぴん生きていた捕虜に発砲していたのなら「無意味」ではないと言うのか、ぴんぴん生きていた捕虜たちを無惨に皆殺しにしたことこそ「無意味」ではないのか、と火野は言いたかっただろう。それはそのとおりである。だが、皆殺しをやった連中は捕虜たちが憎くて殺したのではないのだ。武田泰淳の描写を思い出そう。彼らは悪魔だったから捕虜たちを処刑したのではない。皆殺しにはどんな「意味」も、たぶん、なかった。ただ殺したのだ。気がついたら、散兵壕に彼らの屍骸が積み重なっていたのだ、と書いてもいい。その後、クリークで顔と手を洗った、久しぶりで米の飯を食べた、そして眠った、と続けてもいい。「そこ」において人を捉えるこの「無意味」、悪魔でない人間を悪魔にしてしまうこの「無意味」こそが「恐ろしい」のである。

思うに、同じ「無意味」は火野の発砲にもあっただろう。それとも、火野は「そこ」にいながらこの「無意味」を呼吸していなかったのか。

「そこ」にあったこの「無意味」から眼をそらすべきではない。捕虜たちの皆殺しが「無意味」であるように、火野の発砲もまた「無意味」だったはずだ。捕虜たちを皆殺しにした連中が悪魔になっていたと言うのなら、彼もまた悪魔になっていただろう。その一点においては、捕虜たちの皆殺しが「無惨なこと」であるように、彼の発砲もまた「無惨なこと」なのだ。

死に損なっている捕虜がいっそ死にたがっているのが気の毒だから射殺したという「意味」によっては手なずけることのできない「無意味」が彼の発砲にもあっただろう。その「真空状態のような、鉛のように無神経なもの」においては、人情は甘い、そんなものは役にたたぬという想いも、何万人が殺されているなかのホンのちょっとした殺人だという考えも、いや、およそ思考らしいものはすべて消えたはずである。「恐ろしい」のは、決して悪魔でない人間でも、いや「心の清らかな単純な人間」でも、つまり「厭ふべき人間に堕落しないでも厭ふべき行為」を、日常茶飯事と横並びに特別な「意味」もなく行なってしまうということなのだ。

武田泰淳は一九四四年十一月、第三回大東亜文学者大会の開かれた南京から上海に帰る列車の中で火野と初めて対面しているが、火野の明朗さにきらめく「黒い光の破片」を見逃してはいなかった。

彼の健康な明るい笑顔は、どの文学者にもみられないものであったし、彼のこだわりのない態度も印象的ではあったが、しかし、彼のむきだしにした明朗さの底で、何か暗いものが、ときどき黒い光の破片をまき散らしては、また、とりあつめて、彼の内心に蔵いこまれているようにみえた。

「雑種《ツァチュン》」『上海の蛍』

この「黒い光」は「そこ」から「ここ」への復員後、火野をゆっくりと、しかし確実に浸食していっただろう。「ここ」の時間の内部に入り込んでしまえばもう、「そこ」は消え、そこを領していたあの「空気」も消える。もはや、どうだったって何がさ、むろんこたえるさ、まあいっぱいどうだ、というリズムで生きたくても「ここ」ではもはやそうは生きられない。「ここ」を刻む時間のなかで火野は、手なずけられないあの「無意味」とたったひとりで対面しなければならない夜が幾夜もあったはずである。

僕はそこに火野の誠実を見る。だが、この誠実の「恐ろしく不安な無規定な純潔さ」に堪えるには、後述するように「一種の残忍性」（小林秀雄「『罪と罰』について」）を要する。火野は徹底して誠実であるには優しすぎたのかもしれない。火野のペンは彼が孤独に抱え込んだ「無意味」を裏切っている。「そこ」を領していたあの「空気」を「ここ」の間尺に合うように希釈し意味付けてしまっている。

大宅壮一文庫から連絡があった。

分館には、残念ながら、同じ号の「文藝春秋」は所蔵されていなかったそうだ。

また、ページが破られているのは検閲のためである、とのこと。

伏せ字、掲載拒否、印刷以前に強制的に削除して掲載といった検閲があることは知っていたが、印刷後販売前に全号該当ページを手で破り取るというような乱暴な検閲があったのだろうか。あるいは、発覚が遅れて販売直前に急いで破り去ったのか。

迂闊だった。全集をよく調べてみれば、作品解題に「初出誌発表の際、内務省の検閲により、冒頭部分を削除して掲載された。単行本『文学』（著書目録 no.33）以後、ある程度は復元されている模様である」（全集校閲原本への赤字書き込みによると『文学2』（著書目録 no.38）が正しいらしい）と注記されていたのである。

思えば、小林自身が「文藝春秋に掲載した僕の通信文が削除になつた。これは僕が無邪気に筆を走らせ過ぎた為で、理由を聞かされ成る程と思ひ、別に不服には思はなかつた」と書いていた（「従軍記者の感想」）。

むろん、後に本人の手で「ある程度は」復元されているのだろうが、一度、検閲で削除された訳だから、問題のあった箇所は全面的に書き変えてあるはずである。じっさい、断片Aから断片Fに相当する部分は全集の本文に存在しない。それは、この箇所に、内務省が検閲しなければならないようなことが書かれていたということを暗に意味する。

もう一度、断片Aから断片Fをつらつらと眺めてみよう。何か見えて来るかもしれない。

断片Dに「慰安所営所証」とあるが、全集に収録されている、「ある程度は」復元されている本文の一段落目にも「慰安所」のことが出て来る。冒頭から引用しよう。

蘇州は戦前より人口が増えたといふ。皇軍大歓迎の飾り附けの色も褪せ、街はもう殆ど平常な状態に復してゐるらしく見えた。銀行めいた石造の大きな建物に頑丈な鉄門が開かれ、「慰安所」と貧弱な字が書いてある。二階の石の手摺のついたバルコニイに、真ッ赤な長襦袢に羽織を引ッ掛けた大島田が、素足にスリッパを突ッ掛け、煙草を吹かし乍ら、ぼんやり埃つぽい往来を見下してゐる。同行のA君と顔を見合せて笑ふ。何が可笑しくて笑ふのか。無責任な見物人の心理は妙なものである。

大島田とは、和式で結婚式をする花嫁が今でも結う「文金高島田」の島田髷を大きく結い上げたもの。島田髷は未婚の女性が結う日本髪の一種で東海道の島田宿（静岡県）の遊女が結い始めたのが由来らしい。ここでは大島田を結った女が、真っ赤な長襦袢に羽織を引っ掛け、素足にスリッパを突っ掛けている。「銀行めいた石造の大きな建物」というから洋館なのだろう。その二階の石の手摺のついた「バルコニイ」から、煙草を吹かしながら、往来を見下ろしているのだ。この「大島田」がいわゆる「慰安婦」であること、したがってこの「慰安所」が、軍人らが碁を打つなどの目的で設置された休息所などではないことは断るまでもないだろう。

断片Dにある「慰安所営所証」には「番号と名前」が記入されているだけなのだろうか。それを「めいく〳〵」が「胸に」というのだから、「慰安婦」一人一人が「番号と名前」の記されたその営所証を胸に付けていたのだろう。

するると、「しで掛けてゐる。」は何だろう。何人もの「慰安婦」たちが椅子か何かに腰掛けているということか。

また、断片Eの「彼女達」とは「慰安婦」たちのことか。そうかもしれない。だとしたら、ここで、すなわちこの文章で「慰安婦」たちの無事か健康かを祈って置きたい、というようなことだろうか。しかし、そうと決め付けることもできない。

もう一点、ひっかかるのが、断片Aの「見学禁止憲兵隊」だ。憲兵隊が「ここは見学禁止だ」と一般人に警告している貼り紙ないし看板のことだろうか。そうだとしても、何を見学するのを禁じているのか。「慰安所」だろうか。それとも、軍の機密に関わる別の場所だろうか。全集に収録されている本文二段落目に出て来る「「下士官以下通行禁止」の札」と関係があるのだろうか。憲兵隊が下士官以下の兵隊に「この大通りは見学禁止だ」と警告する立て看板だろうか。「蘇州」冒頭の三ページが検閲で削除された理由は何だろう。小林が無邪気に筆を走らせ過ぎて「慰安所」のことを記したからか。しかし、「慰安所」なら、右に見たように小林は『文学2』に収めるときに書き変えたと思しき冒頭部分でも言及しているが、こちらは検閲をパスしている。初出は、いったい何が問題だったのか。

本多勝一は『南京への道』で、先に引用した小林の「杭州」初出のパッセージとともに火野の『土と兵隊』の同じパッセージを引用して、こうした虐殺は杭州湾上陸直後から行なわれていたにもかかわらず、当時の国家権力は検閲によって国民にまったく知らせないようにしていたということを強調していた。本多はこの本で、「そこ」には「暴行・虐殺・強姦・放火」といった「ど強い」犯罪があったということを暴いている。その証言のひとつひとつは傾聴に値するが、その暴露は、戦争中に検閲で見えなかったものが見えるようになった戦後の視野において「そこ」を位置づけ、「そこ」に起った出来事についてこれほどまでに「ど強い」ことがあったのだと力説することを出ていない。

本多は中国に旅をし「そこ」の人々の証言を記録しているにもかかわらず、彼の感覚は終始「ここ」にあり、「ここ」を原点とする座標系のなかに「そこ」を位置づけた上で、かつて「そこ」に起った出来事を計測し裁いているだけなのではないか。しかし、それは、「ここ」しかないということにほかならない。本多の世界には実は「そこ」がないのだ。「ここ」と「そこ」とのあいだに差異、段差、断層がないのだ。

本多は「そこ」において起っている「ど強い」事実について多くを雄弁に語っているにもかかわらず、「そこ」において起っている真に「恐ろしい」事柄を実は何も知ってはいない。なぜなら、「そこ」にいた旅行者、小林秀雄の目を瞠らせた真に「恐ろしい」ものはその「ど強い」現実そのものではなかったからである。

「ど強い」現実は、むろん、恐ろしい。しかし、それよりもはるかに「恐ろしい」のは、その恐ろしく「ど強い」異常を、異常のまま、しっかりと日常の一部として組み込んでいる「空気」の方なのだ。

戦時下の検閲が戦後に解除され「ど強い」現実が赤裸々に見えるようになっても、それを包んでいた恐ろしい「空気」が見えるわけではない。おそらく、その「空気」は、当時、かりに検閲がなかったとしても、つまり「ど強い」現実がかりに報道に露出していたとしても、「ここ」にいるかぎり、見えなかっただろう。それはその「ここ」が「ここ」しかない「ここ」だからだ。「そこ」があっても、それは「ここ」と同一平面上に位置づけられているため、「ここ」の間尺にあった「そこ」でしかないので、結局は「ここ」しかないのだ。そのような「ここ」にいるかぎり、真に「恐ろしい」ものは、検閲されていなくても見えない。言ってみれば、内務省の検閲以前に、たんに、そのような「ここ」にいるというただそれだけのことで生じてしまっている検閲があるのだ。

本多はそのような検閲にひっかかっていると言っていい。しかし、それこそが警戒すべき検閲なのではないか。批判すべきは、「ここ」しかないような「ここ」にいるということだろう。

本多の描く日本軍将兵による暴行・虐殺・強姦・放火の現実は、むろん、「無惨」である。しかし、それらが「無惨」に本多に見えているのは、書いている本多が、そして読んでいる僕らが頑として「ここ」にいて「ここ」の延長に「そこ」を配置して、その上で「ここ」の日常感覚、「ここ」のモラルで「そこ」での「ど強い」異常を測り取っているからではないのか。「そこ」にそんな異常がなかったと言うのではない。異常はあっただろう。しかし、異常は「そこ」ではそのようなモードでは生起していなかったはずだと言いたいのである。

もし「そこ」にあっても、異常が、今、本多にとって、そして僕らにとってそう見えるように、正視し難い「無惨」なものとしてのみ現われていたのであれば、彼らといえども、そのような異常にあのように走ることはなかっただろう。

連中は何と異常で「無惨」な行為に走ったことかという視線で彼らを見ているとき、自分はそうはならないということが暗に前提されてしまっている。しかし、そう考えていられるのは、僕らがあくまで「ここ」にいて「ここ」の日常感覚が「そこ」においても延長し、「ここ」のモラルが「そこ」でも連続的に保持し得ると信じ切っているからにすぎない。もし「そこ」が「ここ」の座標を延長した空間にはないのだとしたら、――もし「そこ」が「ここ」とは連続していない、断層のある、別の空間に属しているのだとしたら、――そう信じ切っている僕らが何かの拍子で「そこ」に置かれたとき、強姦・虐殺・掠奪・放火に走らないという保証はどこにもない。「ここ」ではあたりまえの日常感覚とモラルそのものが「そこ」ではほんの少しだけひずみ、「そこ」での日常はほんの少し違った別の感覚、別のモラル、別のリズム、別のテンポ、すなわち別の「時間」で刻まれていてそれが異常を日常の中にしっかりと組み込んでいくからである。

その「時間」の違いが大きなものでなく、喩えて言えば東京と上海のわずか一時間の時差のようなものであったとしても、「そこ」でのわずかの感知できないくるいが、「ここ」とほとんど変らないように見える「そこ」の日常生活から「ど強い」犯罪へと至る路を開いているのだとしたらどうだろう。小林は上海の時間が、つまり「そこ」の時間が「ここ」の時間と比べて一時間しか遅れていなかったからこそ、そのわずかな時間の遅れゆえに杭州行きではなく「南京行の汽車」に乗り込んでしまったのだ。ちょうどそのように、強姦、虐殺、等の「無惨」な行為に通じる入口も、「そこ」にあっては、ごくわずかな隙間として日常の至る所にあいていただろう。しかも、その隙間がわずか一時間程度のくるいだからこそ将兵たちは、それを感知できないままに日常から地続きにその入口に入り込んでしまい、その「ど強い」異常へと突っ走ったのではなかったか。本多の言う「南京への道」、それは本多が事後からたどったようにではなく、「そこ」では日常に埋められた不可視の地雷のように散在していたのではないか。ならば、僕らも「そこ」の日常にあって自分だけはその感知できない入口に入り込まないなどと考えることはできないのである。

「蘇州」の検閲削除処分について報告している研究者がいた。論文発表当時、佛教大学大学院の文学研究科国文学専攻博士後期課程で研究していた陸艶《ルーエン》という蘇州出身の研究者だ。陸艶は、二〇一二年三月一日に刊行された佛教大学大学院紀要、文学研究科篇、四十号に掲載された「小林秀雄「蘇州」をめぐって」という論文において、「蘇州」の検閲削除処分について興味深い報告をしている。

僕の関心に直接触れるのは、陸艶が国会図書館の他に、京都大学、同志社大学、大谷大学の各図書館が所蔵する「文藝春秋」一九三八年六月号を閲覧し、後二者所蔵の「文藝春秋」において破れ残っていた紙片から部分的に本文を復元している点だ。それと僕が大宅壮一文庫で拾った断片G、H、Iを総合すると、三二四ページの諸断片はこう復元できる（（　）内は全集を参照して山城が補った）。

断片G（先行する二十三行、約四百六十字相当は不明）

碑門に道貫古今などと見事に彫られた字のす　（第二十四行）
ぐ横には仁丹と塗られてゐると言つたあんば　（第二十五行）

断片H（先行する二十三行、約四百六十字相当は不明）

と思はれた。玄妙観の仲店をうろつく人々の　（第二十四行）
顔は和やかだが、店々の色彩は淋しく、生活　（第二十五行）
（は苦しいのである。……）　（下段第一行）

断片I（第二行から第二十行までの十九行、約三百八十字相当は不明）

（……二人は搾り乍ら）交互に歌　（第二十一行）
ふので（ある。）なかなかいゝ節廻しで、文句を　（第二十二行）
知りたいと激しく僕は思つた。彼等が特に仲　（第二十三行）
がいゝのかと思つたが、暫く歩くと、又、二　（第二十四行）
人で交互に歌ふ同（じ歌声が聞え、）同じ店が向　（第二十五行）
（ひ合つてゐた。……）　（三一五ページ上段第一行）

断片G、H、Iにはそれぞれ全集の本文に対応する箇所があるが、配列が変っている。しかし、いずれにせよ、三一四ページには検閲の対象になるような記載はなかっただろう。おそらく問題は三一二、三ページにあった。じっさい、全集に収録されている本文の第一節のほとんどの部分はこの三一四ページで消化されてしまう。「ある程度は復元されている」と解題が言う全集収録本文からは、三一二、三ページに記されていた内容のほとんど（約二千字相当）が抹消されているのだ。削除部分には、冒頭パラグラフにもある「慰安所」のことが書かれていただろう。

では、どのようなことが書かれていたのか。

理屈の上では、検閲の記録がどこかに残されているはずである。

当時の検閲システムでは、雑誌の場合、出版社は新聞紙法に基づきその雑誌を検閲のために⑴内務省に二部、⑵管轄地方官庁（「文藝春秋」の場合、警視庁の特高部検閲課）に一部、⑶地方裁判所（「文藝春秋」の場合、東京刑事地方裁判所）検事局に一部、⑷区裁判所（「文藝春秋」の場合、麴町出張所）検事局に一部、合計五部を納本することが義務づけられていた。原理上は、削除処分前の当該「文藝春秋」がこれらのうちのいずれかに保管されているはずである。

⑴の二部のうち一部は検閲原本で検閲官がそれによって検閲作業を行なう。問題があれば、この原本に基づいて処分を指示する。この原本は内務省に保管されたが、敗戦時GHQが接収したためその後は米国議会図書館に保管されていた。一九七〇年代にその一部が返還され、国会図書館に所蔵されている（憲政資料室でそのマイクロフィルムが閲覧できるが、残念ながら、そのリストには問題の「文藝春秋」が確認できなかった）。二部のうちのもう一部は副本で作業には用いられず、検閲作業後に当時の帝国図書館（現在の国会図書館）に交付され、そこで内務省交付本として保管さ

れている（問題の「文藝春秋」が内務省交付本として所蔵されているかどうかについて国会図書館の人文総合情報室で調べてもらったが、これも確認できなかった）。

(2)について警視庁情報公開センターに問い合わせたが、検閲のための法令、政令等は保管されているが、検閲対象となった個々の雑誌については現在、警視庁では保管していないとのことだった。

(3)について東京地方裁判所と東京地方検察庁に問い合わせたが、当該雑誌は保管していないとのこと。

(4)の区裁判所は戦後廃止され、東京地方裁判所に吸収されたようである。

ちなみに、文藝春秋の書庫にも削除処分以前の当該号は保管されていなかった。

そもそも、「削除」とは、法律に規定されたものではなく便宜的な運用に相当する処分であるらしく、したがって、原本の保存が定められているわけでもないらしい。しかし、だからこそ、過失か、あるいは何らかの理由により検閲による「削除」を免れた「文藝春秋」当該号が、全国の図書館のどこかに所蔵されている可能性、もしくは全国のどこかの古書店にそれが在庫されている可能性が、希少とはいえ、ゼロではないそうだ。本書を読んだ読者が最寄りの図書館で「文藝春秋」一九三八年六月号の三一一ページから三一四ページを確認し、もし「削除」を免れたものが発見されれば、報告ないし発表されることを願う。

小林が「そこ」に渡っていくつもの失錯につまずきながら次第に感受していくのは、「そこ」

の日常には、ほんの「一時間」程度の些細なひずみによって、感知できない小さな穴がいくつも空いていて、そこに踏み入ってしまえば、強姦へであろうと、虐殺へであろうと、掠奪へであろうと、放火へであろうと、どんな「ど強い」異常へもこの日常から地続きにわずか一歩で易々と至り着いてしまうこと、つまり「厭ふべき人間に堕落しないでも厭ふべき行為を為し得る」ということの「恐ろし」さだった。「南京行の汽車」に乗り込んでしまったとき、小林は「ど強い」異常のわずか一歩手前に踏み込んでいたのである。

「ど強い」風物に接したからといって、大陸に渡る前と比べて自分の中で何が変わるわけでもない。したがって、一度、大陸に渡って「そこ」から「ここ」に戻って来た小林にとっては、たとえ強姦であっても虐殺であっても掠奪であっても放火であっても、それらは、どうだったって何がさというあのあっけらかんとした進行だっただろう。「見るもの聞くもの僕には新しく面白かつたが、これを特に進んで人に語らうとする気持ちにもならない」と言うほかなかっただろう。

しかも、その異様な自明さに慣れ切ってしまうこともできない。事実そのもののそのあまりにも自明すぎる異様さ、そのあまりにも平常すぎる異常さが彼の「心のうちの何かを変へた」のだ。何も変わっていないにもかかわらず、小林の心のうちで「自分でもはつきりしない」ままに「何か」が本質的に変わってしまっているのだ。

その「何か」は「そこ」から「ここ」へ戻って来た後も消えない。むしろ、小林の心のうちでゆっくり育っていく。「同じ場所で二つ時間があるといふ事」は、「そこ」においてはポジとしてあったが、「ここ」に戻って以降、いわばネガに反転したかたちで、小林の心のうちにゆっくりと時間をかけて焼き付いていっただろう。

その変化が小林にしきりに表現を求める。小林は、だから、書くのだ。むろん、その「何か」は、帰国したらすぐ義務として書かねばならない従軍報告ではなかなか表現になってくれない。小林はもどかしさを感じながら、やむなく感じたままに事実そのままを写生した。

日常茶飯事に異常事をそっと忍ばせるというレトリックを駆使して事実を描写してみたのではない。事実そのものがそのように配列されているからそのまま写生したのである。それを容れる「空気」の平然たる恐ろしさを捉えたいから、小林はその事実をただありのままに正確に写生したのだ。

言うまでもないことだが、小林は単に助平根性、暴露的な好奇心で「慰安所」を見物したのでもなければ、単に内地の興味本位に応じようと面白半分に「慰安所」のことを書いたのでもなかったのである。


それにしても、削除処分以前の原本そのものでないにせよ、検閲作業の記録のようなものは残っていないか。検閲と言っても、公務員が職務に基づいて下した処置である。何らかの記録があるはずだ。

探したところ、内務省警保局図書課が発行していた出版警察報という記録があった。その第百十二号に一九三八年の四月、五月、六月の三ヶ月間の出版物取締の状況が報告されている。五月の概況にこうある。「「文藝春秋」は安寧、風俗両関係の削除ではあるが、内容は「蘇州」

に於ける皇軍の所謂慰安所の状況を掲載せるが筆致露骨なると共に、他面皇軍の威信を失墜せしむる虞ありとの見地から処分線上に上つたのである」。

さらに五月分の処分要項に次のように記されている。

文藝春秋	第十六巻 第九号	東京市 同社発行	六月一日発行 五月十八日削除

「蘇州」ト題スル記事ハ蘇州ニ設ケラレタル慰安所ト称スル軍関係ノ淫売所ヲ露骨ニ紹介サレタルモノナルガ右ハ皇軍ノ威信ヲ毀損シ併セテ風俗壊乱ノ虞アルニ因リ三一二頁三一三頁安寧並風俗削除。

そして、問題の箇所を次のように引用している。

（前略）慰安所には、見学禁止憲兵隊と大きく書かれてゐて、見物するわけにはいかないので、やはり実際に慰安を求めに這入らなければならない。杭州では火野伍長から切符を分て貰つて登楼した。「一発」と書き、下に下士官一円五十銭、兵一円とある。（中略）胸には、めい〳〵番号と名前のはいつた慰安所営所証を勲章の様に付けて居る。（中略）這入つて行くと二三人が頓狂な声で○○○○○しよ、と喚いた。（後略）

小林が「無邪気に筆を走らせ過ぎた」と書いていたのはこういう箇所のことだろう。「風俗壊乱ノ虞」あるとも思えないが、検閲官が「風俗」を理由にこれを削除したというのは判らないでもない。しかし、「安寧」が理由とはどういうことか。「皇軍ノ威信ヲ毀損シ」とか「皇軍の威信を失墜せしむる」というのは判りにくい。

だが、この言い回しには思い当たることがある。

小林が初めて大陸に渡り、上海、杭州、南京、蘇州と移動したのは一九三八年三月から四月下旬にかけてだが、その少し前の一月から二月にかけて日本国内では報道されていなかったものの、警察当局も首を傾げるおかしな事件が各地で続発していた。

一例を挙げれば、こんな出来事である。

一月六日、和歌山県田辺町文里《もり》の飲食店街を挙動不審の男三名がうろうろしていた。三人のうち二人は大阪の貸席業者（芸妓、娼婦との待ち合わせ、会合、遊興、飲食のための場所を提供する業者）だった。もう一人は地元の紹介業者だった。彼らはおよそこういう口上で飲食店街の若い女性たちを強引に勧誘していたようである。

ワシらは怪しいもんやない。軍の命令で上海の皇軍慰安所に送る酌婦を募集しに来たんや。軍からは三千人手配するよう要請されてる。ついこの三日にも陸軍の船で七十人を上海へ送り出したばかりや。慰問の相手は軍人兵隊だけ。しかも食料は軍から支給する。ええ金儲けになるで。前借りもできる。どうや、やらへんか、云々。

軍の名を騙ったそういうあやしげな、しかもかなり強引な、人身売買めいた勧誘をしている連中が商店街を徘徊している、との通報が警察に入った。田辺警察署は、およそ常識では考えられない虚言で女性を騙して誘拐しようとしていると見て、三人を追跡し署まで任意同行を求めた。

取調べに対して貸席業者の一人が概略こう答えた。

昨年の三七年の秋頃、大阪の会社重役小西、貸席業者藤村、神戸の貸席業者中野の三人が、陸軍の御用商人Xとともに上京し、徳久少佐という人物の仲介で荒木貞夫陸軍大将、頭山満と会談して、上海の皇軍の風紀・衛生上、年内に内地から三千人の娼婦を送ることに決まったらしい。自分は藤村からそう聞いた。そこで上海に送る娼婦を手配するために和歌山に来、地元の紹介業者の協力を得て募集活動をしていたところだ。すでに藤村と小西は、大阪九条警察署と長崎県警察外事課の便宜を受けて、七十人の娼婦を上海に送っている、嘘だと思ったら、彼らに聞いてみるといい、云々。

田辺警察署が大阪九条警察署と長崎県警察外事課に問い合わせた結果、この供述が、細部はともかく概ね裏付けられたため、問題の三人は釈放された。

永井和によると、こうした一連の動きの背景には次のような情況が推定されるという。

上海で陸軍が慰安所の設置を計画し、総領事館とも協議の上、そこで働く女性すなわち慰安婦の調達のため、業者を日本内地、朝鮮に派遣した。その中の二人、身許不詳の人物徳久と神戸の貸席業者中野は、上海総領事館警察署発行の身分証明書を持参して日本に戻り、知り合いの売春業者や周旋業者に、軍は三〇〇〇人の娼婦を集める計画であると伝え、手配を依頼した。さらに警察に慰安婦の募集および渡航に便宜供与をはかってくれるよう申し入れ、その際なんらかの手ずるを使って内務省高官の諒解を得るのに成功し、内務省から大阪、兵庫の両警察に対して彼らの活動に便宜を供与すべしとの内々の指示を出させたのである。

『日中戦争から世界戦争へ』第五章「日中戦争と陸軍慰安所の創設」

じっさい、和歌山県の例は検挙取調べがあったため顕著なケースだが、和歌山と類似の勧誘活動は同じ一月、群馬県でも茨城県でも山形県でも行われており、警察によって不審視され記録されていた。和歌山で貸席業者が供述したのと似た聴取内容は、どこでも、概略、事実であることが確認されたが、やはりどこの警察でも、あまりにも常識を外れた荒唐無稽な話で、にわかに信じ難いため、軍の名を徒に吹聴して「醜業」に利用しようとする悪質かつ不届きな宣伝にすぎないと受け止めていたのである。

「皇軍ノ威信ヲ失墜スルコト甚シキモノアリ」という、あの検閲報告と類似の言い回しは、そうした警察報告の文脈で繰り返し使われていたのである。

今、僕が注目したいのは、こういう「ど強い」動きが水面下にあったという事実ではない。そうではなく、こういう動きに対して、当時は、警察でさえ、ありえない話と受け止めていた「空気」の方である。

周知のとおり、一九九二年以降、日本軍「慰安婦」問題は大きな争点となり、今日では賛否いずれの側も、この問題自体を自明にして論戦が交わされるようになっている。このため、僕らにはかえって見えにくくなってしまっているが、一九三八年の時点では軍の慰安所への「慰安婦」の緊急手配など、「ここ」内地では、一般にはもちろん、国家サイドの警察や地方自治体にとってさえ、すなわち検閲のせいでではなく、検閲以前の問題として、耳を疑う、馬鹿馬鹿しい話でしかなかったのである。

むろん、小林秀雄が「蘇州」を書いた五月には、警察内部では、また内務省では特に、厳重な機密保持制限のもと、彼ら自身が事態を事実として認識していただろう。内務省は、もし当時、「そこ」における皇軍慰安所という「ど強い」事実が検閲されず、赤裸々に報道されていたら、「ここ」の人々、一般の民心、とりわけ応召した兵士の留守家庭を守る女性たちの心によくない影響を及ぼすとの配慮を建前として検閲したのだが、しかし、かりに検閲がなくても、当初の警察担当者同様、にわかに信じられなかったのではないか。少なくとも、「ここ」にいる人々には、この「ど強い」事実を包んでいる「そこ」の「空気」は感知しえなかったはずだ。内務省の検閲以前に、たんに、「そこ」がなく「ここ」しかないような「ここ」にいるというただそれだけのことで働く検閲があるのだ。

意識と無意識との二重の検閲の結果、「ここ」にいる限り、慰安所の事実は知られない。小林も「ここ」にいる間は知らなかったはずだ。かりに知らされたとしても、それは、「ここ」にいるかぎり、当時の警察にとってそうであった以上に、ありえない、とうてい常識では考えられない荒唐無稽なこととして決して真面目には受け止められなかっただろう。「ここ」にあるとはそういうことだ。その本質は今でも変っていない。

逆に、「ここ」ではありえないと受け止められることが「そこ」ではごくあたりまえのことになっている。「ここ」の常識では考えられない荒唐無稽なことが常識そのものになっていたのだ。慰安所はまさしく、そのようにごくあたりまえになっている《ありえないこと》、常識では考えられない《常識》として小林の前に物質化していたのである。「そこ」にあるとはそういうことだ。小林が特派員として渡ったのはそういう場所なのだ。

この「ここ」と「そこ」とのギャップを僕らはともすると見失ってしまう。


都立中央図書館で「文藝春秋」の当該号に当たった。破れ残りは少なく、新たに推定できたのは、三一三ページ下段第一行「■■■■■■歯医者は大概眼鏡屋■兼■■」だけだった。ともあれ、断片Fは「眼に付いた。歯医者は大概眼鏡屋と兼業であ」と補完できそうである。

日本近代文学館で「文藝春秋」の当該号に当たったところ、この補完は確認できた。また、三一二ページ下段第二十五行は「■■■■■■■■■■女達が目白押」と読める。したがって、断片Cは「み、両側に糧■■■■■■女達が目白押」と補完できそうである。さらに、三一三ページ中段第一行は「■■■■■■■■■彼女達の幸福を祈つて置」と読める。したがって、断片Eは「うで■■■■こゝで彼女達の幸福を祈つて置」と補完できそうだ。

北海道立図書館で「文藝春秋」の当該号に当たったところ、破れ残りは下記の通りだった（波線は新たに判読できた箇所）。

三一二ページ

上段

（判読不能）

中段（断片B）

[redacted]とするので、[redacted]不発見学と書

下段（断片C）

み、両側に粗末な縁台を並べ、女達が目白押

三一三ページ

上段（断片D）

して掛け[redacted]番号と名

中段（断片E）

うでもよい。こゝで彼女達の幸福を祈つて置

下段（断片F）

眼に付いた。歯医者は大概眼鏡屋と兼業であ

三一四ページ

上段（断片G）

ぐ横には仁丹と塗られてゐると言つたあんば

中段（断片H）

[redacted]観の仲店をうろつく人々の
顔は和やかだが、店々の色彩は淋しく、生活

下段（断片I）

がいゝのかと思つたが、暫く歩くと、又、二
人で交互に歌ふ同じ歌声が聞え、同じ店が向

残念ながら、削除処分のため「蘇州」はその慰安所の記述がほとんど読めない。しかし、検閲官の眼に「皇軍の威信を失墜せしむる」と映っていた箇所は、いずれも小林が慰安所を正確に写

生している箇所であることに注意しよう。
　帰国した小林は事実をありのままに正確に写生しただけなのだが、「そこ」がなく「ここ」しかないような「ここ」にいる検閲官の眼には、その事実そのものを正確に写生した「筆致」が「皇軍の威信を失墜せしむる虞あり」と映ったのだ。たぶん、検閲官が報告書に由々しきものとして引用した箇所は、削除された二ページのうち最も真を写した部分なのだろう。この引用に断片A～Iおよび全集に収録された本文の一段落目を補足し、「杭州」と同じレイアウトであれば、という前提で以下に、この空白三ページを試みに部分的ながら復元してみよう。

三一二ページ

（約九行分、三段ぶち抜きでタイトルと著者名）

蘇　州

小　林　秀　雄

断片A０
　蘇州は戦前より人口が増えたといふ。皇軍（上段第十行）
大歓迎の飾り附けの色も褪せ、街はもう殆ど（上段第十一行）
平常な状態に復してゐるらしく見えた。銀行（上段第十二行）

めいた石造の大きな建物に頑丈な鉄門が開か　（上段第十三行）
れ、「慰安所」と貧弱な字が書いてある。二　（上段第十四行）
階の石の手摺のついたバルコニイに、真ッ赤　（上段第十五行）
な長襦袢に羽織を引ッ掛けた大島田が、素足　（上段第十六行）
にスリッパを突ッ掛け、煙草を吹かし乍ら、　（上段第十七行）
ぼんやり埃つぽい往来を見下してゐる。同行　（上段第十八行）
のA君と顔を見合せて笑ふ。何が可笑しくて　（上段第十九行）
笑ふのか。無責任な見物人の心理は妙なもの　（上段第二十行）
である。　（上段第二十一行）

（上段二行不明）

断片A1

言ふ具合に道も教へてくれる。慰安所には、　（上段第二十四行）
見学禁止憲兵隊と大きく書かれてゐて、見物　（上段第二十五行）
するわけにはいかないので、やはり実際に慰　（中段第十行）
安を求めに這入らなければならない。杭州で　（中段第十一行）
は火野伍長から切符を分て貰つて登楼した。　（中段第十二行）
「一発」と書き、下に下士官一円五十銭、兵　（中段第十三行）

一円とある。[redacted]　（中段第十四行）

（中段十行不明）

断片B

かうとするので、手帖を出し、不発見学と書　（中段第二十五行）

（下段十五行不明）

断片C

み、両側に粗末な縁台を並べ、女達が目白押　（下段第二十五行）

三一三ページ

断片D

しで掛けてゐる。胸には、めい〳〵番号と名　（上段第一行）
前のはいつた慰安所営所証を勲章の様に付け　（上段第二行）
て居る。[redacted]　（上段第三行）

（上段二十二行不明）

追加断片

這入つて行くと二三人が頓狂な声で○○○○　（位置不明）

○○しよ、と喚いた。■■■■■■■■■　（位置不明）

断片E

うでもよい。こゝで彼女達の幸福を祈つて置　（中段第一行）

（中段二十四行不明）

断片F

眼に付いた。歯医者は大概眼鏡屋と兼業であ　（下段第一行）

（下段二十四行不明）

三一四ページ

（上段二十三行不明）

断片G

碑門に道貫古今なぞと見事に彫られた字のす　（上段第二十四行）
ぐ横には仁丹と塗られてゐると言つたあんば　（上段第二十五行）

（中段二十三行不明）

断片H

と思はれた。玄妙観の仲店をうろつく人々の　（中段第二十四行）
顔は和やかだが、店々の色彩は淋しく、生活　（中段第二十五行）
（は苦しいのである。……）　（下段第一行）

（下段十九行不明）

断片I

（……二人は搾り乍ら）交互に歌　（下段第二十一行）
ふので（ある。）なかなかいゝ節廻しで、文句を　（下段第二十二行）
知りたいと激しく僕は思つた。彼等が特に仲　（下段第二十三行）
がいゝのかと思つたが、暫く歩くと、又、二　（下段第二十四行）

人で交互に歌ふ同じ歌声が聞え、同じ店が向　（下段第二十五行）

三一五ページ（以降は破れていない）

（ひ合つてゐた。……）　（上段第一行）

まだまだ不完全だが、ジグソーパズルの断片をつまみながら、空白に読み取ろうとしてみて欲しい。平和に復した「戦後」に露呈している不穏さを小林がいかに写生しているか、を。

銀行めいた石造の大きな建物に「見学禁止憲兵隊」（断片A1）と大きく書かれているのは、やはりここが憲兵慰安所だからなのだろう。では、憲兵隊によって「見学」が固く禁じられているのはどうしてか。永井和によると、通常一般の公娼施設は文民警察の管轄下にあったが、「陸軍慰安所の従業員は軍籍を有さぬ民間人であったとしても、その場所で働いているかぎりは憲兵の管轄とされる」（前掲書）。憲兵隊が「見学」を禁止するのは、ここが、民間の業者が公娼を雇って私的に経営している娼館のように一般人が出入りできる民間施設ではなく、憲兵の厳重な監視と積極的な関与のもと民間の業者が対軍人専用に運営する軍の慰安施設だからなのだろう。「慰安婦」たちが、大島田を結い、真っ赤な長襦袢に羽織を引っ掛けながらも、無粋にも、胸に「めいく〳〵番号と名前のはいつた慰安所営所証を勲章の様に付けて居る」（断片D）のだとしたら（むろん、これも頭からそう決めてかかることはできないが）、それもそのためだろうか。

憲兵隊が禁止している「見学」という表現は、場所が慰安所だけに変だが、変なままあっけらかんと貧弱な字で「大きく書かれてゐ」るからそれを小林は正確に写生したのかもしれない。小林が直後に「見物」と言い直して「見物するわけにはいかないので、やはり実際に慰安を求めに這入らなければならない」と書いているのは、その変さを逆手に取って茶化しているのだろう。ここは軍専用の慰安所だから、民間の娼館のように客が外からじろじろ見て娼婦を物色することは禁じると憲兵隊が言うのであれば、仕方がない、従軍記者として見物だけで済ませるつもりだったが、入る以上実際に慰安を求めるほかない、と。

断片A1の「火野伍長」は火野葦平だ。小林が彼に芥川賞を授与した前後のことは「杭州」に詳しく書かれている。火野もそのときのことを戦後に「西湖上に舟を浮かべて、湖心の島に渡り、一日の清遊もした」と回想しているが（火野葦平選集第一巻「解説」）、この一文に続く「夜、怪しい巷にも出没した」という文が「杭州では火野伍長から切符を分て貰つて登楼した」に呼応している。「切符」とは「花券」とも呼ばれる慰安所の買春チケットで、これは軍から各将兵に配給されていた。つまり、個々の将兵が直接、現金で支払うのではなく、配給された「切符」で支払う。慰安所を運営していた業者がそれを「慰安婦」から回収して軍に相当額を請求するというシステムだったらしい。

先に和歌山を始め、北関東、南東北での「慰安婦」緊急募集の動きにふれたが、群馬県内での不審な募集活動に関して群馬県知事が内務大臣、陸軍大臣に問い合わせた文書によると貸席業者が次の様に周旋業者に話をもちかけていた（政府調査の資料では濁点がないが、読みづらいので補った）。

営業ハ吾々業者ガ出張シテヤルノデ軍ガ直接ヤルノデハナイガ最初ニ別紙壱花券（兵士用二円将校用五円）ヲ軍隊ニ営業者側カラ納メテ置キ之レヲ軍デ各兵士ニ配布之ヲ使用シタ場合吾々業者ニ各将兵ガ渡スコト、シ之レヲ取纏メテ軍経理部カラ其ノ使用料金ヲ受取ル仕組トナツテヰテ直接将兵ヨリ現金ヲ取ルノデハナイ軍ハ軍トシテノ慰安費様ノモノカラ其ノ費用ヲ支出スルモノラシイ

一九三八年一月十九日付「上海派遣軍内陸軍慰安所ニ於ケル酌婦募集ニ関スル件」

群馬県警は花券の見本まで添えている。

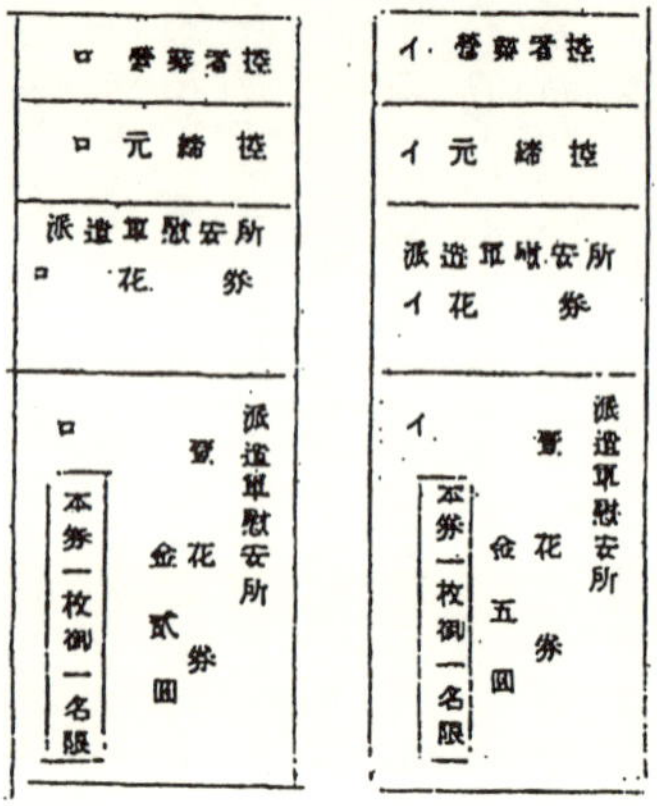

『政府調査「従軍慰安婦」関係資料集成』第一巻

もちろん、伝聞に基づく供述だから、これをそのまま事実と決めつけることはできない。じっさい、軍が性的慰安所の経理に「慰安費様ノ」勘定科目で関与していたとなると、永井和も前掲書で言うとおり「慰安婦の性を買うのは、個々の将兵ではなくて、軍＝国家そのものである」ことになり大いに問題がある。したがって「実際の慰安所ではこのような支払い方法は採用されなかった」。「切符」が使用される場合でも、将兵の給与から差し引いて支払うというシステムが一般的だったらしい。

しかし、である。永井前掲書によると、上海の日本総領事館、陸軍武官室、憲兵隊の三者が前線への陸軍慰安所設置に関して協議し、その運用に関して三者間で任務分担の協定を結んだのは一九三七年十二月中旬である。そして、和歌山県、群馬県、茨城県、山形県で警察から婦女誘拐を疑われる不審な「慰安婦」募集活動が続発したのは翌三八年の一月である。また、杭州で「憲兵慰安所」が建設されたのは二月である（第五師団第一建築輸卒隊陣中日誌）。こうした情況から推察すると、前年十二月の南京占領前後に多発した将兵による現地人に対する強姦、虐殺を鎮静させるという建前で前線に慰安所を設置して「慰安婦」を送り込むことは緊急を要していた。小林が杭州を訪問した三月頃には、「どさくさ」の混乱の中、「花券」「切符」を用いた軍経費による決済システムが導入されていた可能性が全くないわけではない。

小林が記している「「一発」と書き、下に下士官一円五十銭、兵一円とある」とは、蘇州の慰安所にまさかそう貼り出されていたはずはないから（これもそう決めつけることはできないが）、たぶん、杭州滞在中に火野から分けてもらった「切符」の表記のことだろう。

たしかに、「一発」という表現は、検閲官の報告していたとおり「露骨」だ。しかし、露骨なのは小林の「筆致」ではない。ここでも、「切符」にそう書かれている現実そのものが露骨なのだ。小林はその露骨な事実を正確に写生したにすぎない。

皇軍慰安所なるものがあってその「切符」に「一発」何円と書いてあるなど、あまりにも露骨で、とうてい「ここ」の感覚では考えられない馬鹿馬鹿しいことである。しかし、そのありえないことが「そこ」では、ありえないことのままごくあたりまえのことになっており、「ここ」の常識では考えられない露骨なことが露骨なまま、しかも市場で砂糖黍のジュースでも売られるようにあっけらかんと何ごとでもない常識として眼前に物質化し、平然と通用している。

「同じ場所で二つ時間がある」とはそういうことなのだ。小林は内地から派遣されたものとしてまだ「ここ」の時間をひきずっている。軍慰安所が存在するという事実が警察の取調官にとってわが耳を疑うことだったように、慰安所の「切符」に「一発」何円とあるのは小林にはわが眼を疑うべきことだっただろう。しかし、「そこ」を流れる時間の中では、わが眼を疑うべきこの事実が、そのまま茶飯事と並列的に日常の一部として平然と組み込まれており、それを問題にすることがそのまま「愚問」になってしまう「空気」があるのだ。

ところで、例の「切符」が杭州の慰安所のものだとしたら、この蘇州の慰安所の場合、軍人でもない小林がどうやって入ったのか。

欠損が大きくてわからない。

断片Bに「かうとするので、手帖を出し、不発見学と書」とあるのは、憲兵か誰か、運営側の人間が小林の立ち入りを制止して表に連れて行こうとするので、小林が従軍記者用の従軍手帖か何かを差し出して、記者の特権としてどこでも問われず見学できることが書かれた一節でも示したということだろうか。

よくわからない。

ただ、断片C、D（「女達が目白押しで掛けてゐる。胸には、めい〱番号と名前のはいつた慰安所営所証を勲章の様に付けて居る。[redacted]」）を読む限り、小林は結果的には慰安所への立ち入りを許されているようだ。

さらに誰が（小林が？）どこへ入って行ったのか、また誰が（「慰安婦」たちが？）喚いたのか決定できないが、「這入つて行くと二三人が頓狂な声で○○○○○しよ、と喚いた」（追加断片）。「○○○○○○」の伏せ字は雑誌においてすでに自主的に伏せ字にされていたのを検閲官がそのまま出版警察報に転記したのか。いや、そんなはずはない。もし最初から伏せ字になっていたのなら、「風俗壊乱ノ虞アル」例として報告書に引くはずがない。とすれば、ここには、「風俗壊乱ノ虞アル」言葉が「露骨ニ」記されていたのだろうが、それは出版警察報に転記転載するのが憚られるほどに「露骨」だったのでこの報告書で伏せ字にされたということか。

これもよくわからない。

最後に断片Eで「こゝで彼女達の幸福を祈つて置」とあるこの「こゝ」とはこの「蘇州」という文章のことだろうか。そうと決めつけることはできないが、もしそうなら、「彼女達」のことを書いている「こゝ」で「彼女達の幸福を祈つて置」きたいと読める。この「彼女達」が「慰安婦」たちだとすれば、小林が「こゝ」で「彼女達の幸福を祈つて置」きたいと考えるのは、どのような「慰安婦」たちをどのように見たからなのか。

この文章の場を借りて「慰安婦」たちの幸福を祈って置きたいと結ばれているのだとしたら、慰安所に関する記述は、たぶんこの三一三ページ中段一行目からあと数行で終わるのだろう。その後は街の出店の様子が様々に描写されるのではないか。じっさい、すぐ下の下段では、断片Fから明らかなように、すでに街の歯医者や眼鏡屋の話に移っている。つまり、三一三ページ中段で、「慰安婦」の話は区切られていたと考えられる。

本論を「新潮」二〇一三年四月号に掲載した後で教えられたことをここに書き添えておく。文藝春秋新社社長だった池島信平と中央公論社社長だった嶋中鵬二の二人が聞き手になって毎回一人の「文豪」から話を聞くというラジオ放送企画に小林秀雄が出演したことがある。小林はそこで思い出話として「蘇州」の削除処分について少しばかり喋っていた（一九五九年十一月三十日放送）。その号の「文藝春秋」は販売禁止だが、処分対象のページを破り取れば販売を許可するという当局の決裁が下りたので当時、文藝春秋社の社員が急遽、動員されて、何万部もあるのを、該当ページだけ物差しを当てて破った、あれは辛かった、と当時社員だった池島が水を向けると小林はこう語ったのである。

小林　だけど、僕は慰安所ッていうの、火野君と一緒に行ったがね。見学に行ったんだがね。実に清潔でね、それで女の子が実に溌溂としてたよ。そりゃ健康でさ、いい顔色してね、日本語なんか、みんな兵隊さんに教わってさ。僕は驚いたよ、清潔で健康なんで……清潔で、健康だッてことは書いたわけだがね。

池島　そりゃそうでしょう、きっと。なおいけないんじゃないですか。（笑）

小林　尚いけないのか、ふうん。

『文壇よもやま話』上巻「小林秀雄の巻」

この話から、「慰安婦」たちが日本人ではなかったということが分かる。現地（蘇州あるいは杭州）で集められた中国人女性だろうか。ちなみに、一九三八年二月十六日、つまり小林が着く一ヶ月ほど前だが、杭州に駐留していた武田泰淳は竹内好宛の書簡に書いている。「此の間通行証を持つて朝鮮ピー（朝鮮人「慰安婦」のこと――山城）を買ひに行きましたが、若くて身体も非常に清潔ですが全く無邪気な程慾が深いのにおどろきました。僕に恋人になつてくれといひましたが、四四番といふ縁起の悪い番号でした」（「戦地からの手紙」）。「彼女達」がそこで働いて生きていくためには敵兵から日本語を学ぶ必要があった。この現実（ひょっとするとその二三人が覚えたてのカタコトの日本語で「〇〇〇〇〇〇しょ」と喚いたのだったのかもしれないということ）は、慰安所が「清潔」であればあるほど「女の子」たちが「健康」であればあるほど、その清潔と健康にいっそう影が射す。その上で、小林が「こゝ」で「彼女達の幸福を祈つて置」きたいと考えたのだとしたら、その陰翳はいっそう濃くなる。「清潔で、健康だ」と小林が書いたのなら、池島が笑いながら言うのとはまた別の意味で、尚のことといけなかっただろう。

小林秀雄の「蘇州」は検閲により重要な欠損を強いられている。そこには致命的な空白がある。欠損はできる限り埋められるべきだろう。空白の輪郭をはっきりさせるためにこそ、欠損は微細なりとも復元される必要がある。しかし、欠損がすべて復元されたら、それが抱え込んでいる空白も埋められるというわけではない。なぜなら、それは一九三八年の蘇州そのものが、つまり「そこ」が抱え込んでいた空白だからである。「そこ」を領していた「空気」は、かりに検閲されなくても、「ここ」ではなかなか知覚し難いものだったのだ。

現に今がそうではないか。検閲によって隠されていたものがすべてあらわになっても、すべてを「ここ」の時間で測定して「そこ」を位置づけるかぎり、やがてそんなものは『なかった』ということになる。それは、どんなに客観的に「そこ」を座標系に位置づけても、その座標空間そのものが「ここ」でしかないからだ。その座標系にはそもそものはじめから「そこ」は存在のしようがなかったのだ。そこには「ここ」しかない。だが、それは、じつは「ここ」すらないということにほかならない。「ここ」がないから「そこ」がない、のではない。「そこ」がないから「ここ」がないのだ。そもそも「そこ」自体がないそのような時空間では、客観性のいかんにかかわらず、放っておけば、南京虐殺も日本軍「慰安婦」も『なかった』ということになってしまう。

しかし、考える人に「そこ」はあった。また、今もあるのだ。個々の「ど強い」行為以前に「そこ」を領していた「空気」はあった。また、今もあるのだ。というよりも、従軍記事における小林がそうであるように、それにつまずくことが考えるということなのである。「そこ」においては、空爆や残敵討伐がウイスキーをドクドク注ぐことと、そのコップを持ってバス・ルームに入ることと隙間なく並列するように、慰安所もまた日常生活の一部分となっており、将兵たちは「そこ」の時間を刻むその独特のリズムに従って足を踏み入れる。慰安所そのものではなく、その「空気」が異様だから慰安所を「見物」したのだが、小林はやはりそこを支配しているリズム、その「空気」につまずいただろう。つまずくことによって、決して「ここ」ではない「そこ」、決して「ここ」にはならない「そこ」があることに気付くのだ。

不穏な「空気」から自分だけが自由になることはできないということを小林は直覚していただろう。「二つの時間」の狭間で感受されているこの「空気」は希薄なものだが、決定的に重要である。なぜなら、「そこ」で多発していたと言われる強姦も虐殺も掠奪も放火も、その場にあってはまさしくそのように通用していたにちがいないからである。「ちよつと〇〇の爆撃を済ませて還らうと思つてね」という具合に。「へえ、そんなものかね、だつて下から打つだらう」に類する疑問を、愚問は承知で訊いても「そんなものつて何がさ無論無暗に打つて来るさ、まあ一ぱいどうだ」に類する返事を返されるだけだろう。「ここ」の時間から見るかぎりどれほどアホらしいと思えることも、あるいはどれほど残虐で禍々しいと思えることであっても、小林が「そこ」にいるかぎり、小林はそれが平然と通用する「空気」の中にいるのであり、小林自身をその例外とすることはできない。火野君は兵隊だが、僕は従軍記者にすぎない、呑気な旅行者にすぎないという区別を容赦なく押し流してしまう空気が「そこ」にはある。たしかに、こんな「空気」を「やゝ」であれ、納得するのは容易ではない。しかし、それが「そこ」にあるということなのだ。

小林は「二つの時間」の時差のせいで誤って「南京行の汽車」に飛び乗ったが、南京へは行かず翌朝杭州行の汽車に乗り直していた。しかし、この失錯によって逆に、正しく「南京」に着いたと言える。なぜなら、小林は、杭州で火野から語られた「無意味」な発砲も、「そこ」

を刻んでいた奇妙なリズムの時間によって日常生活の一部分としてしっかりと組み込まれてやるのだということを正しく認識したはずだからだ。したがってまた、上海で自分が呼吸して来た日常生活のあの「空気」からこの発砲までは一歩の距離もないということの恐ろしさも膚で感じていただろう。いいかえれば、同じ「空気」の中にいた小林には火野の「無意味」な発砲が決して他人事とは思えなかったはずだ。それは、やったのがたまたま火野だったにすぎない、というふうに受け止められただろう。「そこ」にあるとはそういうことなのだ。それが小林の戦争経験なのである。

塚〔南京の鶏鳴寺付近に設営された近代的防空壕。この初出で「塚」と表記されているのは単なる誤植だろうか――山城〕は三間置きくらゐに掘られ、そこらには、帽子や皮帯や、鳥籠の焼け残りなぞが散らばつてゐる。埋め残した支那兵の骨が、棒切れがさゝつた様に立つてゐる。すべ〳〵した茶色で、美しく陽を透かしてゐる大腿骨がある。コールタールを塗つた様に湿つた脊柱骨がある。蠅が群がり、光つた様な空気は臭かつた。

「杭州より南京」初出

「空気」は捉え難い。また、不可解でもある。だが、序章に引用したように、だからこそドストエフスキーはそこから『悪霊』を書いたのだ。

「蘇州」の記事が削除されたのは一九三八年五月十八日だ。翌日の東京朝日新聞に小林はこう書いている（「支那より還りて」）。

　今日までの思想家、文学者に対して行はれた当局の非常的処置については、僕は当然な事だと考へてゐた。今もさう思つてゐる。さういふ消極的な思想統制は容易だから、当局も鮮やかなところを見せるわけなのだらうが、積極的に思想統制に乗り出すとなると簡単にはいかぬ。（中略）積極的統制は賛成だ。さういふものが出て来なければ、今までの消極的統制の意味も徹底しやしまい。

さらに翌日、「積極的思想統制」をこう具体的に当局に提唱している。

　観察にも文章にも熟達した一流文学者を続々とたゞぶらりと支那にやつてみるがよい。たゞぶらりとやつてみるなぞといふ事は、成る程政治家の理論中には見当るまい、政策としてもこれほど空想的な政策もあるまい。だが、それは一見さう見えるに過ぎない。よく考へれば、今日それほど効果的な積極的思想統制はないのである。日本にも大政治家がゐたら恐らくとつくに行つてゐる事だ。
　ぶらりと行つてぶらりと還つて来た文学者達は、別に新説を吐かないかも知れない。併し、彼等は日本人として今日の危機に関する生ま生ましい感覚だけは必ず持つて還るのだ。それは文学者といふものの修練を重ねた本能に依る。
　そしてそれは、彼等の書くものに必ず現れるだらう、現れたものは、国民は必ず感得するだらう。これがどうして空想的な事か。最も確実な方法だ。国策に添ふ文章を文学者に書かせる都合のいゝ理論を発明しようと頭をひねる方がよつぽど空想的である。慰安所への筆の走りにも敗戦後のあの「放言」にも通じる、こういう「天然」を発揮している小林秀雄が僕はとても好きなのだが、結びのパラグラフではさらにこう念を押している。

最後に希望して置くが、文学者をたゞぶらりと支那なぞにやつて何を書き出すか知れたものではないといふ風な考へ方は一切止めて欲しい事だ。

武田泰淳がスタヴローギンの手記のように「審判」に記録した個人的発砲が起ったのは、先にふれた川西政明の推察が正しいとすると、この記事が掲載された「五月二十日の午後」である。「この地球上には私と老夫婦の三人だけが取り残されたようなしずけさでした」（似た感覚は『わが子キリスト』にも書き込まれている。ノート一の2・4参照）。上海へ、杭州へ、南京へ、蘇州へ「ぶらりと行つてぶらりと還つて来た文学者」はその「空気」を知っている。小林も「今日の危機に関する生ま生ましい感覚」を持って還ったのだ。それは小林の書くものに必ず現れるだろう。小林に限らない。「一流文学者」なら、必ずやそこから自らの『悪霊』以後を書くはずだ。

注1　本書における小林秀雄の著述からの引用は原則として小林秀雄全集に拠るが、小林の従軍記事からの

引用は初出紙誌に拠った。尚、引用に際しては旧字旧かな遣いを新字旧かな遣いに改めた。

注2 坂口安吾はこの無意識の変化を察していた。「だが、いつたいこの戦争で、真実、内部からの変貌をとげた作家があつたであらうか。私の知る限りでは、たゞ一人、小林秀雄があるだけだ。彼は別段、戦争に協力するやうな一行の煽動的な文章も書いてはゐない。たゞ彼は、戦争の跫音と共に、日本的な諦観へぐんぐん落ちこみ、沈んで行つた。人々は、或ひは小林自身も、これはたゞ、彼の自然の歩みであつたと思つてゐるかも知れぬ。私はさうは思はない。戦争がなければ、彼はかうはならなかつた。かういふものになつたにしても、かういふ形にはならなかつたに相違ない」(「通俗と変貌と」)。ただし、坂口が変貌を測定するのは、「教祖の文学」同様、『無常といふ事』においてである。この連作が本として出版されたのは敗戦後だが、発表されたのは一九四二年から四三年である。真の変貌はそこで生じたのではない。それは、小林が痕跡を消したと思われる「終戦」前後に生じた、したがってまた、真の変貌は「日本的な諦観」への沈潜のさらに先への変化であり、それは敗戦後のドストエフスキー論考に現われる、というのが本書の立場である。

注3 以下「空気」という言葉に繰り返し言及するが、それはこの直後に「杭州」から引用したパッセージで使われている意味においてである。山本七平の言う「空気」(『「空気」の研究』一九七七)とは何の関係もない。山本の言う「空気」は近代日本人の意思決定を支配している日本的なものの隠喩であり、ヘブライ/キリスト教的な「プネウマ」(息、風、霊)との対比において把握され、日本人には後者は、頭で理解することが出来ても本当に「分る」ということはないと考えられている。山本は、それはあの畏敬する小林秀雄にさえついに「分る」ことがなかったのだと考えた。それが『小林秀雄の流儀』(一九八六)のモチーフである。「悪霊」の原語は、ロシアの土着的な悪魔、いわば「鬼」の複数形「ベースィ」だが、山本は

これに新約聖書の、しかし『悪霊』のエピグラフに引かれたルカ福音書の原語でもない「プネウマ・ポネーロン」というルビを振って言う。「小林秀雄にとって「分るということ」は、新しい認識に達して、新しい世界が目の前に開かれることであった。ではわれわれが、「悪霊《プネウマ・ポネーロン》」への新しい認識に達して、悪霊の住む新しい世界が目の前に開かれることが可能であろうか。それが可能ならば小説『悪霊』の世界への新しい認識に達して、その世界が全く新しい姿で目の前に現われて来るかも知れない。小林秀雄にはおそらくそれが不可能だった。不可能で当然であろう。人間にはすべてのことが可能であるわけではない」。これが、なぜ「「悪霊」について」が打ち切られたかについての山本の推断である。山本はこの問題を「文化の違い」に帰する。「われわれはスタヴローギンのように、またリーザの夢のように、悪霊が自分の傍らに居たり、自分の周囲でうごめいていたりするのを実感することはできない」と。しかし、そもそもドストエフスキーの悪霊はプネウマなのかという問いを今、措くとしても、プネウマが「分る」とは、スタヴローギンが見たように「顔つきも性格もいろいろだが、正体はいつも同じ」悪霊《ベース》たちが、あるいは『カラマーゾフの兄弟』のリーザが見たように「ドアの向うにもうようよしていて、みんな中へ入って、わたしを捕まえようとする」悪魔《チョールト》たちが見えるということなのか（山本は、他の箇所ではすべて江川卓訳で『悪霊』から引いているのにスタヴローギンの見る悪霊に関する箇所だけ米川正夫訳で引用している。山本は、チホンとの対話におけるスタヴローギンの複数の発話から、或る箇所は間接話法的な文脈からきれぎれに切り取り、別の箇所は直接話法ではあっても対話の相手チホンのプレゼンスを示唆する箇所は切断して、都合よくつまり不正確に断片を切り取って「……」で継ぎはぎしながらあたかも一つの発話であるかのように加工して引用している。この工作によって読者の視界から完全に抹殺されてしまうが、対話の相手チホンは、それを「悪霊」と強弁するスタヴローギンに対し、悪霊は疑いもなく存在するが、しかしスタヴローギンの場合は「病気」と見るのが適当と判断しており、スタヴローギンがそのことに動揺し苛立っているという文脈は重要なのである）。山本は、プネウマが「分る」か「分らない」かという問いを、悪霊が見えるか見えないかという問いに帰して重視する。だから、この問いが問題にならない『ゴッホの手紙』における「或る一つの巨きな眼」と、この問いが問題になる「「罪と罰」について」における「一つの眼」は同じでないと考える。しかし、小林にとって決定的な問いは、自分に何かが見えているかどうかではなく、何者かによって見られているかどうかなのである（第五章参照）。

第二章　日本帝国のリミット――「満洲の印象」

河上徹太郎が小林秀雄について書いている。「旅に出ると彼のこまめさがよく分る。彼は満州の開拓村の隅々まで行つた。「汽車と聞くとへどが出さう」だと帰つてからいつてゐた」（「小林秀雄」）。一九三八年十月に小林が釜山を発って当時の鉄道で行ける満州国最北端の黒河まで赴いたときのことだろう。「満洲の印象」では、ハルビンから十七、八時間も揺られて「汽車と聞くだけで胸糞が悪い」と書いている。鎌倉在住の友人で彫刻家の岡田春吉の兄、益吉が満州国の有力者だった関係で満州国の招待で春吉と一緒に旅行したのである（大岡昇平、新訂小林秀雄全集第七巻「解説」）。

黒河は、黒龍江（アムール河）を隔ててソ連領ブラゴヴェシチェンスクと対峙する都市だ。一九四五年八月には、ソ連軍がこの街から侵攻して来る。しかし、一九三八年、十一月初旬（前夜は「素晴しい満月」だったというから九日だろうか）の時点で小林の前にあったのは「平和な国境風景」だった。「見たところ表面は」というような留保を付けようとして小林は頭を振る。「スキーをしてゐる者も材木を運んでゐる者も、たつた今は心の底から平和に違ひない」。そして、朝日にキラキラする河面を見詰めながら思うのだ。「どんなに戦の予想に頭を膨らした人もほんとうに剣をとつて戦ふまでは平和たらざるを得ない。人間は、戦ふ直前に何か知らない一線を飛び越える」。この言葉は、後述する大岡昇平に強い印象を刻み付ける。彼は、敗戦後、一九四六年五月に「満洲の印象」を再読してから『俘虜記』を書き始めるのだ。

昨夜はよく眠れなかったと小林は言う。次々に湧いて来る想念に悩まされて「水を飲んだり又しては煙草を付けたりして考へ続けた」のだ、と。ドストエフスキーを、もはや本ではなく大陸における眼と鼻の先の事実の中に読んだ結果、生まれたこんな奇妙な想念だ。

ハルビンのキタイスカヤ通りを歩けば、自分のような日本人でも、見知らぬロシア人の顔にムイシュキンの名を読み取ってロシア人というものをしっかりとつかむことができる。ドストエフスキーがロシアの民衆の魂に正確な表現を与えてくれていればこそだ。では、外国人は、銀座街頭でたまたま見かけた日本人の顔に、日本の小説中の人物の名を読み取って日本人というものをしっかりとつかむことができるか。それは、北京街頭に阿Qの顔を見分けることよりももっと難しいだろう。日本の近代文学はまだそういう名を外国人に与え、日本の民衆の魂をしっかりとつかむことができるほど立派な作品を一つも創っていないからだ。しかし、満州事変以来、拡大して今日に至ったこの「事変」において団結を支えているのは、日本の民衆の、文学者によって未だ適確な表現を与えられていないそういう「智慧」だ。「日本民族の血の無意識な団結といふ様な単純なもの」ではない。一つの大地の上で中国人、朝鮮人、モンゴル人、満州人、等々の異民族と『協和』してやってゆかねばならぬこの土地で「日本民族の血」などと言っているのは間が抜けている。現在、複雑きわまるものとなっているこの「事変」において日本人の団結を支えているのは、「長い而もまことに複雑な伝統を爛熟させて来て、これを明治以後の急激な西洋文化の影響の下に鍛錬したところの一種異様な聡明さ」なのだ。しかし、

「この智慧は、行ふばかりで語らない」。「この事変に日本国民は黙つて処したのである。これが今度の事変の最大特徴だ」。

小林は「思想家は一人も未だこの智慧に就いて正確には語つてゐない」と言う。事変に際して行うばかりで語らず「黙つて処した」民衆の「智慧」、すなわち明治維新以後、つまり一八七〇年代以降の急激な近代化の影響の下に鍛錬したアジアの精神に対し自分は正確な表現を与えることができていないという自問である。

小林は、この「黙つて処した」という言い回しを敗戦後の有名な「放言」でも繰り返すからここで強調して置こう。この文脈では、黙っていることをよしとするニュアンスはない。「国民」が黙っているのはいい、しかし、文学者は、黙って処しているその国民の「智慧」に正確な言葉を与えねばならない。「満蘇国境」が突きつけて来たこの問いゆえに小林は眠れず、水を飲み、煙草を付けながら考え続けるのである。「帝国」の果てる「そこ」での試金石は、銀座街頭の現代日本人の顔に外国人が日本文学の作中人物の名を読み取るかどうか、である。

「鎖国は明治維新とともに終つたのではない、今日それは漸く終らうとしてゐる、といふより寧ろ終らせようと僕等は努力しなければならないのだと言つてよい。明治以来、わが国の文化は西洋文化を輸入して爛熟して来たのだが、これを日本のものとして輸出するほどの完成を見たわけではない」という、身振りのやや大きな言葉の力点も、日本の文学をいかにして外国人に「輸出」できるものにするかということにある。昨今、喧しく宣伝されるようになった日本人ではなく、各人の心の裡に棲んでいる「黙つてゐるもう一人の微妙な現代日本人なるもの」にいかに正確な言葉を与えるか。端的に言えば、我々はこの戦争の中から日本人の思想の創作として『悪霊』に匹敵する作品を書けるか、ということである。一九三八年十一月上旬、「そこ」の小林に眠ることを許さなかった問いは、その後の小林はもちろん、今日の僕らをもまだ解放していない。

小林は黒河を発つ。黒龍江沿いに配備された軍事施設の配置を諜報されないようにだろう、窓にシェードが下ろされた汽車に三時間ばかり揺られて軍事都市、孫呉に着く。「満蒙開拓青少年義勇隊孫呉訓練所」を見学するためだが、ここで小林は、日本の国民が大人もこどもも「事変」に処するにいかに「黙つて」いるか、日本人の「智慧」がいかに「行ふばかりで語らない」かを思い知る。小林を案内した「満洲拓殖公社の山口君」とは満州における小澤開作の盟友、山口重次だろうか。

満蒙開拓青少年義勇軍は、徴兵適齢期前の青少年(数え十六〜十九歳)を満州国内の訓練所に送り込んで現地での入植指導と同時に軍事教練を行う移民形態の一種だが、この企画が一九三七年に予算の確保もままならないままに急速に推進された背景には、この年の七月以降にやはり急速に展開した日中戦争の動向があった。この「事変」のなりゆきに応じて中国東北部では一方でソ連の動向が怪しくなり始め、他方では抗日パルチザンが活性化し出した。ところが、日中戦争への補充のため人員と物資は満州国に十分に回って来なくなる。かくて、満州の不安定化を危惧した関東軍が、満蒙開拓青少年義勇軍の導入を積極的に推し進めたのである。少年たちを将来、現地開拓団の補充と自警に充てるためだけではない。召集可能な人員を予め確保して訓練し「満蘇国境」付近の軍備を強化するためでもある。

その実態は、一九三八年二月までに募集された最初の少年たち約五千人が、先遣隊として、まず内地での二ヶ月の訓練のための営舎（天皇を象徴する太陽に象った円形の日輪兵舎）を茨城県内原に建設した後に満州に派遣され、現地でも訓練所内に宿舎を建設することから始めなければならなかったというなりゆきが一切を物語っている。実際には実行のための予算も計画も決まらぬうちに、青少年たちと建築には素人同然の指導員たちの満州への移入ばかりが、いわば見切り発車で次々と進められたのである。

小林が行った孫呉の訓練所は一九三八年にソ連との国境近辺に設置された五つの訓練所の一つで三千人の収容が予定されていた。小林がそこで見たのはこの訓練所の「先遣隊」なのだろう。五月に到着した千四百名余りはまず「天地乾坤造り」と名前だけは立派に自称する粗末な家屋（木で組んだ骨組みにアンペラ（コーリャンの茎で編んだ荒い筵）を屋根と外周に掛けただけの、いわば掘建て小屋だから晴れた朝には陽が容赦なく差し込み、雨の日にはシャワーのように水が漏る）をいくつも建てることから着手した。しかし、夏になると湿地の上に建てていたことがわかった。土地の測量や建築などしたことのない素人の指導のもと移設に手間取っているうちに今度は未曾有の長雨に遭ったため、訓練所内に営舎の建設が十分に行き届かないうちに冬になってしまった。「棟上げだけ済ませた家が、空しく並んでゐる」。小林がそれを見た十一月上旬はもう零下二十二度になっていた。「僕は、千四百人の少年が、こゝで冬を過ごすとはどういふ事であるかを理解した。それは本の統計にも説明にも書いてない事であつた」。

以上は建築の不首尾だが、万事がこの調子だった。厳寒をしのぐための防寒具も少年たちに行き届いていない。暖房設備もありあわせで、食事も同断である。夕食には「少量のごまめの煮付けに、菜つ葉の漬物がついてゐた」と小林は記録している。「内原の訓練所には少年の栄養研究班なるものがあつたのを知つてゐるから、参考の為に書いて置く」と断っているので補足して置こう。内原の訓練所本部の栄養課長、酒井章平は、現地の訓練所を回って訓練生たちの栄養状況を視察したところ、このままでは病人が続出すると判断して五千箱の魚類の缶詰を五ヶ所の訓練所に発送させた。ところが、帰国後、内原訓練所の所長、加藤完治から厳しく叱責を受けた。少年たちの多くは飢饉の農村から来ている、狭い日本に詰め込んでおいてもどうせ絶滅する日本人なのだ、満州に義勇軍として出て死ぬのなら全滅したっていいではないか、それが自分の覚悟だ、指導する側が、こんな食事では病気になるとか死ぬとか狼狽していては、訓練生はなおのこと動揺するではないか、と（『日本農村と栄養』一九四四）。孫呉の指導者に「寒いと言へば、北海道だつて寒いんだからな。わし等は、熊と闘ひ乍らやつたものだ」と言わせたのは、加藤と同じ精神主義からなのだ。建築を指導した者が「わし等は、湿地の上に家を建てゝやつて来たものだ」と言い出すとすれば、それもまた同じ精神主義からだろう。こうした厄介な「素朴」さに対して小林ははっきり書いている。「此処にあるものは訓練ではない、単なる欠乏だ。物の欠乏が、精神の訓練を装つてゐるに過ぎない」。ただし、小林は訓練所の現状を告発しているのでも、体制の批判をしているのでもない。幹部たちは皆「気持ちのいゝ人達」であり、指導者たちも、人としては「真面目な意志の強い人達」であることを疑っていない。彼らも五族協和の王道楽土を少年たちと築こうとやって来たのだろう。小林はその人柄も理念も疑っていない。では、そこからどうしてこんな惨憺たる結果が出て来るのか。『悪霊』の「動機」はこんなところにも露頭している。

小林は少年たちを観察する。彼らは元気に見えるかと思うとしょ気ている様な顔を、沈んでいる様に見えるかと思うと快活な顔を見せる。少年たちの表情は恐ろしく捉え難い。しかし、やがて小林は悟る。これは、やはり満蒙開拓青少年義勇軍の理念なり任務なりを耳にタコが出来るくらい聞かされてここにやって来た彼らがここの思いもかけない「欠乏」を突きつけられた「まさしく困難な境遇に置かれた時の子供の心そのまゝの顔」なのだ。そう気付いた小林はその「無邪気さ」に胸を突かれずにいられなかった。「欠乏も亦一つの訓練だ、そんな大人のロマンティスムを、子供の無邪気さは、決して理解しやしない」。

便所は戸外にある。柱とアンペラと竹とで出来てゐる。小便をしてゐると、中から少年達の屁の音や、糞を息む声が聞え、僕は不覚の涙を浮べた。こんなにまでしても必要な仕事か、と思つたのではない。こんなにまでしてもやらねばならない仕事の必要さといふ考へが、切なかつたのである。

少年たちは、零下二十二度の屋外で柱に筵を掛けただけの穴にしゃがみ、凍結した大便の山に尻を突き出してそれぞれに息んでいたのだろう。彼らは「事変」に「黙つて処」している。ここにも「行ふばかりで語らない」智慧はたしかにあるのだろう。しかし、小林は「未だこの智慧に就いて正確には語」れない。ただ、泣いたのだ。

それにしても、「こんなにまでしても必要な仕事か、と思つたのではない。こんなにまでしてもやらねばならない仕事の必要さといふ考へが、切なかつたのである」という言い方は微妙だ。これを、検閲を配慮したからこういう言い方になったのだろうと読んで済ましたのでは間違える。小林は王道楽土という高邁な理念と「単なる欠乏」という苛酷な現実との激しい落差に愕然としているのではない。我々は間違っていたのだ、こんなはずではなかった、王道楽土など、東亜協同体など、アジアの解放、独立、自主など、すべて嘘だったのだ、我々は騙されていたのだ、と反省しているのではないのだ。糞を息む声と屁にまみれたこの厠での「考へ」の微妙さに耳を澄ませよう。この微妙さには、敗戦後の「『罪と罰』について」で小林がシベリアのラスコーリニコフについて記した次の言葉の微妙さが丁度、釣り合う。「何もかも正しかつたと彼は考へる。何も彼も正しかつた事が、どうしてこんなに悩ましく苦しい事なのだらうか」。近代戦争という苛酷な現実の前に東亜の平和という高邁な理念が吹っ飛んだのではない。理念に付着していた幻想的イメージが悉く剝げ落ちて理念そのものが眼前に事実として露頭しているのだ。「何もかも正しかつた」とは、この場合、修正すべき「欠乏」は多々あるにしても、王道楽土とは、平和とはまさしくこのようなものなのだということだ。だから、「こんなにまでしてもやらねばならない仕事の必要さ」がたしかにここにはあるのだ。ただ、小林はその上で、自分は眼前に事実として露頭しているこの理念に堪えられるのか、自分の実存はこの理念に匹敵しているのか、と考えて「切なかつた」のである。「何も彼も正しかつた事が、どうしてこんなに悩ましく苦しい事なのだらうか」と。小林は、こんなにまでしても必要な事変か、と思ったのではない。ただ、こんなにまでしてもやらねばならない事変の「必要さ」という考えが「切なかつた」のである。この「必要さといふ考へ」が敗戦直後の「放言」で有名になった「歴史の必然性」という言葉を裏打ちする。「歴史の必然性」というこの「恐しいもの」は、小林には、この「少年達の屁の音や、糞を息む声」や「不覚の涙」とともに思い出されるべき「切な」いものなのだ。

日中戦争が始まる直前に「理想はトルストイが言つたやうに実現できないからこそ理想であるから僕等は理想を持つてるんだらう」、「戦争は絶対にいかんのだといふ立場が文学主義ぢやないのか」（「文学主義と科学主義」一九三七年七月号）と語っていた小林は、三八年十一月にはすでにこの戦争のリミットの上に立たされていた。とはつまり、まさしくこのようなものとして「平和」を目の当たりにさせられていたということである。小林の「文学主義」は、日中戦争開戦後、ちょうど「「悪霊」について」第四回を書いた頃にもなお「文学は平和の為にあるのであつて戦争の為にあるのではない」、「文学者たる限り文学者は徹底した平和論者である他はない」（「戦争について」一九三七年十一月号）と、いささかもブレておらず、その姿勢は「一文学者としては、飽くまでも文学は平和の仕事である事を信じてゐる。一方、時到れば喜んで一兵卒として戦ふ」（「文学と自分」一九四〇年十一月号）でも確認できるとおり、この戦争を通じて一貫していると言っていいのだが、大事なのは、その「平和」が、平和主義者の言うような、ただ戦争がないという消極的なものではなく、ドストエフスキーが大審問官伝説で描いてみせたキリストの「自由」のように「恐ろしい贈物」だということをここ満州で思い知らされたということなのである。

なるほど、小林は「満洲の印象」を「成功した移民村」（江藤淳『小林秀雄』）の記述で締め括ってはいる。ここには少年たちに「大人のロマンティスム」を押しつける「素朴な実行者」はいない。「感化力の強い徹底したリアリスト」がいるだけだ。小林は、黒龍江対岸の敵地に「いかにも平和な国境風景」を見たように、この村の、書くべき格別なものもない「極く当り前な平和」を見て感銘を受けている。米も甘い、酒も甘い、と。「見たところ表面は」ではない。彼らも「たつた今は心の底から平和に違ひない」。「どんなに戦の予想に頭を膨らした人もほんとうに剣をとつて戦ふまでは平和たらざるを得ない」からだ。そのとおりだと思う。しかも、いみじくも小林はこう続けていた。「人間は、戦ふ直前に何か知らない一線を飛び越える」。小林が訪ねた「綏棱移民地瑞穂村」も一九四五年には「何か知らない一線」を飛び越えねばならなかった。八月にソ連軍が侵攻して来ると、関東軍はいちはやく引き揚げた。だから、村の若い男たちが戦闘に動員された。「老幼婦女子」しか残っていない村には現地の抗日パルチザンの襲撃が絶えなかった。九月、ついに四百九十五人の村民は青酸カリで自決した。集団自決である以上、当然、まずこどもたちから、ということになる。とはつまり、しばしば彼らの母親自身が「一線を飛び越え」て、手を下さねばならなかったということである。

戦争がたゞ一政治的事件として反省されるには、冷い理智で事足りるであらうが、私達が演じた大きな悲劇として自覚されるには強い直観と想像力を要する。悲劇とは単なる失敗でもなければ、過誤でもないのだ。それは人間の生きてゆく苦しみだ。悲劇は、私達があたかも進んで悲劇を欲するかの如く現れるからこそ悲劇なのである。「東亜共栄圏」といふ言葉は成る程、詐欺師等によつて使はれた。だが、この言葉は日本人の悲劇的な運命を象徴してもゐるのである。それを感じとる人々だけが今日、この言葉の理想的根拠と現実的根拠が何処にあるかを見付け出すだらう。

「感想」一九五一年一月

戦後にこう書く小林は、五族協和の王道楽土の建設はこんなにまでしても必要な仕事だったのかとは反省しないはずだ。ただ、こんなにまでしてもやらねばならない仕事の「必要さ」という考えの切なさに涙を浮べるだろう。「歴史の必然性」が「恐しい」とは、端的にはこういうことなのだ。小林が「満洲の印象」では、「うまく言ひ現せない」、「僕のペンは、恐らくそれを合せ描き得ない」、「説明となると、僕の才能を越える」と、少なくとも三度、表現を断念していたのは単に検閲を配慮してのことではない。「満蘇国境」で思いもかけず流動していた歴史の渦に巻き込まれては、「黙って処し」ている国民の「智慧」にはもちろん、小林自身の心の裡に棲んでいる「黙つてゐるもう一人の微妙な現代日本人なるもの」に言葉を与えることにも限界があったのだ。

　小林はこの後も大陸には頻繁に渡航するが、この「満洲の印象」を最後に従軍旅行記は書かなくなる（翌年六月に発表される「慶州」には第一次小林秀雄全集第六巻では末尾に「（昭和十三年十月）」の、他方「満洲の印象」には末尾に「（昭和十三年十二月）」という日付の記載がある）。一九三八年十一月の時点ですでに「帝国」の果てようとしている境界まで来て歴史の硬い岩盤にぶつかっていたのだ。しかし、「恐ろしいもの」は「其処に」こそあったのだ。『悪霊』以後を読み、それについて書くには、そのリミットに立ち続け、その岩床を突き破らねばならない。おそらくは『ドストエフスキイの生活』と一対にして上梓するつもりだった『ドストエフスキイの文学』が持久戦になることがはっきりしたからだろう、小林は三七年三月の連載完結以降、長らく本にせずにいた前者を帰国後、三九年五月に単行本として刊行する。

第三章　世界最終戦争と「魂の問題」――「「カラマアゾフの兄弟」」

「日支事変の頃、従軍記者としての私の心はかなり動揺してゐたが、戦争が進むにつれて、私の心は頑固に戦争から眼を転じて了つた」。後年のベルグソン論「感想」の冒頭にそうあるが、「私は「西行」や「実朝」を書いてゐた」と続くところを見ると、一九四二年から四三年にかけて「無常といふ事」連作を書いていた頃には、日中戦争の当初、小林が従軍記者として持っていたあの「新鮮な精気」はかなり変質していたのだろう。だが、これを日本への回帰と片付けることはできない。「無常といふ事」連作は、その前半は「「カラマアゾフの兄弟」」の連載と交互に書かれており、「西行」と「実朝」はその連載を中絶した断面に、いわば姿を変えた続編のように書かれているからである[注1]。偽りてかんなぎのまねこそしているが、小林もまた、なま女房なのだ。「新鮮な精気」は失われても、一九三八年の「戦後」が変えた、小林の心のうちの「何か」は持続しているのである。

「「カラマアゾフの兄弟」」の連載は一九四一年十月号から始まる。十二月には太平洋戦争の開戦がある。翌四二年七月二十三日、二十四日、河上徹太郎が司会を務める「近代の超克」座談会（発表は「文學界」九月号、十月号）に出席したときには、すでに「「カラマアゾフの兄弟」」第八回（発表は九月号）は出来ていたようだが、この直後に小林は激しい胃痛に襲われて入院したため、この連載を未完のまま放擲する。『ドストエフスキイの生活』を本にした後も、日中戦争と雁行して連載した『悪霊』論中絶の空白を依然として埋めることができないまま書き始めた『カラマーゾフの兄弟』論だったが、これもやはり中絶してしまうのだ。『悪霊』以後はやはり書けないのである。

どんな岩盤にぶつかっていたのか。

小林は第一回でドストエフスキーの「生活」においてキリストという存在が持っていた意味の絶対性から作品へと入ってゆく。そして、第二回、第三回をイワンに裂いてこの青年がアリョーシャに語った弁舌からキリストへと焦点をギリギリと絞り込むのだ。永久調和の王国があることは俺も疑わない、しかし、それが、何の罪もない子供たちに加えられた無数の馬鹿げた嗜虐行為と決して贖われようのないその苦しみの上に築かれているのなら、そんな調和への入場券は謹んで返上する、と結ばれるイワンの圧倒的な弁証を辿りなおして、こういう不信は、キリストを信じたいという「飢ゑ」が心中で強くなればなるほどいっそう強く彼を摑んだ反証にほかならないのだとして、今度はイワンの劇詩「大審問官」を再構成してゆくのである。

この調和の王国は、小林にとって、眼前で進行している戦争の現実から眼を転じて逃避するために読んだ前世紀の虚構の中の一空想などではなかった。「「カラマアゾフの兄弟」」連載開始の前年五月に行なわれた講演「人類の前史終らんとす」において、三十年後に王道の日本と覇道のアメリカとの間で世界最終戦争が戦われ、それに日本が勝てば戦後に「世界の統一、永遠の平和」が成る、満州事変によって成立した満州国は、道義に基づくその世界統一すなわち「八紘一宇」のために不可欠な足がかりなのだと論じた者がある（「最終戦争論」）。『悪霊』に登場してもよさそうな人物、石原莞爾である。前章で見たように、三八年、小林は満蒙開拓青少年義勇軍の訓練所で「東亜共栄圏」という言葉の「理想的根拠と現実的根拠」がどこにあるか、その苦しいリミットを子供たちとともに見定めていたが、わが『悪霊』の人物はこう言うのだ。「だから数十年後に迎えなければならないと私たちが考えている戦争は、全人類の永遠の平和を実現するための、やむを得ない大犠牲であります」(同前)。小林はイワンが絶叫した言葉をそのまま石原に対して繰り返せただろう。恒久平和など嘘っぱちだなどとは言わない、それがあることを俺も疑わない、しかし、それが、あの子供たちに強いられた決して贖われようのない大犠牲と涙の上に築かれているのなら、そんな絶対平和への入場券は謹んで返上する、と。だが、ここで見過ごすべきでないのは、こういう「謀叛」は、小林の場合も、キリストに対する「飢ゑ」があまりにも強ければこそ生じるのだということである。だが、キリストとは何か。「自由」(愛でもいいし、赦しでもいい、お望みなら、永遠平和でも八紘一宇でもかまわない)という耐え難く「恐ろしい贈物」を与える者だ。むろん、小林も堪えられず、強烈に反撥するのだが、この憤激がどこから来るかというと、厄介な事に、そのような「恐ろしい贈物」を与える者に対するどうしようもない「飢ゑ」からこそやって来るのである。もしキリストを信じたいと渇いていなかったならば小林の不信もそんなにも深まることはなかったはずなのだ。第三回で「大審問官」を語り直してみせる小林が僕に伝えて来るのは、その言葉で激しく脈打っているこの逆説である。キリストというこの「論理の糸を見失はねばならぬ場所」でどうして記述の平衡を保っていられるだろう。

　石原が三十年後に起ると言っていた「最終戦争」が時期尚早にも起ってしまった直後に書い

たと思われる第四回で小林は、連載前に熟読しておいたパスカルの『パンセ』を引いて来て、いわば搦め手からドストエフスキーにとってのキリストを再論しているのだが、憤激の逆説を掘り進んでいるとは思えない。第五回に入ると「論理の糸を見失はねばならぬ場所」を「向いて物を言ふ事は、いづれうまくは行かぬ仕事とは承知してゐるが、やはり僕はそちらを向いて進んで行く事にする」というつぶやきさえ聞えるようになる。第六回以降は、キリストからいったん離れて「ミイチャといふ驚くべき人間」の魅力に筆を集中してゆく。「実はイヴァンより彼の方が知識に惑はされぬ確固たる聡明を持つてゐるのだし、アリョオシャより子供らしく無邪気でもある」と。イワンやアリョーシャよりもミーチャが一番、小林の肌に合っていたのだろう、「ミイチャ」の人間を語る筆には再び脂が乗り始め、第八回には、小林一流の熟読が思いがけない細部をとらえて原作の本文をそこからドリリングし始める瞬間にさえ至るのだが、まさにその好機に記述は断ち切れてしまうのだ。結論を先回りして言えば、しばらく迂回していたはずのあのキリストがそこに不意に露頭して来そうになったからである。

小林がとらえたのはミーチャによる父殺しの瞬間である。「ミイチャは、われを忘れて、不意に衣嚢から銅の杵を取り出した」と書いて棒線を引いた直後、ドストエフスキーは「『神様があの時僕を守つて下すつたんだらう』と後になつてからミイチャは自分で言つた」とはっきり書いているのにこの大事な細部を読み飛ばして先を急いでしまう読者の不注意をたしなめた上で小林はこう記すのだ。「殺すも殺さぬも物のはずみであつた。ミイチャの魂の問題に触れぬ以上、作者が故意に伏せたものは殆ど無意味な一行為であつた。凡ての人々の好奇心は、この一点に集中され、魂の探偵について作者に協力するものはなかつた。彼は、「罪と罰」で一度取り上げた問題を、再び満身の力で取り上げる」。そして、論考はここで未完のまま中絶してしまうのである。「作者が故意に伏せたもの」とは「どうした訳か自分でも解らないが、いざといふ時、窓の傍から飛びのいて、塀の方に逃げ出した」という行為だ。凡ての人々の好奇心は、本当に殺ったのかどうかという一点にのみ集中して、「ミイチャの魂の問題」には触れようとはせず、したがって彼の「魂の探偵」についても作者に協力しようとはしない。そうであれば、「いざといふ時、窓の傍から飛びのいて、塀の方に逃げ出した」というミーチャの行為は「殆ど無意味」にしか思えないだろう。だが、「あの時、神様が自分を守つて下さつた、といふミイチャの言葉に偽りはないのだ」。ミーチャの言葉をごく素直に受け取って「ミイチャの魂の問題」に触れるなら、そして彼の「魂」を作者と一緒に「探偵」し熟読する労を厭わないなら、そこにはドストエフスキーが「『罪と罰』で一度取り上げた問題」が再び満身の力で取り上げられるのをまのあたりにするはずだ、と小林は言うのである。

どういうことか。

ミーチャは殺さなかった。ラスコーリニコフは殺した。だが、「殺すも殺さぬも物のはずみであつた」のだ。柄谷行人が「事変」下の小林秀雄を「関係の絶対性」（吉本隆明）に結びつけて記していたように、善であれ悪であれ、或る瞬間において「何かをやり、あるいは何かをやらないということはまったく等価である」（「心理を超えたものの影」）。それを決めているのは自分の自由な意志の選択だと思うのは彼らの勝手で、つきつめて考えれば、つねに、その外からやって来る何か、彼らの心を超えた何ものかが、それをやる、やらないを向こう側から決定している。或るとき或る場所でミーチャが人を殺さないでいられたとすれば、それは、親鸞の言うとおり、彼の「こゝろ」がよいからではないのだし、逆に、誰一人害するまいとするよい「こゝろ」を持ち合わせていたとしても、別の或るとき或る場所でラスコーリニコフがリザヴェータにそうしたように、まったく意想外に、人を殺してしまっていることもあるのだろう。「重要なのは、人間がこの世界で強いられてあるあり方からくる「促し」だけだ」(同前)。では、それをやる、やらないを彼らに促し、決定させているのは何か。親鸞は宿業と答え、それは人間には計り知れないものだが、人間にとって不可知なそのものをじっと見ているものは在る、それが弥陀だ、と答えた。その眼が見ている位相においては、殺したラスコーリニコフと殺さなかったミーチャとが「まったく等価」になる。業や罪を見ているこの目玉について、信徒が阿弥陀様と呼んだところをミーチャが「神様」と呼んだとしても、だから幼稚な俗言だということにはならないだろう。むしろ、一切は偶然だ、確率性の問題だと考える認識には、見た目はクールに見えても、未熟な後悔と子供じみた甘えと無責任な反省が隠れている(あのとき、ああしていれば、ああもあり得たのに、こうもあり得たのに、云々)。この世にこんな私として生まれて来たことを含め、まるで全くの偶然であるかのように「神様」が彼らに促し決定した諸々の必然性を、すべて彼ら自身が選んだ事柄として、つまりそれを、彼らがあたかも進んで欲したものであるかの如く引き受けて肯定することができたなら、そのとき初めて彼らはその必然性において自由であり責任ある個でありうるのだ。もしあのときああだったら、こうだったかもしれない式の反省は、そうした選択の余地とその余地で為される決定の絶対性(責任)を浮かび上がらせる限りにおいて意味を持つ注2。もし決定不可能なものを条件として決定しないのなら、決定不可能性に固執する反省など結局は言い逃れにほかならない。「ミイチャの魂の問題」について「悲劇」だとか「宿命」だとか「歴史の必然」だとか、小林秀雄お気に入りの語彙に逃げずに言えば、取りあえず、そんなことが言えるだろう。むろん、究極の問題はそう言えるという見識などにはなく、そのように引き受けて肯定することが果して出来るのか、という自問にこそある。まず何より、この自由は、「大審問官」にとってキリストが与える「恐ろしい贈物」同様、耐え難い重荷なのだということがある。したがってまた、ミーチャがあのときそれに守られたと感じていた「神様」の眼は決して甘やかなやさしいものではなかっただろうということがある。それが見つめていたのはミーチャの中の根源的加害者なのだ。

ミーチャは父親を殺そうとするから加害者なのではない。本文を熟読し、ミーチャの魂を作者と一緒に「探偵」した人ならその子細をしっかりと目撃したはずだ。彼は、父親殺しの物語が始まるずっと以前、まだコーカサスにいた時分にすでにカチェリーナ・イワーノヴナに対して決定的な加害者になっていた。彼は圧倒的に優越した支配関係において彼女に高邁なる慈善行為（五千ルーブリの贈与）を施す「マドンナの理想」によって、スタヴローギンがマトリョーシャに加えた肉体的陵辱よりもはるかに屈辱的で修復不可能な傷をカチェリーナの魂に残した。それだけではなく、この虐待から、馬鹿馬鹿しいことに、性的な快楽など及びもつかない強烈な愉悦を引き出し、それに陶然としたことがあったのだ[注3]。この「ソドムの理想」がミーチャにとっては父親殺しなど比べものにもならないくらい罪深い恥辱の記憶になっていることも、裁判の経過において父殺しより致命的な「判決」がカチェリーナによって彼に下されたことを確認した読者には自明であるはずだ。「ミイチャの魂の問題」はそこにある。殺さなかったミーチャの魂には、根源的な、それこそ真にカラマーゾフ的と言っていい加害者がずっと秘められていたのであり、おそらくあのときミーチャは「神様」の眼にそれを差し覗かれて、決定的瞬間から脱落し塀の方に逃げ出したのである。殺したラスコーリニコフがシベリアで或る朝、突然、ソーニャの足元に脱落したときにも同じことが起った。「殺すも殺さぬも物のはずみであつた」と、またドストエフスキーが『罪と罰』で取り上げた問題を、あの細部で再び満身の力で取り上げたと、小林が学術的には全く無謀にそう書いたのは、そういうことなのだ。

だが、究極の問題はこうした「魂の探偵」そのものにあるわけでもない。ミーチャは、あのとき自分の心を「神様」が差し覗いていたのを感じていたが、おまえにもおまえの心をそれが差し覗いていたような瞬間があったのか、という問いにある。そう言った方がよければ、弥陀でもいいし、弥勒でもキリストでもいい、ミーチャ自身が供述で言い換えていたように、亡くなった母さんでもいいのだ。それによっておまえ自身の恥辱を差し覗かれたような瞬間が本当におまえにもあったのか。さらに言えば、裁判で公式の判決とは別におまえ自身のカチェリーナから致命的な宣告を受けるようなことがあったのか。思うに、小林の記述が突然、断ち切られるのは、「ミイチャの魂の問題」に触れようとしてこうした自問が彼を襲ったときだ。小林は書きながら、もはやドストエフスキーにおけるキリストの絶対性に文字どおり生ま身で相渉らねばならないところまで来てしまったのだ。ドストエフスキーのキリスト観というテーマで研究していたのならこんなことにはならなかったはずである。

注1「もしも「西行」にはラスコオリニコフに、「実朝」にはムイシュキンに通ずる一種の気味合を感じと

る人があれば、「モオツァルト」（昭和二十一年十二月）にも、アリョオシャの臭いをかぐであろう。しかし、昭和十九年、二十年、二十一年と完全に沈黙をまもった著者の三年間は、決して空白だったわけではなく、種々の嵐が精神のなかを吹き荒れていたに違いないし、そのなかには、言うまでもなく、ドストエフスキイも含まれていたであろう」（郡司勝義、小林秀雄『ドストエフスキイ全論考』「解題」一九八一）

注2「私にとっては、「決定不可能なもの」が決定の反対物であったことは一度もない。計算機の中で行われるようにして決定が一つの知から導き出されるということはないのだから、「決定不可能なもの」というのは、決定が行われる条件のことなのだ」（デリダ『マルクスと息子たち』二〇〇二）。すでに「フッサール『幾何学の起源』序説」（一九六二）の末尾近くでデリダは「意味の光りが推移によってしか存在しないとすれば、それはこの光りが途中で消滅することもありうるということだ」と書いていた。東浩紀の言う「誤配可能性」（『存在論的、郵便的』一九九八）と密接に関わりがあるが、東がその直前まで引用しながらついに引用しなかったこの一文をデリダ自身は、東と違って、決断と責任の方向へと展開していた。「パロールと同じように、それは、言語の非本来性と語る存在者の辞任によってのみ消滅しうるのである。言説の方法としての現象学は、まず、この点に関して、自覚 *Selbstbesinnung* と責任 *Verantwortung* であり、ひとがパロールによって危険な道程に責任を負うために「みずからの意味を奪い返す」自由な決断である。このパロールは、いつもすでに応答であるが故に、歴史的である。みずから責任を負うこと、それは聞きとられたパロールを引き受けることであり、みずからの歩みに心を配るために、意味の交換を引き受けることである」。「光り」が消失するリスクが多分にある危険な深淵を隔てて過去からの声を注意深く聴き取り、これに応答するには「自由な決断」が求められる。デリダはそこにフッサールの現象学の可能性を見出していたのだ。

注3　日中戦争において兵士たちが「そこ」の住民女性のレイプへと走ったのも、たんに性欲処理のためではなかった。生理的快楽に住み着く「ひとりの生きている人間に対して、どんなことでもできるという残酷な思想」(洲之内徹「棗の木の下」)、すなわち人間に対する圧倒的支配と絶対的所有という政治性がもたらす享楽のためだった。「討伐隊の兵隊が女を凌辱するとき、彼の疲労しきった肉体を駈り立てるのは、渇いた生理の必要ではなくて、むしろその思想なのだ」。

第四章　「終戦」の空白――『絶対平和論』と「マチウ書試論」

小林は大東亜文学者大会のために少なくとも三度、大陸に渡航している。小澤開作に北京の小澤公館で会ったのは一九四三年六月から七月にかけての滞在中だろうか。小澤は満州国を五族協和の王道楽土にするという理想の実現のため、満州に一歯科医として渡り、石原莞爾に熱心に協力した民族主義者である。小澤が四四年に帰国すると、小林は小澤宅に出入りするようになる。第三回大会を南京で開く準備資金調達のためには大陸で悪名高い児玉機関（児玉誉士夫がダイヤやタングステン等の戦略物資を海軍航空本部に独占販売するために上海に設立した特務機関）にも出入りしている。だが、小林はこの大会そのものには関心を持っていなかったらしい。大会のあった四四年十一月に上海に渡航ししばらく滞在しているものの、「もはや若干の日本人を除いた全市民が、日本の敗戦を信じない者はない時期」（河上徹太郎「小林秀雄」）である。「左翼崩れ、右翼の殺し屋、軍の特務機関、占領地でボロ儲けを狙う「一と旗組」、覇気があるやうに見えて実は故郷を失つた心の空虚をさらけ出したインテリ人種」がひしめく上海で河上徹太郎と一緒に彼らの間を泳いで毎日、酒にこと欠かない「ニヒルの生活」を繰り返すばかりで、自身は大会に出席しなかった（河上徹太郎「上海の憂鬱」）。

四四年七月にはサイパン島が陥落し、現実問題となった本土爆撃と本土決戦に備えて皇居、大本営、その他の重要機関を長野県松代に移転する工事が閣議決定されていた。じじつ、東京は十一月から翌四五年五月まで頻繁に米軍による空襲を受ける。小林が住んでいた鎌倉も四五年一月から七月にかけて四度、空襲を受けている。小林は本土決戦が現実のものになりつつあったこの二月から三月にかけて『ドストエフスキイの文学』の完成に向けて悪戦苦闘していた[注1]。戦争に敗色が濃くなってゆくにつれて「いやな気」を常に強いられつつも、「ドストイエフスキイの仕事」のことになると「戦争なぞとは関係のない世界」に帰り「非常に孤独に」なったと小林は戦後に回想している(「コメディ・リテレール」)。むろん、戦争の現実から逃避したのではなく、逆に、その非常な「孤独」の尖端において戦争の芯部に触れようとしていたのだ、と言うこともできるのだが、重要なのは、そのことではない。「「悪霊」について」の中断以降、一九三八年の「戦後」に「そこ」で強いられた空白の鈍い感触をずっと言葉にしようと努めて来たが、その筆は、あたかも戦争の経過そのものとシンクロナイズするように、小林が満足するようには進まなかったということである。

四五年六月二十三日には義勇兵役法が制定され、三月の閣議決定により防空および空襲被害の復旧のために全国民を地域別あるいは職場別に動員するべく創設された国民義勇隊が本土決戦での軍事的戦闘に備えて改めて編制される。当然、小林も例外ではない[注2]。だが、満蒙開拓青少年義勇軍での経験を思い出せば、こんなにまでしても必要な仕事か、とは考えなかったはずだ。ただ、こんなにまでしてもやらねばならない仕事の必要さという考えが切なかったはずだ。「ここ」は着実に「そこ」になろうとしており、人々は今や確実に《死》に向かって歩きつつある。小林が「ドストイエフスキイの仕事」と格闘していたのはそんな奇妙な時間の中で、なのだ。小林は何を考えていたか。何もかも正しかったと彼も考えただろう。何もかも正しかった事が、どうしてこんなに悩ましく苦しい事なのだろうか、と。生きる事が不正に甘んずる事なら、何もかも正しいとは生きる事をやめる事を意味する。だが、小林にも死ぬ事はできなかったのである。理想と現実とのギャップは、それを内側から見つめているだけなら、誰でもが多かれ少なかれ、心中、感じているものだ。それではまだ何か決定的なものが欠けている。いったい何がか。小林は敗戦前後の経験について何も書いていない、残していない。搦め手から攻める。

我々は戦争の最中、かの本土決戦の掛声の中で、それもよろしい、日本はその形で生き残るべきだと主張したのです。我々は戦争状態の中で、軍隊を放棄せよと云うたのです。国民全部が軍人になるのでなく、「国民生活」が抗戦基体となるべきだといふ意味です。誰も理解しませんでした。この「生活」といふ言葉は、特別な内容をもつてゐます。普通いはれることばではありません。

いいいいいいいいいいいいいいいいいい
我々の抵抗線を、国民の自給自足生活の点に解決せよといふ主張です。当時これは空論だといはれる代りに、何かの革命思想だと思はれました。我々は反軍的でないやうに細心の注意をしました。我々は主義や理想を重んずるのでなく、つねに日本を第一義と考へるからです。

当時についてそう言ったのは「続々絶対平和論」（一九五〇）の保田與重郎だが、それは国民義勇戦闘隊に関してではない。むしろ、そこからさらに一切の軍備を放棄して農を基とした「国民の自給自足生活」そのものを基体として徹底抗戦せよと保田らは言ったのだ注3。保田が戦後に主張した「絶対平和生活」とは、本土決戦におけるこの「抵抗線」にほかならなかったのである。逆から言い換えれば、保田も本土決戦におけるこの苛酷な形態の徹底抗戦に永久平和の理想を見出していたのだ。「ここ〔満州――山城〕でなす日本人の農業に機械力を使つてはならぬ、腕で一鍬づつ、一鍬づつ土を掘りおこせといつて、頑強に軍部に抗して自説を立て貫いた水戸の大なる人」（加藤完治）の農本主義に「王道楽土の思想」を戦後になってから見出したように（『現代畸人伝』）。しかもその上で、保田も、そこにあらわれた理想とげんにある現実との間にギャップを感じていた。本土決戦における保田流の徹底抗戦方式は当然、実際には採用されなかったが、もし採用されていたら、満蒙開拓村、たとえば瑞穂村と同じ運命は避けられなかっただろう。「ここ」はまさに「そこ」になろうとしていたのだ。敗戦後、「そこ」（たとえば満州）には現実にゲリラ戦があり、滅亡があった。味方による裏切り・密告・出し抜きが、敵による強姦・虐殺・抑留があった。保田の「抵抗線」が徹底されていたら、同様のことが「ここ」でも現出していたはずだ。単行本『絶対平和論』に収録した際、保田は右の段落の直後に、「祖国」に発表した初出時にはなかった次のような含みのある記述を書き加えている。

しかしこれをよく考へてみると、この考へ方はきつと大へんな誤りを犯すと思はれたのです。さういふ生活基体を戦力とし――その上の処置では必ず一種のゲリラ戦となりさうです。結局それは「近代戦」に敗れるでせう。のみならず当時に於ては、さうすること自体が「近代」に加担して、道義の母胎〔米作りの「生活」のこと――山城〕を滅すこととなる可能性が濃かつたのです。それでは一切が滅亡です。滅亡してならぬものを滅亡させることとなるのです。

のみならずそれは一つの矛盾でもあつたのです。何となれば、「近代」とその戦争と生活を否定する道義の根本となつてゐるものを、近代戦の一翼に――むしろ主幹にして上げる、しかも近代戦の専門家にそれを委ねる、これは矛盾であると共に、この上ない危険です。頼むべからざるものに頼んで、母胎を滅亡させてはなりません。永遠のもの〔米作りを基とする農の「生活」とそれに発する「道義」――山城〕は、つひに不滅でした。勝つことはないが敗れることはない――だが、さういふ立場を、多数が初めから考へてゐたなら、汚名の一切〔敗戦のこと――山城〕を避け得た筈です。考へてゐた人〔保田が『万葉集の精神』をまとめていた「大東亜戦争」開戦当初から国内維新と皇軍維新の断行を唱えて東條内閣から危険視されていた保田の盟友、影山正治をはじめとする大東塾の人々――山城〕もゐたのです。

しかしその当時は混沌として、戦局日々に切迫してゐましたので、唯一最後の対戦思想は、誰にもなかつたのです。根柢の日本を考へた我々は、当時の情勢と、軍部の思想を考へた時不安でした。そこで我々は愕然としたのです。国を具体的に如何にするかといふ点に於てです。

その時大詔〔「終戦の詔勅」――山城〕は明確に断を下されました。民族の滅亡を阻止せねばならぬと仰せられたのです。従ふより他ありません。もはやこの戦争を軍部に托されぬと思召されたのは、恐らくこの点にまできての判断だと我々は信じました。それは単純なことでないのです。軍部も簡単に不信を与へられたのではないのです。それは軍部を弁護する意味で云ふのでなく、陛下の公平を明らかにしたいために申しておかねばなりません。

たぶん、ここには事後からの語りに固有の転倒がある。保田が持論の徹底抗戦論について右のようにはっきり考え直したのは、終戦の詔勅以後だ。それまでは本土決戦における保田独自のあの奇妙な「抵抗線」を飽くまでも徹底すべきだと考えていたはずだ。むろん、右にあるようにそこには「不安」もあれば「愕然」もあっただろうが、当時、彼が若い人たちを煽ったとおり、彼自身が「死んでもよい」と考えて「抵抗線」の貫徹に心を砕いていたにちがいないのだ。にもかかわらず、終戦の詔勅はそうした方向を強く制した。保田は、彼が応じた本土決戦の声ともども彼の持論が昭和天皇自身によって「一蹴」されたと感じて致命的なダメージを受けたはずである[注4]。そして、やって来た衝撃を持論で受け止めようとして渾身の力で詔勅に読み取った均衡点が「平和のために武器を否定する思想」(「絶対平和論」)だった。保田は終戦の詔勅から一月余りしか経たない一九四五年九月二十五日、「原爆が将来の戦争をなくすのでは」というニューヨーク・タイムズの記者の問いに昭和天皇が答えた「武器によっては永久平和実現せず、勝者敗者を問わず」という言葉を根拠にしているが、この言葉を知ったが故に「平和のために武器を否定する思想」を信じたわけではないだろう。この言葉があろうがなかろうが、終戦の詔勅そのものに直覚していたものをこの言葉によって裏付けただけなのだ。保田が、新憲法の精神を全く受け付けていないにもかかわらず、その第九条だけは例外的に全的に肯定したのも同じ理由からである。その永久平和と戦争放棄の思想は新憲法の精神ではなく終戦の詔勅に発していると考えていたからだ。この均衡点以降、「平和のために武器を否定する思想」のもとに持論の「抵抗線」を改めて徹底的に継続しようとして生まれるのが「絶対平和論」なのである。しかし、他でもないその均衡点こそが保田の屈折点であり、それが彼の「戦後」を規定している。たしかに、「抵抗線」の徹底という脈は、「終戦」の前後で一貫しており、いささかも動じていない。保田に変節はないのだ。しかし、大事なのは、「終戦」の前と同じものがその後では全く違ったものになっているということだ。たとえば、「何が入つてきても表から裏へつきぬけさせる、むかうの方で抵抗を予想するところで、何の障壁もなくて、結局つきぬけて了ふやうな生活」(「絶対平和論」)が「絶対平和生活」だと保田は一九五〇年に言うが、わずか五年前には、「つきぬけさせる」ことができないかもしれないと考えたからこそ、「抵抗線」を徹底することに「不安」や「愕然」を覚えていたはずなのである。にもかかわらず、五年後に、それが可能であるかのように言えるのは、その言葉を取巻く現実が「終戦」の前後で全く変ってしまっていればこそなのだ。端的には、「終戦」前には「本土」は米軍に対して剝き出しになっていたが、「終戦」後には、その米軍に占領され、自国の軍備を解除させられていることで逆に外部に対して、良くも悪くも、保護されていたという現実がある。「平和」のために軍備を放棄するという「抵抗線」の理論や精神そのものがたとえ前後で同じでも、本土決戦の文脈でそれを言うのと、すでに軍備を解体された占領下の文脈でそれを言うのとでは意味が違って来る。言葉そのものは同じでも、言葉と現実の関係は変っているのだ。言わんとするところは全く変っていなくても、そうした意図の如何にかかわらず言葉が意味しているところは前後で全然、違ってしまうのだ。保田はこのギャップを内側から感知していたはずだが、彼の言葉にそれが外から刻み込まれることはない。

戦争中に愛読した保田について「戦後挑発的にかかれたその批評は卒読にたえぬくらい無惨のていをなしている」と書いたとき、吉本隆明が見つめていたのは保田の敗戦前後のこの小さなギャップだが、吉本がそれを凝視し得たのは、それが吉本自身の切実な経験でもあったからである。吉本は戦争末期から終戦直後の経験について書いている。

> わたしは徹底的に戦争を継続すべきだという激しい考えを抱いていた。死は、すでに勘定に入れてある。年少のまま、自分の生涯が戦火のなかに消えてしまうという考えは、当時、未熟なりに思考、判断、感情のすべてをあげて内省し分析しつくしたと信じていた。（中略）戦争に敗けたら、アジアの植民地は解放されないという天皇制ファシズムのスローガンを、わたしなりに信じていた。また、戦争犠牲者の死は、無意味になるとかんがえた。（中略）敗戦は、突然であった。都市は爆撃で灰燼にちかくなり、戦況は敗北につぐ敗北で、勝利におわるという幻影はとうに消えていたが、わたしは、一度も敗北感をもたなかったから、降伏宣言は、何の精神的準備もなしに突然やってきたのである。わたしは、ひどく悲しかった。その名状できない悲しみを、忘れることができない。それは、それ以前のどんな悲しみともそれ以後のどんな悲しみともちがっていた。

責任感なのか、無償の感傷なのかわからなかった。その全部かもしれないし、また、まったく別物かともおもわれた。生涯のたいせつな瞬間だぞ、自分のこころをごまかさずにみつめろ、としきりにじぶんに云いきかせたが、均衡をなくしている感情のため思考は像を結ばなかった。ここで一介の学生の敗戦体験を誇張して意味づけるわけにはいかないだろう。告白も記録もほんとうは信じてはいないのだから。その日のうちに、ああ、すべては終った、という安堵か虚脱みたいな思いがなかったわけではない。だが、戦争にたいするモラルがすぐそれを咎めた。このとき、じぶんの戦争や死についての自覚に、うそっぱちな裂け目があるらしいのを、ちらっと垣間見ていやな自己嫌悪をかんじたのをおぼえている。翌日から、じぶんが生き残ってしまったという負い目にさいなまれた。何にたいして負い目なのか、よくわからなかったが、どうも、自分のこころを観念的に死のほうへ先走って追いつめ、日本の敗北のときは、死のときと思いつめた考えが、無惨な醜骸をさらしているという火照りが、いちばん大きかったらしい。わたしは、影響をうけてきた文学者たちが、いま、どこでなにをかんがえ、どんな思いでいるのか、しきりにしりたいとおもった。

『高村光太郎』

《死》はすでに勘定に入っているとは、その出口に向かってひた歩きに歩いて行ったということだ。ところが、思いもかけず、その出口から弾き返され、再び《生》に向かって歩き出さねばならなくなった。《死》から逆に歩いた事のある男の眼には、不幸な事だが、人生には荒唐不稽な事しか起らない。吉本も、保田同様、「勝つことはないが敗れることはない」という立場から彼なりの徹底抗戦を信念としていたはずだが、「終戦」に際して保田は「じぶんの戦争や死についての自覚に、うそっぱちな裂け目があるらしいのを、ちらっと垣間見ていやな自己嫌悪をかんじた」というふうには書かない。他方、吉本は「うそっぱちな裂け目」を見つめる。いや、それを見ようと努めるのではない。むしろ、「いやな自己嫌悪」を避けるために、見るまいとしたはずだ。にもかかわらず、何かが彼にそれを見つめるよう強いるのだ。「ちらっと垣間見て」という言い方になるのはそのためだ。だが、「うそっぱちな裂け目」とは何か。

わたしは、絶望や汚辱や悔恨や憤怒がいりまじった気持で、孤独感はやりきれないほどであった。降伏を肯んじない一群の軍人と青年たちが、反乱をたくらんでいる風評は、わたしのこころに救いだった。すでに、思い上った祖国のためにという観念や責任感は、突然ひきはずされて自嘲にかわっていたが、敗戦、降伏、という現実にどうしても、ついてゆけなかったので、できるなら生きていたくないとおもった。こういう、内部の思いは、虚脱した惰性的な日常生活にかえっていたから、口に出せばちぐはぐになってしまうものであった。こころは異常なことを異常におもいつめたが、現実には虚脱した笑いさえ蘇った日常になっていたのである。

同前

吉本はこう始まるパラグラフを「わたしは、出来ごとの如何によっては、異常な事態に投ずるつもりであったことを、忘れることができない」という印象的なセンテンスで結んでいる。「異常な事態」が自決なのか蹶起なのかわからないが、敗戦直後に「こころは異常なことを異常におもいつめ」ていたとはそうしたことなのだろう。重要なのは、切実にそう決死を思いつめた「こころ」が一方に嘘ではなく誠としてありながら、「生活」は、虚脱した、おそらくは自嘲的な笑いさえ浮べる日常を惰性で生きてゆかざるをえないということである。「こころ」が嘘偽りなく「異常なこと」を異常に思いつめているのに、いわば、からだの方は「異常な事態」の方には向かってくれず、そこから、意に反して、「虚脱した惰性的な日常生活」の方へとドリフトしてしまう「ちぐはぐ」さである。何もかも正しかったと吉本も考えただろう。何もかも正しかった事が、どうしてこんなに悩ましく苦しい事なのだろうか、生きることが不正に甘んずる事であるのなら、彼も生きる事を止めたのであろうか。だが、彼にもまた死ぬ事はできないのだ。ちらっと垣間見た「うそっぱちな裂け目」は、したがってまた「それ以前のどんな悲しみともそれ以後のどんな悲しみともちがっていた」悲しみは、こういう「ちぐはぐ」として敗戦後の吉本を次第に、いわば上下にねじり切っていった。戦争中にナチズムに「加担」したポール・ド・マンもまた戦後に同じ奇妙な感覚に苛まれていたはずだが、彼がそれを理論によってとらえるのはずっと後に「世界が言語に現れるあり方とそれが現実に現れるあり方とのあいだの脱臼（ディスジャンクション）」をアレゴリーと関連づけてとらえたときである（「時間性のレトリック」一九六九）。吉本の書く言葉が「ちぐはぐ」をはっきりと刻み込まれてアレゴリカルな理論となるのも、吉本が本当は信じていない告白や記録の類の文章ではなく福音書の一節の解釈においてである。吉本の訳で引けば、こんな一節である。

偽善な律法学者とパリサイ人にわざわいあれ。なんとなれば諸君は、予言者の墓を建て、正義の人の墓碑を飾りそして言う。もし、われわれが父祖のときに生きていたら、予言者の血を流すために、かれらに加担しはしなかったろうと。諸君は無意識のうちに、自分が予言者を殺したものの子孫であることを立証している。それゆえ、諸君の父祖たちの尺度を補え。蛇よ、まむしの血族よ。諸君はどうしてゲアンの懲罰を逃れられようか。

「マチウ書試論」

吉本が読んでいるのはマタイ福音書だが、彼が考えているのは戦争のことだ。戦争が終って事後の眼から見れば、あの戦争には無数の愚劣蒙昧があったことが明らかになる。だから、戦後から戦争を見る人には、自分ならあんな戦争を指導した人々に協力し加担しはしなかっただろうと思える。そう考えるばかりではなく、犠牲者の墓碑を飾り、彼らを祀り、そう公言する人は今も少なくない。しかし、その場にいたら、今、ここと同様に、事後にはすっかり見えるようになる事も全く見えない盲目的情況に置かれて、決定しなければならなかったはずなのだ。今ここでは避けることのできない決定不可能性において瞬間瞬間、判断力を試みていない人であればあるほど、歴史の事実に関して、事後から見えるようになった諸事実と条理の糸を頼りに《自分ならあんな愚劣蒙昧なことはやらない》と考えたがるが、そういう自由な選択があり得ると考えたがる人であればあるほど、いざ、そういう情況に置かれたときにはまともな決定も選択もできなくなり、結果、愚劣に選択し蒙昧に決定することになる。それは、今ここにおいて愚劣と蒙昧を繰り返すということであり、現にそうなりつつあるのではないか。

ここで、マチウ書が提出していることから、強いて現代的な意味を描き出してみると、加担というものは、人間の意志にかかわりなく、人間と人間との関係がそれを強いるものであるということだ。人間の意志はなるほど、撰択する自由をもっている。撰択のなかに、自由の意識がよみがえるのを感ずることができる。だが、この自由な撰択にかけられた人間の意志も、人間と人間との関係が強いる絶対性のまえでは、相対的なものにすぎない。

同前

吉本はここであの「ちぐはぐ」の感覚を論理化している。「こころ」は「非常な事態」を自由に選択できると考え、その選択を真摯に純粋に思いつめているのに、からだはそれを裏切るような別の選択をしてしまう。吉本はそれが個人の意志によるものではなく、「人間と人間との関係」が、いわば個人の「こころ」の外から絶対的に強いて来るものだと言う。関係から来るその絶対性のまえでは、個人の「こころ」など相対的なものにすぎない。ユダやペテロが、キリストを裏切り、キリストの血を流す者たちに加担したのは、キリストとの関係の絶対性に強いられてであって、彼らの「こころ」に悪意があったからではない。むしろ、彼らの「こころ」はキリストに対する誰よりも深い敬愛に満ちあふれていたのだ。重要なのは、にもかかわらず、イエスあるいはピラト、さらにはユダヤ教徒たちとの諸関係からやって来る外的な強制力に従って「加担」の事実は余儀なく生じてしまう、その絶対性に比べれば、彼らの「こころ」が畏敬に満ちていたということは相対的なことでしかないということなのである。

マチウの作者は、律法学者とパリサイ派への攻撃という形で、現実の秩序のなかで生きねばならない人間が、どんな相対性と絶対性との矛盾のなかで生きつづけているか、について語る。思想などは、決して人間の生の意味づけを保証しやしないと言っているのだ。

> 人間は、狡猾に秩序をぬってあるきながら、革命思想を信ずることもできるし、貧困と不合理な立法をまもることを強いられながら、革命思想を嫌悪することも出来る。自由な意志は撰択するからだ。しかし、人間の情況を決定するのは関係の絶対性だけである。ぼくたちは、この矛盾を断ちきろうとするときだけは、じぶんの発想の底をえぐり出してみる。そのとき、ぼくたちの孤独がある。孤独が自問する。革命とは何か。もし人間の生存における矛盾を断ちきれないならばだ。
>
> 同前

現実の秩序の中で生きねばならない以上、「こころ」は秩序（たとえば、戦時下なら欧米列強によるアジアの植民地支配でも、今なら原発でもいい）に対する叛逆に純粋に染め上げられていても、現実の「生活」は秩序にどっぷりと依存し、それを享受し、その維持に加担してしまっているというディスジャンクションはざらにある。それに対して、言行一致をいくら言っても仕方がない。それが、吉本自身が敗戦に際し自分自身の生が上下にねじり切られる感覚としてイヤというほど思い知らされた現実だった。もちろん、最終的な問題は「こころ」(言葉)の相対性と「生活」(実存)の絶対性とのこの「矛盾」をいかに「断ちき」るかなのだが、切断の条件は、「こころ」の外部から強いられているこの「矛盾」を認知することなのだ。「矛盾」は、それが「こころ」(バフチンの言う「内的対話」)の内側で反省されているだけでは、認識はできてもけっして認知に至らない。そして、人をしてこの「矛盾」を「断ちきろう」と動き出させる「反逆の倫理」が生まれるのは、後者からであって前者からではないのだ。それが右の有名になりすぎたパッセージの真意だ。

まず厄介なのは、「矛盾」の認知には、「こころ」の内側で反省する主体的努力だけでは絶対に到達できず、吉本にとっての敗戦がそうであったように、「こころ」の外部から押し付けられたものをいかに受け容れるかという方向でのみ到達できるということだ。正しさについての知(清らかな心/マドンナの理想)をもちながら不正(厭わしい罪悪/ソドムの理想)を為してしまうという「罪」の認知はソクラテス的な内省(内的対話)の知にはついに訪れず、その外からの啓示によってのみ主体に到来するからだ(キルケゴール『死にいたる病』第二編A第二章)。「わたしは自分が完全な人間だなどとは言わない、完全などころじゃありゃしない。しかしわたしは、自分が完全などころでないことをちゃんと知っているのだ、そればかりか、わたしはむしろすすんで、わたしがどれほど完全さからほど遠く隔たっているかを、告白するつもりだ。これでも、わたしは罪が何であるかを知らないというのだろうか?」という内省的な問いに、キリスト教はこう答える、とキルケゴールは誠実な反省者に巣くっている傲慢な欺瞞を突き放すように言う。「そうだ。おまえが完全さからどれほど隔たっているかということ、また罪が何であるかということ、これこそおまえがいちばん知らずにいることなのだ」（桝田啓三郎訳）。なぜか。全く同じ言葉でも、それを自分（或は自分と同じ位相にいる他者）が自分自身に言う場合と、そうした内的対話と異なる位相に立つ異質な者《ト・ヘテロン》、たとえばキリストが言う場合とでは「永遠の質的相違」があるからだ（「天才と使徒との相違について」桝田啓三郎訳）。正しさについての明晰な知（心の清らかさ）を抱いたまま不正（厭うべき行為）に甘んじてしまうという全く同じ知でも、それを反省によって頭脳的に認識することと、啓示によってその反省の外部に立つ「ト・ヘテロン」から身体的に認知させられることとは全く別の事柄なのだ。そして、「罪」は、すなわち自分が「まむしの血族」であるという自覚は、前者ではなくただ後者によってのみ知られる。吉本の言う「矛盾」も、内から主体的に知るべきものではなく、外から、「ト・ヘテロン」から内的対話を突き破るように、すなわち啓示的に知らされるべきものなのである。

だが、そうだとしても、さらに厄介なことに、「矛盾」はそもそも断ち切れるものなのかという問題がある。柄谷行人は吉本の「関係の絶対性」をめぐって書いていた。

> しかし、依然として重大な問題がのこっている。それは人間がある構造によって強いられているということと、それにもかかわらず人間は自由に選択しうるということとの間にまたがる矛盾である。小林秀雄はおそらくこの「矛盾」をつきつめたのち、そういう構造が強いるものを宿命として受けいれるところに積極的な「自由」をみたのであって、たんなる宿命論を述べたのではない。「構造」をいかに解明しようが、個体におけ

る「生存の矛盾」はどうすることもできないのである。

「矛盾」はどうすることもできないものなのか。いや、注意しよう、この問いにイエスと答えようとノーと答えようと直ちに罠に落ちる。すでにこの問いそのものが贋の問いだからだ。「矛盾」は断ち切れるものだとまず知ってから「断ちきろう」としているところにそもそも間違いがある。吉本は断ち切れるとも断ち切れないとも言っていない。彼が言ったのは、秩序に対する反逆（それは意志によって自由に選択できる）と秩序への加担（それは人間と人間との関係によって他律的に決定される）とのあいだの「矛盾」は、それが自律的に内省される自己の不完全性の認識などではなく、「自己の外から、向うから強制的にやってくるかのような経験」（柄谷）であるかぎりにおいて「倫理」に結びつくということ、つまり、それが断ち切れるものであるかそうでないかを知らないままに「この矛盾を断ちきろうとする」に至るということであり、そうするときにのみ「じぶんの発想の底」がえぐり出される、それが「孤独」というものなのだということだけである。その上で吉本の「孤独」が自問するのだ。もし「人間の生存における矛盾」を断ち切れないならば、革命と言っても結局は、「生活」において秩序の維持に加担したまま、ただ「こころ」において秩序に対する反逆を唱えているだけにすぎないということになる。そうなってしまうことの虚しさを俺は敗戦によってイヤというほど思い知らされたところから出発したのだ、と。

柄谷は「マチウ書試論」から「革命とは何か。もし人間の生存における矛盾を断ちきれないならばだ」というパッセージを引用して「こう書くとき、吉本隆明が「心理を乗り超えたものの影」のように私にはみえる」と書いた。「心理を乗り超えたものの影」という、柄谷の評論のタイトルの元ともなったこのフレーズは小林の敗戦後の「『罪と罰』について」の最後のパラグラフからの引用であり、その文脈ではそれはラスコーリニコフのことだった。つまり、柄谷は吉本にラスコーリニコフの影を読み取っているのだが、彼が「マチウ書試論」を「『罪と罰』について」と関係づけたのはひとつの明察であり、しかも両者の関係は偶然ではないのだ。後者の最終パラグラフで小林が周到にも名指すことなく示したものを吉本は正しく受け止めてそれをマタイ福音書の中に発見しているからだ。「マチウ書試論」はドレウス『キリスト神話』（イエスは歴史上の人物としては存在せず、後世になってから生じた別の歴史事実と資料とから虚構された神話的存在だとする）にとらわれているため、史的イエスに焦点を絞らないのだが、その分、結果的に正確にキリストをとらえているのだ。吉本はそう明記していないが、「人間と人間の関係が強いる絶対性」とはキリストのことである。吉本の文章をもじってこう言ってもいい。他力を借りず自己たらんとする極端な渇望ゆえに一切を自力で始めようとするラスコーリニコフの強い意志も、彼とソーニャとの関係が強いる絶対性のまえでは、相対的なものにすぎない、と。キリストがラスコーリニコフに現れるとすれば、彼の「こころ」の内側に何かの象徴として現れたりはしない。ミーチャの場合同様、ラスコーリニコフの「こころ」の外側から、彼とソーニャとの関係そのものから彼に対して不意に、横ざまにそして強制的にやって来て、彼の心に住み着いている潜在的加害者（大いなる罪人）を差し覗くはずである。

マタイ福音書のすでに引いたパッセージで吉本は原文にない「無意識」という言葉を解釈し

訳し加えていた。だが、この文脈に「無意識」を読み取った吉本は凡百のフロイディアン以上にフロイト的なものをとらえていたのだ。無意識は個人の「こころ」の奥深くに潜んでいるものではなく、他者との関係の絶対性から、いわば外側から「こころ」にやって来るものなのだ。『モーセという男と一神教』がフロイト自身に突きつけた究極の問いは、おまえは「自分が予言者を殺したものの子孫であること」すなわち「蝮のすえ」（武田泰淳）であることを受け容れ認知することができるか、だった。それを認知できず、《自分ならモーセやイエスの血を流す者たちに加担しはしなかっただろう》と考えているなら、「予言者の墓を建て、正義の人の墓碑を飾」っている者たち（教団としてのユダヤ教やキリスト教のメンバー）はもちろん、この自分自身も、今、ここに預言者やメシアが現れても、まっ先に、彼らを殺す者たちに加担してしまうだろうと考えたからである。これは加害者意識というような反省的なものではない。加害者であることの認知は、自分は間違っていたと「反省」するところからではなく、むしろ、何もかも正しかったと考える人間に外からやって来る。「矛盾」（吉本）を、あるいは「罪」（キルケゴール）を認知するとは、自己に可能性として潜在しているこの加害者を「ト・ヘテロン」によって外から知らされるということなのだ。ここには、キルケゴールの言う「つまずきの可能性」、すなわち神人との関係に入れば、人間が否応なく強いられる憤激の可能性がある。キリストと人間との間には「暗い可能性」が深淵として横たわっており、キリストもそれを取り除くことができないのだ。「矛盾」を断ち切るとは、この「暗い可能性」という質的断層を、眼をつぶって向こう側まで無事、跳び渡ることだ。キルケゴールならそのジャンプを信仰と呼ぶだろう。

敗戦に不意打ちされた悲しみのあの不思議なかたちを形成していた「うそっぱちな裂け目」を吉本がテクストに刻み込んだのが福音書の解釈においてだったのは偶然ではない。吉本は、「太平洋戦争とその敗北の事実」から来ているそのちぐはぐさを「関係の絶対性」という概念にまで煮詰めたとき、自身の個体的な「戦争体験」からまさに「イエスの死の意味に当たるもの」すなわち「普遍者-超越者の契機」（橋川文三「「戦争体験」論の意味」）を取り出そうとしていたのではないか。「イエスの死の意味」とは、このわたしなら預言者の殺害、「ト・ヘテロン」であるメシアの殺害に加担していたかもしれないという認知がわたしに促す「矛盾」の切断であり、「裂け目」の跳び超えである。橋川によれば、そうした出来事は、たとえば徴兵拒否のような「絶対的不戦」として現れる。憲法九条に書き込まれることになる永久平和は、そうした個々の切断と跳躍が集積して初めて現実にもたらされる。自分は（自分なら）戦争を指導した人々に加担していた（かもしれない）、すなわち自分は「蝮のすえ」なのだという認知を強いられた人々は永遠平和を志向するだろう。今、僕の念頭にあるのは石原莞爾と保田與重郎だが、正確には、彼らはその認知への途上にある。ただし、保田らの言う「絶対平和」は、戦争のただ中から「関係の絶対性」として掬い出されたキリスト的普遍者との憤激に満ちた関係を堪え抜くことなしにはありえない。小林は敗戦後の「「罪と罰」について」で、そうした耐え難い関係においてキリストを記そうとしている。『ドストエフスキイの文学』に収めるべく敗戦前に書きためた諸論考ではついに書けなかったものを敗戦直後のこのエセーでギリギリのかたちで記録するのである。

注1　島木健作の日記、一九四五年二月二十一日「斎藤〔十一。新潮社社員――山城〕君を送つて出て帰途、小林君宅へ行つた。戦局についていろいろ話した。今年はぜひドストエフスキーを書いてしまひたいといふやうな話だつた」、二月二十八日「小林秀雄来訪す。ドストエフスキイの研究は旧稿を破棄して全然はじめから書きなほすつもりださうである」、三月七日「小林秀雄が来た。昼めしを一緒に食つた。彼がまだゐるうちに、特高の平賀警部が来訪した。時局談をした。／小林帰り、平賀氏も帰つてから、小林にドストエフスキー全集（二冊。地下室の手記のある巻と二十三巻と）を届けに行き、またそのまま上つて話し込み、夕飯をごちそうになり、おそくなつて帰つた」（島木健作全集第十五巻）。小林は三月十七日、自転車で配給の煙草を高見順に届け話し込む、「三年間、骨董（？）につかまって、文学から離れていたが、いよいよ書き出すと小林君はいっていた。「ドストエーフスキーの文学」を書くという」（『高見順日記』第三巻）。

注2　当時の義勇隊の規則では文筆家は「土方とかルンペンとかいうのと同じ資格で」地域の義勇隊に編入されてしまうことを厭った高見順が海桜隊という海軍の慰問移動演芸隊と連絡を取り、小林ら鎌倉の文士をそこに編入しようとした（『高見順日記』第四巻、一九四五年六月二十三日、二十六日、二十七日、七月十六日参照）。一九四五年七月三日の朝日新聞は、鎌倉在住の大佛次郎、久米正雄、小林秀雄、今日出海、高見順、吉屋信子などが国民義勇隊編制のために解散した鎌倉文化連盟を再興して工場、部隊、農山漁村など全国何処でも講演に出かける姿勢を整えたと報じている。じじつ、小林にも日本化学工業の工場への派遣の話があった（『高見順日記』第四巻、一九四五年八月十四日参照）。

注3　「反軍的でないやうに」細心の注意が払われているため明確にではないが、「攘夷新論」「本末の論」（一九四四年十月）、「言論暢達の所感」（一九四五年一月）にその一端を読むことができる。

注4　「さきの終戦に当り本土決戦の声を一蹴せられた聖旨として、それは民族の滅亡を来すかもしれぬと申されたのです。その意味は、この国の本有生活であり、且つ国民生活の本有実体をなすものが、本土決戦のなりゆきとして、戦争の抵抗拠点となることは、国本来の理想と生命を滅却するに至るかもしれぬ、その点を聖慮あつたものと拝察されます。／かく拝察して、みうちをのゝくものを感じた次第です」(「絶対平和論拾遺」)。「終戦」時、中国北部の石門にいた保田はラジオ放送がほとんど聴取出来なかったにもかかわらず、そこから直観的に強烈なボディー・ブローを食らっている。「私は反射的に、頭を少しばかりあげた。するとはつとするやうに、部屋の中央にある花瓶の、今朝ほど誰かが挿していつた向日葵の大きい花が、生々しく眼に入つたのである。私はとつさに眼をそらしてゐた。しかし眼をうつした床の上に、その花の影が、黒々とうつつてゐるのである。その影を見つめてゐるうちに、形容しがたい怖ろしさが、全身をとらへ始めた。一輪の花の描いた陰に、私はかつて思ひもよらなかつた無限に深い闇を、あり〳〵と見たのである。かういふものをさして、何と呼ぶであらうか。心のすなほなむかし風の人なら、かゝる時に地獄や奈落を明らかに見たかもしれない。そこには何も存在せぬだらうが、どういふ荒唐無稽のものでも、何の不思議もなく存在し得るのである。私は全身のわなゝくやうな怖れをしばらく味つてゐた。大雨の音、少年のうめき声、をとめらの泣く声、その間も止む時がない。物思ふすべを知つて三十年、盛りを過ぐる年となつて初めて、私は腸を断つといふことをまざ〳〵と実感したのであつた」(「みやらびあはれ」)。保田にとっては昭和天皇が唯一の他者だったのではないだろうか。

第五章　戦後日本からの流刑――「『罪と罰』について」

「僕のような気まぐれ者は、戦争中支那なぞをうろつき廻り、仕事なぞろくにしなかったが、ドストイエフスキイの仕事だけはずっと考えていた。これは千枚も書いて、本を出すばかりになっているんですが、また読返してみると詰らなくて出せなくなった。しかし、まだ書直す興味は充分あるのです」（「コメディ・リテレール」）。戦争中に心血を注いだ『ドストエフスキイの文学』は一応、完成していたようだが、敗戦という事実の後に読み返せば、「一向に纏りのつかぬ疑はしい多量な研究ノオト」（「感想――ドストエフスキイのこと」）でしかなかったようだ。

小林が終戦の詔勅をどう受け止めたのか、具体的な記録は残っていない。僕が知っているのはただ、肺結核のため長く病床にあった島木健作が「終戦」の翌々日に亡くなったとき、臨終にかけつけた小林が、高見順からだろうか[注1]、八月六日に広島に落とされた新型爆弾が原子爆弾であったことを知らされ「非常なショック」を受け「なにか非常に嫌な感じ」を持ったということくらいだ（湯川秀樹との対談「人間の進歩について」）。以来、翌一九四六年一月の「コメディ・リテレール」での有名な「放言」まで約半年、沈黙を守っている。

僕は政治的には無智な一国民として事変に処した。黙って処した。それについて今は何の後悔もしていない。大事変が終った時には、必ず若しかくかくだったら事変は起らなかったろう、事変はこんな風にはならなかったろうという議論が起る。必然というものに対する人間の復讐だ。はかない復讐だ。この大戦争は一部の人達の無智と野心とから起ったか、それさえなければ、起らなかったか。どうも僕にはそんなお目出度い歴史観は持てないよ。僕は歴史の必然性というものをもっと恐しいものと考えている。僕は無智だから反省なぞしない。利巧な奴はたんと反省してみるがいいじゃないか。

小林の「見え過ぎる眼」（「徒然草」）は、ひょっとすると、すでに一九三八年、「満蘇国境」にあって戦争の結末を予め知っていたのかもしれない。だが、見え過ぎる程度の眼、予め知っている程度の知が一体、何なのか。たしかに、事後という地平は、事前にはどうしても見えなかったものを易々と見ることを可能にしてくれる。その「利巧」さが、あのときああしていれば、ああもあり得た、こうもあり得たと「反省」を促してやまないのでもある。しかし、「反省」を可能にすることの明視そのものによって見えなくなる死角がある。と言って、事前の光学に戻ればそれが見えるようになるわけでもない。事前の視野にはもちろん、事後からの遠近法によってさえ見通すことのできない絶対的な死角がある。事前と事後との間には時間の結び目が断たれる瞬間が必ずあり、誰もがその死角を、見るまえに跳ぶのだ。「何か知らない一線」を踏み超えるのである。予め知っていたことが、かりにすべてそのままに起ったとしても、そこに生じた諸結果の中に立たされれば、予め知っていたとおりそのままの諸結果が、全く思いもよらぬこととして経験されるほかない。その落差が、無意識というものの実体であり、人間が生きて何かを為す、やってしまうということの意味だ。悲劇とは、永遠回帰とは、反復する同じもののこの差異の肯定ではないのか。事前に何もかも見通し認識してしまう明智の人、オイディプスのあれほどまでに「見え過ぎる眼」(insight)にさえ、事後にしか見えぬ死角(blindness)があり、彼といえどもその暗闇は見ることなく跳び超えるほかなかったのである。実の母と交わり父の血で自分の手を朱に染めるという運命なら、デルフォイの神託によってあらかじめ知らされており、彼の明智はそれを避けて走ろうとしたのだが、まさにこのフェイントによって死角に躓いたのだ。歴史にはこういう死角があちらこちらにあり、清らかな心もそこで盲目性の跳躍を強いられて、厭わしい罪悪を犯すことがあるのだ。そこに「歴史の必然性」の「恐し」さがある。しかも、たとえ無意識であっても、また偶然であっても、その跳躍の結果は個が負わねばならない。そのことの肯定にこそ自由があるというのが、悲劇ということの本当の意味である。小林は、事後になって周囲を見回して、間違っていた騙されていたと反省して軽挙妄動するのではなく、何もかも正しかったと考え、「何も彼も正しかつた事が、どうしてこんなに悩ましく苦しい事なのだらうか」と感じる心に忠実に考えてそこから出て来るものを見定め、受け容れる工夫に自由を見出すのだ。敗戦後に小林が努めたのは、自己批判することでも自己正当化することでもなかった。見え過ぎる程度のことは「無智」も同然なのだということを思い知って潰した眼を絶対的死角に凝らし続けることだった。これが「僕は無智だから反省なぞしない」という「放言」の真意だ。

小林秀雄全集に収められた年譜には四六年六月に「「新日本文学」誌上で〈戦争責任者〉に指名される」と、ことごとしく記載されているが、これは、この年の三月二十九日、新日本文学会東京支部創立大会において小林を含め、河上徹太郎、保田與重郎ら二十五名を「文学における戦争責任者」として指名することが提案され可決されたことの要旨報告にすぎない（小田切秀雄「文学における戦争責任の追求」）。結成されたばかりの一文学団体の一決議が小林にとってそう大事だったとは思えない。ミーチャにとっての裁判のようなものですらない。ミーチャに、些細ではあっても、父殺しの有罪判決などよりずっと深刻で恥ずべき「罪」があったように、小林にも、些細ではあっても、「戦争責任者」指名の宣告などよりずっと深刻で、誰にも言えない、毒気のある「一つの秘密」（正宗白鳥）があったのではないかということの方がよほど大事だ。

この「戦争責任者」リストが掲載された「新日本文学」六月号が発売されたと思しき五月の末には母、精子が没している。小林自身はリストのことなど知らなかっただろうし、かりにその事実を知っていたとしても、全く気にかけなかっただろう。小林はベルグソン論「感想」を「終戦の翌々年、母が死んだ。母の死は、非常に私の心にこたへた。それに比べると、戦争といふ大事件は、言はば、私の肉体を右往左往させただけで、私の精神を少しも動かさなかつた様に思ふ」（「新潮」一九五八年五月号初出による）と書き始めたが、これを、「戦争といふ大事件」と「母の死」という私的な出来事を天秤にかけて、針は後者に振り切った、前者はさしたる事件ではなかったとアイロニカルに言っているのだと読むのは間違いだ。詳しくは後述するが、小林は「敗戦の悲しみ」を非常に重く見ていたのだ。「戦争といふ大事件」は、自分にとって「母の死」がそうでないのと同様、歴史年表に記されるような一政治的事件ではなかった、自分に「母の死」がそうであったのと同様、戦争も生ま身の単独者として切実に生きた悲劇だった、文学的事件だったと言いたいのである。大切な母親が死んだその没年を、終戦の翌年ではなく「翌々年」と誤って書いたのは、思うに、小林の内的な時間感覚においては、一九四五年という一年は八月十五日で終っていたからだ。戦争が小林の肉体を政治的に右往左往させただけであったにせよ、敗戦はそれくらい小林にとって深刻な出来事だったのだ。少なくとも、本土決戦と《死》を勘定に入れた時間のなかで書き上げた『ドストエフスキイの文学』の全原稿が一瞬のうちに「疑はしい多量な研究ノオト」注2に変じてしまう程度には致命的な事件だったのである。

母が死んだ数日後というから五月三十一日前後か、小林は「おつかさんといふ蛍」が飛んでいるのを目撃し、その大きな蛍が視界から消えると、今度は、小林の背後に「火の玉」として飛んでいたらしいのを周囲の反応から知る。八月半ばに水道橋駅のプラットフォームから墜落するが、奇跡的に即死せず打撲で済んだという有名な事故について書いている。「一升瓶は、墜落中、握つてゐて、コンクリートの塊りに触れたらしく、微塵になつて、私はその破片をかぶつてゐた。私は、黒い石炭殻の上で、外灯で光つてゐる硝子を見てゐて、母親が助けてくれた事がはつきりした。断つて置くが、こゝでも、ありのまゝを語らうとして、妙な言葉の使ひ方をしてゐるに過ぎない。私は、その時、母親が助けてくれた、と考へたのでもなければ、そんな気がしたのでもない。たゞその事がはつきりしたのである」(「感想」)。ミーチャのように、現代人の懐疑に全く煩わされないでものが言えるのなら、「あの時、神様が自分を守つて下さつた」と単純に書いてもよかったはずだ。大事なのは、ミーチャ同様、小林にも、素朴には、死んだ母さんとか神様と呼ぶほかない何かが臨在しているという、それまでも漠然と感じていたことがこのとき「はっきりした」ということである。この一連の「童話的経験」は、後年のベルグソン論にとってのみならず、敗戦前のドストエフスキー論考の、いわば焼け跡とも言うべき「疑はしい多量な研究ノオト」から再び『ドストエフスキイの文学』が復活して来る上でも、「はっきりした」意味を持つ転回点だったはずである。

十一月、小林は文章としては敗戦後、初めて発表したものである「感想——ドストエフスキイのこと」を書き、この感想文を、敗戦前のドストエフスキー論考を切断し、いちから創始する宣言の言葉で結んでいる。

そしてそれ〔作者ドストエフスキーの全努力の尖端と言ったようなもの、何か巨きな非決定性、解いてはならぬ謎の力——山城〕が僕に彼の作について又しても新しく書き始める様に迫る。白い原稿用紙で、何が書けるかわからぬ冒険をする様に要求する。僕は、彼の作品に関する新しい解釈などを、今はもう少しも望んでゐない。

小林はこのすぐうしろの文末に、小林には珍しく「十一月三日」という日付を書き入れている。それも、「時事新報」に十日から十三日にかけて四回にわたって分載された最終回の十三日分の末尾にわざわざ「十一月三日」という日付を記載しているのだ。

言うまでもなく、一九四六年十一月三日は日本国憲法が公布された日付である。たまたまその日に執筆しただけなのだろうか。しかし、右の結びの言葉が如実に物語っているように、この「感想——ドストエフスキイのこと」という文章は過去の切断であり宣言である。おそらく、小林は、公布された政治的宣言に対置し匹敵させるつもりで、俺は敗戦前にずっと書きためて来たドストエフスキー論考をすべて放棄して、いちから「新しく書き始める」ことにした、と布告したのである。

すでに見て来たように、小林は敗戦前から『罪と罰』と『白痴』についての優れた作品論を発表しており、『悪霊』と『カラマーゾフの兄弟』に関する未完の論考も含めてだろう、戦争中に「千枚も書いて、本を出すばかり」になっていたのだ。では、それにもかかわらず、どうして敗戦後にあらためて『罪と罰』に、次いで『白痴』に立ち返り、いわば仕切り直して作品論を「又しても新しく書き始める」必要があったのか。むろん、不満足だったからにちがいない。だが、それは、たんに資料の不足や解釈の至らなさ（誤読）のために生じた不十分さではなかった。敗戦という動かぬ大事実の後に立って初めて見えて来る、そういう不十分さだった。

> 様々な解釈が塁々と重なり合ふところ、恰も、様々な色彩が重なり合ひ、それぞれの色彩が互に他の色彩の余色となつて色を消し合ふのに似てゐて、遂には、白色光線が出来上る始末になる。その白色光線のうちに、原作が、もとのまゝの不安な途轍もない姿で現れて来る驚きを、どう仕様もないのである。

ここで「原作」とはドストエフスキー作品の、単なる本文ではなかった。同時に、敗戦とともに露頭した現実でもあった。それは吉本を見舞ったあの「ちぐはぐ」あの「うそっぱちな裂け目」でもあったか。終った後に戦争から射して来る或る絶対性が原作の向こう側から「白色光線」として射し込み、小林を促して、それまで書きためた千枚に及ぶ「多量な研究ノオト」をすべて捨てさせ、「白い原稿用紙」に向わせた。仕切り直して、「何が書けるかわからぬ冒険をする様に要求」した。いちからドストエフスキーの作について「又しても新しく書き始める様に迫」ったのである。

作品に関する「新しい解釈」などもはや望まないとは、ただ解釈を拒絶して本文に忠実に読むということではなかった。「感想——ドストエフスキイのこと」は、後に再編集されて「「罪と罰」について」に断片的に組み込まれるが、小林はそこでは「一条の白色光線のうちに身を横たへ、あれこれの解釈を拒絶する事を、何故一つの特権として感じてはいけないのだらうか」と書いた直後、あの宣言の言葉をこう言い換えるのである。

僕には、原作の不安な途轍もない姿は、さながら作者の独創力の全緊張の象徴と見える。矛盾を意に介さぬ精神能力の極度の行使、精神の両極間の運動の途轍もない振幅を領する為に要した彼の不断の努力、それがどれほどのものであつたかを僕は想ふ。彼を知る難かしさは、とゞのつまり、己れを知る易しさを全く放棄して了ふ事に帰するのではあるまいか。彼が限度を踏み超える時、僕も限度を踏み超えてみねばならぬ。何故か。彼の作品が、さう要求してゐるからだ。彼の謎めいた作品は、あれこれの解き手を期待してゐるが故に謎めいてゐるとは見えず、それは、彼の全努力によつて支へられた解いてはならぬ巨きな謎の力として現れ、僕にさういふ風に要求するからである。僕は背後から押され、目当てもつかず歩き出す。眼の前には白い原稿用紙があり、僕を或る未知なものに関する冒険に誘ふ。そして、これは僕自身を実験してみる事以外の事であらうか。

小林はもちろん本文を熟読するのだが、そこから射し込む「白色光線」に押されて「白い原稿用紙」に向い、読むことの限度を踏み超えて、ついにはテクストをではなく小林自身を「実験」してみざるを得なくなる。いや、敗戦という歴史的現実とのディスジャンクションにおいて読まれる本文こそがテクストというものではないか。眼の前には「白い原稿用紙」がある。そして、一九三八年の「戦後」の時点で小林の心の裡に「自分でもはっきりしない」ままに露出し始めていたあの「空気」がある。敗戦の後、小林の鼻先で「白色光線」のうちに露頭した荒唐不稽な現実があるのだ。原作の本文は、今ではその現実との脱臼において読まれる。小林は、あの歴史の屈折点に隠れていた「恐しいもの」に自分自身を擦り付けて自己の純度を試すことをその「白い原稿用紙」の上で敢行するよう絶えず強迫されながら読み、そして書くのだ。ドストエフスキー作品論を「又しても新しく書き始める」とは、敗戦によって露頭したこの現実そのものに要求されるままに、俺はもう解釈は捨てた、作品すら捨てたと言ってもいい、だから、もう作品論を書くのではない、その空っぽの「白」に浮かび上がって来るあの「恐しいもの」を唯一の試金石にして自分自身を直に実験してみることにしたのだ、という宣言なのだ。だが、小林がこの文章を、公布されたばかりの日本国憲法に自覚的に対置したことの意味が「はっきり」するのは、ここから新しく書き始められる『ドストエフスキイの文学』のテクストにおいてのほかはないのだ。

一九四七年一月十四日、十五日の「夕刊新大阪」に掲載された対談で横光利一に「君のドストエフスキーはどうした、惜しいから是非続けて欲しいね」と促されて「又新しくやり始める」と応じている。小林は実際に「『罪と罰』について」に着手しただろうが、その進行は単純ではなく曲折に満ちていた。三月十日から三十日にかけて上野の東京都美術館において読売新聞社主催、文部省後援で開催された「泰西名画展」を小林は観に行ったようだが、このときだ、別室に陳列されたゴッホの「鳥のいる麦畑」の原色版複製画の前でしゃがみ込んだのは。むろん、その感動を、キリストの接吻に終るイワンの大審問官伝説を叙述する「天才の腕」をめぐってかつて語った「精巧な正確な楽曲の転調の様に行はれ、突然終止符が来る」(「『カラマアゾフの兄弟』」)というセンテンスをなぞるかのように、「全管絃楽が鳴るかと思へば、突然、休止符が来て、鳥の群れが音もなく舞つてをり、旧約聖書の登場人物めいた影が、今、麦の穂の向うに消えた——僕が一枚の絵を鑑賞してゐたといふ事は、余り確かではない。寧ろ、僕は、或る一つの巨きな眼に見据ゑられ、動けずにゐた様に思はれる」と書くのは、十九ヶ月も先のことだ。だから、画を見た四七年三月の時点で「一つの巨きな眼」として自覚されていたわけではないだろう。むしろ、十八ヶ月後、すなわち「ゴッホの手紙」初回の前月、「『罪と罰』についての最終パラグラフに「一つの眼」と書き込んだときに、自分が「或る一つの巨きな眼」に見据えられていたということが「はつきり」したのだろう。「『罪と罰』について」の進行が曲折に満ちていたと言ったのは、最後に出て来る「一つの眼」が必ずしも『罪と罰』のエピローグのみから現れたものとは言えず、ゴッホの画および手紙に、いわば共有されるかたちで小林のテクストに結実するからである。げんに、小林はこの一年、『罪と罰』論とゴッホ論を並行して進めていたようだ。四八年一月の「新夕刊」文芸手帖欄に小林の近況として「小林秀雄氏久しく胃を病んでいたがこのほど小康。目下「ドストエフスキーの文学」執筆中だが近く「ゴッホ論」（四千枚）を執筆する」（傍線部判読困難、山城の推定）という記事が載っている。そして、この年の十一月に「「罪と罰」について」を、十二月に「ゴッホの手紙」初回を発表するのだが、ほぼ同時に掲載されたこの二つの作品の、それぞれ末尾と冒頭に跨がるかたちで「或る一つの巨きな眼」が露出するのである。小林が一枚の絵を鑑賞していたということが確かでないように、一冊の本を読んでいたということも確かなことではないのだ。眼は、むしろ、批評の素材（小説／絵画／手紙）の如何にかかわらず、それについて書いている小林の生と彼の置かれている敗戦の現実との関係から絶対的なものとして出て来たのだろう。小林がそれに心を差し覗かれているということがこのとき初めて「はつきり」した「或る一つの巨きな眼」は死んだ者の眼なのである。しかも、それが小林を見るのであって、小林がそれを見るのではない。背後の「火の玉」同様、指摘されれば、やはりそうだったのかとその臨在を納得するだけで、小林がそれを見ることは決してないのだ。しかも、それはもはや「母上の霊」に特定されるようなものでもない。

　憲法公布の日付で再出発を宣言した戦後ドストエフスキー作品論の第一弾「「罪と罰」について」の終盤でエピローグに言及する直前、小林はこう書いている。ここには敗戦前の「「罪と罰」について」にはなかった洞察がある。

　扨て、僕は、ドストエフスキイの大作のどれにでも、遂に現れずにはゐない或るぎりぎりの難解さに出会つてゐる様である。この一見覚え書めいた簡単な「エピロオグ」には、熟視すると意外に微妙な遠近法があつて、作者の思想の奥行、或る根源的なものを見て了つた人の思想の奥行を示してゐる様に思はれて来るのである。と言ふのは、奥行は読む人によつて深くも浅くもなるだらう、読む人めいめいの顔を平気で映し出すだらう、言ひ代へれば評家は失格を甘受せざるを得ないだらう、そんな風に僕には思はれるといふ意味だ。僕は、自分の無力を感じてゐる。

「『罪と罰』について」

「原作」が「もとのまゝの不安な途轍もない姿」で小林に浮び上って来ていたのはどこよりもここにおいてである。敗戦前の『罪と罰』論（一九三四）は、エピローグにこの様な「ぎりぎりの難解さ」を見出してはいなかった。「敗戦といふ大事実の力」（「感想」一九五一）がなければ、シベリアのラスコーリニコフの不安な途轍もない姿がはっきり見えて来ることはなかっただろう。

『罪と罰』のエピローグに感傷的な甘さを読み取る人は少なくない。或る者はそれに耽り、別の者は必死にそこから逃れようとする。しかし、小林自身は、エピローグに感傷も甘さも見ていなかった。小林がそこでまのあたりにしていたのは、そのように読めばそう浅く読んだ者に相応しい顔を平気で映し出す「作者の思想の奥行」である注3。

この「白色光線」に突き放された小林の前にはただ「白い原稿用紙」だけがあった。批評とは他人をダシにして己を語ることだとかつて豪語した批評家も、今は失格を甘受し「無力」を感じながら、「原作」に映し出された自分の顔をそこに書き写す以外に為す術がなかったはずである。じっさい、そこには小林の顔がくっきりと刻まれている。読者は誤解するかもしれない。小林は原作に何らかの弛緩を見、それを故意に回避して「エピロオグ」を再構成した、と。こう勘ぐる人には、そう読んだエピローグに自分の弛緩した顔が映っていたとは思いもよらないだろう。小林はそういう油断のならない「奥行」を痛切に意識していたのだ。

シベリア流刑後のラスコーリニコフを描く「エピロオグ」について書いている小林の言葉はそのまま敗戦後の小林自身の顔を映し出している。「原作」とは、もはや、何かを選択的に無視することなど許さない敗戦の現実そのものだった。と同時に、それは小林自身の顔を書くことを小林に強要する或る力だったのである。これは、ラスコーリニコフに託して何かを告白することとは全く違った事柄だ。小林の「驚き」はそこにあった。「これは僕自身を実験してみる事以外の事であらうか」。小林はもともとそう心に決めて「「罪と罰」について」を書いていたのである。

シベリアに流刑されているのはもはやラスコーリニコフではない。「犯罪」を犯して丸太の上に腰を下ろして黙想しているのは敗戦後の小林秀雄自身である。火野葦平だけではない。武田泰淳だけではない。小林もまた「そこ」で「リザヴェエタ」を「殺した」ことがあったかもしれない。小林は今、石原吉郎が猿のようにすわりこんでいたのと同じ河の対岸に同じようにうずくまっていると言ってもいい。

何もかも正しかつたと彼は考へる。何も彼も正しかつた事が、どうしてこんなに悩ましく苦しい事なのだらうか。

こうラスコーリニコフの心事を注釈する小林の言葉はそのまま敗戦後の小林自身の心事を注釈している。小林はラスコーリニコフの心理を忖度しているのではない。敗戦後の自分自身を「実験」しているのだ。終わったと誰もが言う戦争、そして、それに関してはおまえに大きな責任があると俄検察官が追及して来た戦争について小林自身が考えているのだ。いや、何もかも正しかった、と。しかし、何もかも正しかった事が、どうしてこんなに悩ましく苦しい事なのだろうか、と。

今日、小林とは全く別の意味で、先の戦争において日本人は「何もかも正しかつた」と考える人が増えている。だが、彼らの中に「何も彼も正しかつた事が、どうしてこんなに悩ましく苦しい事なのだらうか」と心を乱している人間が果たしてどれだけいるか。

小林は黙想する。せめて何かが間違っていてくれれば反省なり懺悔なりに耽ることもできただろう。だが、「何もかも正しかつた」のだ。といって、自分の正当性を主張することもできない。「何も彼も正しかつた」ということが、奇妙なことに今は、こんなにも「悩ましく苦しい事」としてしか経験され得ないからである。

たとえば、「そこ」のあの「空気」のなかでなら、虐殺されて赤い泥水に浸かった壕の中で折り重なっている何十人もの捕虜の中のあのひとりは死に損ないながら自分の胸を示して暗に促していたのだから、その胸めがけて発砲することも、「何もかも正しかつた」のだ。それはそのとおりなのだ。しかし、その「何も彼も正しかつた事」が、どうしてこんなに「悩ましく苦しい事」なのか。「ここ」に戻ってみれば、「そこ」に露頭していたあの「真空状態のような、鉛のように無神経なもの」の恐ろしさは内部の孤島の隈取りをますますくっきりさせるばかりだ。

そんなふうに「歴史の必然性」が心清らかな人間をも厭わしい罪悪に否応なく結び付けるのは、その絶対性（吉本隆明）が、僕らの奥深い内部に必ずある「或る危険な何ものか」を歴史の死角において捉えるからだ。「戦後」という地平に投げ出された小林は反省も懺悔も正当化もできず、ただ「歴史の必然性」に堪えるほかなかった。小林をそこに投げ出したあの歴史の死角から眼を逸らさず、その「恐し」さに堪えようと努力するだけで精一杯だったはずである。歴史の恐ろしさに堪えるとは、自分を何重にも取り巻いている諸観念を何ものかが剝ぎ取って「「デモン」の破片」を露出させるのに堪えることだ。限りなく誠実な純潔さなしには、また、結局は同じことだが、限りなく酷薄な残忍性なしには、自分自身の裡に露頭したその「或る危険な何ものか」を正視することに堪え通すことはできないだろう。

> ラスコオリニコフは、認識が到るところで難破する事を確め、もはや航海の術もなく、自己の誠実さといふ内部の孤島に辿りつく。彼は、この孤島の恐ろしく不安な無規定な純潔さに、一種の残忍性をもつて堪へようとした。

敗戦後、小林自身、認識が到るところで難破する事を確め、もはや航海の術もなく「自己の誠実さといふ内部の孤島」に辿りついていた。彼がその「恐ろしく不安な無規定な純潔さ」に「一種の残忍性」をもって堪えようとしたことを僕は疑わない。小林は、戦争の渦中で彼を襲ったあの「恐しいもの」を決して自分の心から去らせまいと懸命に努力したのだ。思うに、小林の思考の「誠実さ」はただこの努力にある。

　このとき、小林は、「ここ」にいるだけでは、「ここ」にいるがゆえにどうしても見えなくなってしまっている「戦争責任」を何ものかから突きつけられている。それを思い出し負うことを強いられている。小林の心の裡に棲んでいたあの「黙つてゐるもう一人の微妙な現代日本人なるもの」はその地で抑留され、今は、シベリアの河岸にひとり、猿のようにすわりこんでいるのだ。この頑固な沈黙に一体どのようにすれば言葉を与えることができるのか。

「アブラハムとその牧群の時代が、未だ過ぎ去つてゐない様であつた」というドストエフスキーの言葉に重ねるように小林は書く。「ラスコオリニコフとその犯罪の時は未だ過ぎ去つてはゐない」。この言葉もそのまま小林の顔を映し出している。小林秀雄とその戦争の時は未だ過ぎ去ってはいないのだ。小林は小林の戦争をそのように受け取り直しているのである。じっさい、或る巨きな目玉がこの旧約聖書的風景に不意に現れて差し覗いたのは、他の誰のでもない「僕の」心、すなわち小林自身の心を、だったのだ。

> 時が歩みを止め、ラスコオリニコフとその犯罪の時は未だ過ぎ去つてはゐないのを、僕は確める。そこに一つの眼が現れて、僕の心を差し覗く。突如として、僕は、ラスコオリニコフといふ人生のあれこれの立場を悉く紛失した人間が、さういふ一切の人間的な立場の不徹底、曖昧、不安を、とうの昔に見抜いて了つたあるもう一つの眼に見据ゑられてゐる光景を見る。言はば光源と映像とを同時に見る様な一種の感覚を経験するので

ある。ラスコオリニコフは、独力で生きてゐるのではない、作者の徹底的な人間批判の力によつて生きてゐる。単にラスコオリニコフといふ一人の風変りな青年が、選ばれたのではない。僕等を十重廿重に取巻いてゐる観念の諸形態を、原理的に否定しようとする或る危険な何ものかが僕等の奥深い内部に必ずあるのであり、その事がまさに僕等が生きてゐる真の意味であり、状態である、さういふ作者の洞察力に堪へる為に、この憐れな主人公は、異様な忍耐を必要としてゐるのである。

『罪と罰』の結末でラスコーリニコフを見据えている「もう一つの眼」とは、作者の眼だ。光源とは作者のことで映像とは主人公のことだ。小林は、エピローグに、作中人物が作者の視線を異様な忍耐で堪えているという「小説形式に関する極限意識と言ふべき異様な終止符」を見ようとしているのだが、そう書いている小林を見据えていたのは誰の眼か。やはり、作者のか。いや、小林の心を差し覗いたあの「一つの眼」は、ラスコーリニコフを見据えている「もう一つの眼」と同一でもなければ、同じ作者のもう片方の眼でもない。では、敗戦後の荒廃した地平に流刑されているひとりの「戦争責任者」をじっと見据え、彼の戦争の時が未だ過ぎ去っていないのを差し覗いたあの「一つの眼」は何ものの眼だったのか。すでに敗戦前の『白痴』論（一九三四〜三五）に小林はこう書いていた。「終編を注意して読んだ人は、あの荒涼とした風景のなかで、人間或は生命の概念が、恐ろしいほどの純粋さに達してゐる事に気が附く筈だ。ドストエフスキイにとつて、この純粋さの象徴がキリストであつた事は、疑ふ余地がない」。そこでは、キリストは「象徴」でしかなかった。だが、今では、比喩や象徴ではなく、「一つの眼」となって小林の心を差し覗いている。それが見ているのだ。それが見えるのではない。それは、あの火の玉同様、いわば小林の背後にあって小林自身には決して見えない。しかし、小林には見えないその眼が小林を見据えていたということが「はっきり」したのである。

> ラスコオリニコフは、監獄に入れられたから孤独でもなく、人を殺したから不安なのでもない。この影は、一切の人間的なものの孤立と不安を語る異様な（これこそ真に異様である）背光を背負つてゐる。

「背光」を負っているのはラスコーリニコフではない。至る所で心理学的可知性を乗り超える「作者の思想」だが、この「思想」が、ここでは、僕らの奥深い内部に必ずあり、僕らを十重二十重に取り巻いている観念の諸形態を原理的に否定しようとする「或る危険な何ものか」であり、「僕等が生きてゐる真の意味であり、状態である」のなら、つまり「自分が現にかうして生きてゐるといふ事実の根源、或は極限といふ謎」であるのなら、それはもはや、必ずしも作者ドストエフスキーのそれでなければならないわけではない。小林が『罪と罰』を読んでいたということはもはや確かではないのだ。不意に現れた「一つの眼」に見据えられれば、人間的なものの一切は本来、監獄に入れられなくても孤独であるし、人を殺していなくても不安であるほかないのだ。小林が、自分の奥深い内部にある「或る危険な何ものか」を反省（内的対話）によって認識したのではなく、「或る一つの巨きな眼」が小林の心を差し覗き、見つめることでその存在をその外から小林に認知させたのであれば、そして小林が異様な忍耐でその眼差しに堪えているのであれば、背光を負っているのは、もはや小林自身の「思想」だと言っても差し支えない。「作者の思想」には、読む人めいめいの顔を平気で映し出す恐ろしい「奥行」があるからだ。作者が限度を踏み超える時、僕も限度を踏み超えてみなければならぬ、「原作」が小林にそう迫り、小林が自分自身を実験してみたのはどこよりもここにおいてだ。戦争中、「ドストイエフスキイの仕事」に没頭したときに小林を捉えた非常な「孤独」のただ中から今、「「デモン」の破片」の鋭利な尖端が不意に露頭したのだ。小林を十重二十重に取り巻いている観念の諸形態を原理的に否定しようとする「何ものか」が、火野葦平の「発砲」、武田泰淳の「発射」のように、不意に剝き出しになったのだ。「心理を乗り超えたもの」は、「一つの眼」を光源とする白色光を背負って、いわば逆光で露頭する。主客は一転して切り返し、今や、小林の足元から延びた長い影がラスコーリニコフになっている。たしかに、丸太の上に腰を下ろして黙想するラスコーリニコフは、心理を乗り超えた「戦争責任者」の、「一つの眼」に見据えられた或る絶対的な「罪」（キルケゴール）の影にすぎない。

見える人には見えるであらう。そして、これを見て了つた人は、もはや「罪と罰」といふ表題から逃れる事は出来ないであらう。作者は、この表題については、一と言も語りはしなかつた。併し、聞えるものには聞えるであらう、「すべて信仰によらぬことは罪なり」（ロマ書）と。

キルケゴールはパウロのこの言葉を注釈して言う。罪の反対は徳ではない、信仰である、と

（『死にいたる病』第二編A第一章）。「罪とは、つまり神の前で、云々にほかならない」からだ（第二編BのB）。人間は、「神の前」でなくしては、罪人《つみびと》であることさえできない。いいかえれば、罪人であるということは、すでにして「神の前」にあるということなのだ。それがエピローグにおいてラスコーリニコフが不意に置かれるようになった状況なのである。彼はまだ信仰には至っていない。回心はおろか、悔悟さえしていない。だが、罪人として、すでに「一つの眼」の前におかれるようにはなったのだ。ペテルブルクにいた間は、そうではなくたんなる犯罪人だったが、シベリアに来て罪人になったのである。小林もまた同じだ。たしかに、小林はミーチャ同様、犯罪者ではなかった。だが、敗戦後には罪人（単独者）になったのだ。むろん、小林は「神の前」にあるなどと書くことを用心深く避けており、だから、ただ「そこに一つの眼が現れて、僕の心を差し覗く」と書いたのである。

石原吉郎も、人肉食をめぐって『野火』の作者にこういう語り方をしていた。

それがもし許されるとしたら、だれが許すのかということですね。人間に許す資格はないだろうと思うのです。どうしても神という問題が出てくるのです。ただその場合、ぼくは許されているというふうに感じないのです。黙って神がそれを見ているのではないか。その黙って見ているもの、それが神でもいいですけど、それはなにもいわないだろうということしか感じないですね。黙ってなにもいってくれないと、とても怖いわけです。永久になにもいってくれないだろうと思いますね。

大岡昇平との対談「極限の死と日常の死」

「神」とは、およそこのように「怖い」ものなのかもしれない。だが、「怖い」その眼はどこから黙って見ているのか。雲の上のどこか、天上からなのか。すでに見たように、マタイ福音書を解釈した吉本隆明は小林のこの「一つの眼」を引き受けて「人間と人間との関係が強いる絶対性」と概念化していた。もしあの眼が「神」なのだとしても、その場合、「神」とは、人々の頭上高くから我々を見下ろしているのではなく「人間と人間との関係」から絶対的なものとして横ざまに強制的に「人間の意志」に介入してこれを容赦なく相対化してしまう何かに付けられた名にほかならない。柄谷行人は、吉本の「人間と人間との関係」という規定を私と他者との関係として明確化した。この場合、「神」とは他者との関係から絶対的なものとして私に介入して私の意識を容赦なく相対化してしまう自然性に付けられた名である。だが、他者（隣人でもいい、イエスでもいい）との関係から絶対的なものとして横から私に介入して来る「神」とは何か。思うに、柄谷はそうは明記していないが、彼がこのような形においてとらえようとしていたのはその後の足跡（たとえば『探究Ⅰ』第十、十一章、『探究Ⅱ』第三部）から判断してキリストである。その場にいれば、イエスは生ま身の一人の人間であり、したがって隣人でなければ敵として僕の前に現れるほかなかった。この男がキリストであるとは、つまりイエスが人であると同時に神であるとは、この変哲もない奇妙な中年男に僕が関係するとき、その関係そのものの内側からやって来て、僕の内省（内的対話）を外から突き破り、動かし、これを徹底的に相対化してしまう、或る絶対的な不可抗の力が、僕にとっては不快な憤激の種として、人間イエスからどうしようもなく発しているように見えるということなのである。「一つの眼」はまさしくそういう意味でキリストである。それは、天上のどこかからこちらを見ているのでは決してなく、敵であれ隣人であれ、生ま身の他者との水平関係において不意に現れ、こちらの心を差し覗くのだ。小林は最終パラグラフでは、小林（ラスコーリニコフ）が関係する他者の介在なしで「（もう）一つの眼」に見据えられるように記しているが、生ま身の他者を忘れたのではない。むしろ、それとの関係において或る驚くべき絶対性が現れた瞬間をめぐる既述のパッセージをそこで読者に思い出してもらいたかったはずだ。エピローグ以前に「重要な事は、凡て本文で語り尽」されているとちゃんと書いておいたはずだ、その本文の或る一節を捉えてギリギリの言葉で論評しておいたはずだ、と。それは、ラスコーリニコフがソーニャに、リザヴェータを殺したのは自分だと告白する次の瞬間に触れた論評である。「「白痴」は「罪と罰」を遡行したものだ、飛び越えたものではない」（「「白痴」について」一九三四〜三五）というのが本当なら、シベリアの平原からペテルブルクの密室に遡行しよう、『白痴』がその先に見えるはずだ。

『ようく見て御覧』、彼がから言ふや否や、又先きほど覚えのある感覚が、不意に彼の心を凍らせた。彼はソオニャを見た。と、その顔に、リザヴェエタの顔を見た様な気がした。あの斧を持つて近附いて行つた時のリザヴェエタの顔の表情を、彼はまざまざと思ひ浮べた。小さな子供が急に何かに驚いた時、自分を驚かしたものをぢつと不安さうに見詰め、ぐつと後へ身を引きながら、小さな手を前に差出して、今にも泣き出しさうにする、丁度さういふ子供らしい驚きの色を顔に現し、リザヴェエタは片手を前にかざ

> して、彼を避ける様に壁ぎはへ後ずさりした。殆どそれと同じ事が、今のソオニャに繰返されたのである。同じ様に力なげな風で、同じ様に驚きの表情を浮べ、彼女は暫く彼を見詰めてゐたが、不意に左手を前に突出し、ごく軽く指で彼の胸を押すやうにして、だんだん彼から身を遠ざけ乍ら、じりじりと寝台から立ち上つた。彼の上に注がれた視線は、いよいよ動かなくなつた。彼女の恐怖は、突然、彼にも伝染した。全く同じ驚愕が彼の顔にも現れた。全く同じ様子で彼も女の顔に見入つた。そして、殆ど同じ様な子供らしい微笑さへ、その顔に浮んでゐるのであつた。『分つたね？』彼はたうとう囁いた。『あゝ！』彼女の胸から恐ろしい悲鳴が迸り出た。
>
> 第五部Ⅳ　「『罪と罰』について」より再引用　米川正夫訳

傍点を付された「子供らしい微笑」に関しては、敗戦前の「『罪と罰』について」（一九三四）がすでに注目していた。「『罪と罰』の真の物語はラスコオリニコフの微笑で終つたのである」とまで書いていたのだ。敗戦後の「『罪と罰』について」ではこの場面から新たに二つ「思ひも掛けぬ意味」を析出させている。

ひとつは「リザヴェエタの幽霊」が出たということである。この「幽霊」は敗戦後の小林に見えるようになったものである。敗戦前の「『罪と罰』について」は「幽霊」どころかリザヴェータのことさえ見ていなかった。「彼女〔ソーニャ――山城〕に彼〔ラスコーリニコフ――山城〕の顔が殺人者の顔に見えたればこそ、彼には彼女の顔がリザヴェエタに見えたのだ。彼女はリザヴェエタの動作を模倣せざるを得ないし、彼はこの時彼女を殺さなかつたのはたゞ手に斧がなかつたといふ一つの偶然に過ぎないのだ」と適確に考えてはいるのだが、リザヴェータのことを見ているわけではなかった。しかし、敗戦後の小林はその「幽霊」に目を瞠っている。それは、スタヴローギンが眼前に現れたマトリョーシャの幻について書いていたのと同じように、せめてあれがほんものの幽霊であれば、という仕方で現れる。だから、「幽霊」という言葉は本文にない。だが、小林は幽霊が出たと書く。比喩のつもりはたぶんなかった。「現に私はこの眼で見た。さうだ、見る事が必要なのである。だが、評家は考へてしまふ」とここで小林が書かなかったのはすでにそう書いていたからにすぎない。小林は括弧の中に「注意して置きたいが、ラスコオリニコフがリザヴェエタの事を本当に思ひ出すのはこの時が始めてであり、又この時限りである」と記して注意を促した上で、「彼は彼女の恐怖を、まざまざと感ずる」と断ずる。彼女とはこの文脈ではリザヴェータのことだ。「リザヴェエタの恐怖」とは、殺される瞬間に彼女が感じた恐怖だろう。つまり、「リザヴェエタの幽霊」が出たと書くことで小林は、リザヴェータが殺される間際に感じた恐怖を、彼女を殺したラスコーリニコフが、まざまざと感じたということを言いたいらしい。だが、それはどういうことか。それは、つづいて生じる第二の意味で明かされるだろう。

　第二の意味は、この「恐怖」が愛だということである。ここのところ、小林は、誤読せずに読むことが不可能なくらいの歩幅の飛び石でセンテンスを運んでいるので本文を参照して欲しいが、敢えて記せば、こうだ。なぜ「恐怖」なのか。殺しだからだ。では、なぜ自白が殺しになるのか。「斧の代りに「秘密」は人の心を殺すに足りる」からだ。だが、なぜ「「秘密」」が斧の代りになるのか。自白が強いられているからだ。では、なぜ強いられているのか。さきに、ソーニャがラザロの復活を朗読することで秘密をラスコーリニコフに曝け出し差し出していたからだ。「今度は自分の番だ」。ラスコーリニコフは、リザヴェータ殺しの犯人が実は自分だということを自白することで、彼自身の「秘密」をソーニャに曝け出して与えねばならない。ここで、小林が「或る秘密」ともうひとつ別の「「秘密」」とを区別していることに注意しておく手間は省けない注4。小林が括弧つきで「「秘密」」と記すのは、ここが初めてではない。ソーニャに会う以前、「唖《おうし》、聾《みみしい》の鬼気」（江川卓訳）にみたされている壮麗なパノラマが開けるニコラエフスキー橋上からネヴァ河に二十コペイカを投げ捨てたその足元の水の底にラスコーリニコフ自身の「「秘密」」が見え隠れすると、小林はまずそこで括弧に入れて表記していた。「犯罪の秘密性」という心理的な次元にある秘密と区別するためだが、この文脈での主題は孤独で、「彼の「孤独」は「成就」した。彼の「秘密」はどういふ風に成就するか」、こう書いて、「ラスコオリニコフといふ主題」から「ラスコオリニコフとソオニャとの交渉といふ第二の主題」への転調を論じて「「秘密」」に論及したのだ。小林がまず注意するのは、ソーニャが彼にラザロの復活を朗読することで曝け出さねばならなかった秘密の場合、「秘密」と作者自身が傍点を付していたということである。「傍点を附したのは作者である。読者は、暫くの間でもいゝ、足をとめて、かういふ傍点を附する時、作者はどういふ想ひであつたらうかを想ひみるがよい」。それは、たとえば、売春以前から、リザヴェータ同様、妊娠さえしたことがあった、彼女も胎児を殺したことさえあった、等々の、ありうべき個別特定の秘密ではない。それを彼に知らせることが「今、自分の持つてゐるものを、何も彼も曝け出して了ふ事」であるような秘密、彼女自身に対してさえ秘密であるような秘密、いわば彼女自身であるような本当の秘密である。ソーニャのこの「秘密」に匹敵するラスコーリニコフの秘密に言及するとき、小林は、既出のあの括弧付きの、ネヴァ河の水底に見え隠れしていた「「秘密」」を持って来る。「「秘密」」は、今や自分自身に対する「秘密」となつて現れたわけである。彼が即ち「秘密」となつたわけである。誰に対して？　誰に対してでもない」というように。この「「秘密」」に比べれば、人を殺したということ、それがリザヴェータだったということはまだ「或る秘密」でしかない。むろん、今、ラスコーリニコフはソーニャに、リザヴェータを殺したのは俺だと自白しようとしているのだ。その意味では「或る秘密」を伝達しようとしているのである。だが、大事なのは、ラスコーリニコフはそのことによって、ちょうどソーニャが彼にそうしたように、彼自身であるようなもうひとつ別の「「秘密」」をソーニャに曝け出さねばならなくなっているということなのだ。しかも、小林は注意を促す。「人と心を分つとは、人から心を分たれる事に相違なく、人に心を与へるとは、人から心を貰ふ事に相違ない」。ラスコーリニコフは、やむをえず「或る秘密」を打ち明けようとするのだが、しかし、そうだからこそ、ソーニャから「秘密」を貰ったときに彼女に何かを与えることを拒んだように、今度は、彼女から何かを貰う事を拒絶しながら己れを彼女に与えようとせざるをえない。だから、「どうしても人と心を分ち得ない」。「己れを人に与へようとして、己れを人に強ひる」ことになる。したがって、「或る秘密」などを与えても、そんなものは空しいと考えずにはいられない。「ソオニャに自分の心を分たうとして、自分の心の空しさが、ラスコオリニコフに現れる」。そのときなのだ、「彼自身が「秘密」になる」のは。それは、「秘密」が彼自身に対して秘密になるということだが、逆説的なのは、ソーニャという他者に対さないかぎり、そうならないということである[注5]。

このパラドックスが分らないかぎり、彼は「空しく「秘密」」（傍点山城）であるほかない。したがって「ソーニャにたいする毒々しい憎悪に似た、異様な、思いがけぬ感覚」（江川卓訳、ただし傍点山城）に襲われる。右の引用の最初に「先ほど覚えのある感覚」が、不意に彼の心を凍らせたとあるのも、この「異様な、思いがけぬ感覚」のことにほかならない。ラスコーリニコフは「心を開くべき相手を感じながら、実は相手を感じず、感じ自体を感ずる」。その「感じ」とは、ソーニャがというよりも、ソーニャとの関係が彼に強いて来る或る絶対性（吉本隆明）の感触であり、それが「異物」の様に「外的必然」として意識の裡に闖入して来るのを感ずるのだ。だからこその「憎悪に似た、異様な、思いがけぬ感覚」であり、したがって「事態は犯行の場合に酷似」するのだ。しかし、それだけではまだ何かが欠けている。彼は自分を見つめるソーニャの眼に出くわして知るのだ。あの「感覚」は憎悪ではなかった、と。毒々しい憎悪と酷似していたから、自分の感覚ながら取り違えたが、それは憎悪とはやはり違う、「異様な、思いがけぬ感覚」としての愛だった。それは、もはや「或る秘密」をではなく、彼自身である「「秘密」」を彼女に与え、彼女から貰おうとすることだ。何を貰うのか。小林ははっきり書いている。「リザヴェエタの恐怖は、実はソオニャから貰つたものであり、ソオニャの恐怖は、彼自ら与へたものである」。ラスコーリニコフが、空しいと知りつつも彼自身という「「秘密」」を開示するその殺気はソーニャに「恐怖」を与えた。そして、ラスコーリニコフはこれに対してソーニャから「リザヴェエタの恐怖」を貰ったのである。殺される瞬間の彼女の「恐怖」を忖度して理解したのではない。そんな反省ならひとりでもできる。そうではなく、彼女の視野から、いわばリザヴェータになり、彼女を殺そうとしているラスコーリニコフ自身を垣間見て、殺される瞬間の「リザヴェエタの恐怖」を彼女の内側から触知したのである。いや、殺される直前のリザヴェータの動作を反復したソーニャによってそれを触知させられたのである。「彼は彼女の恐怖を、まざまざと感ずる」（傍点山城）とはそういうことだったのだ。そういう次第であれば、「恐怖がラスコオリニコフとソオニャを一人にする」と言ってもたしかに誇張ではない。二人を一人にするこの「恐怖が愛でない」とは誰にも言えない。それが「リザヴェエタの幽霊が出た」という小林の一文の意味だったのである。大事なのは、このときラスコーリニコフが「幽霊」を単に対象として見ているのではないということだ。リザヴェータ／ソーニャだけではなく、最後には、ラスコーリニコフ自身が、殺される者の位置に立って片手で相手の「秘密」という斧を受け止めようとしているのだ。「彼女の恐怖は、突然、彼にも伝染した。全く同じ驚愕が彼の顔にも現れた。全く同じ様子で彼も女の顔に見入つた。そして、殆ど同じ様な子供らしい微笑さへ、その顔に浮んでゐるのであつた」というドストエフスキーの本文を小林はそう読んだのだ。「「秘密」」の開示など「空し」いはずだった。たしかに、「或る秘密」は伝達されても「「秘密」」は伝達不可能だったのかもしれない。しかし、そうだとしても、そこに「思ひも掛けぬ意味」が生じたということは確かなのだ。「己れの空しさのなかには、リザヴェエタの幽霊が立つてゐた」のだ。それが「リザヴェエタの事を本当に思ひ出す」という傍点で小林の言いたかったことなのだ。

「恐怖」に捉えられたソーニャの眼にあったのは「愛」だった。そして、最終的にラスコーリニコフに伝染し、彼が捉えられることになった「恐怖」もまた「愛」だった。であれば、逆から言って、リザヴェータに斧を振り下ろしたあのとき、「リザヴェエタの恐怖」の中にも「愛」

があったのか。そして、あの瞬間、彼も彼女に、どうしても人と分ち得ない心（「「秘密」」）を彼女と分ち合おうとしていたのか。そうかもしれない。それこそが「幽霊」の正体で、あの瞬間、リザヴェータの眼は、彼が老婆を殺したから、また自分をも殺そうとしているからではなく、人を殺さなくても彼の奥深い内部にきっとあったはずの「或る危険な何ものか」を見据えていたのだ、と小林はそう読んでいたのかもしれない。今、彼が本当に思い出そうとしているのはそのことなのだ、と。「或る秘密」は、俺がリザヴェータを殺したという特定の秘密だったが、彼自身であるような「「秘密」」の方は、彼が殺したと殺さなかったとにかかわらず、彼自身に対して存在している秘密だったのだから。であれば、殺す以前からリザヴェータのことを愛《かな》しんでいたということがこのときラスコーリニコフに「はっきり」したのではないか。じっさい、犯行以前から、こう感じていたかもしれないのだ。もし婆さんを本当に殺しても、この女の眼にだけは、殺したのは自分だと示し、自分自身であるような「「秘密」」、彼の内部にある「或る危険な何ものか」を曝け出してもいい、と（拙著『ドストエフスキー』第二章Ⅱ参照）。犯行の下見の際、ラスコーリニコフは「リザヴェータのしごと」（念入りな清掃）の気配が濃厚にたちこめている老婆の一室が、沈みつつある太陽にぱっと照らし出された瞬間、「あのときも、やはりこんなふうに太陽が照らすわけだ!……」と直感していたが、それは、その瞬間、リザヴェータの眼が「「デモン」の破片」（それは、老婆を殺さなくても彼の内部にあったものだ）を差し覗くことを彼が無意識のうちに望んでいたからではないか。だからこそ、まるで彼自身がそれを欲していたかのように、事実、そうなったのではないか。あの日、窓から視線を斜めに射し入れていた太陽がラスコーリニコフの無意識においてリザヴェータの眼であるということは、彼がこの同じ部屋でもう一度、老婆を殺す夢が、いわば裏返しに証している。長編のちょうど中央に描かれた短い悪夢を小林は見逃していないどころか、詳細に語り直していた。「銅紅色の月が窓にかゝり、部屋一面に月光が流れてゐる。何も彼も元のまゝだ、長椅子も鏡も額入りの画も。「こんなに静かなのは月のせゐだ」、彼はそんな事を考へる、「きつと月は今謎をかけてゐるんだ」」。この直後、彼が老婆の頭に何度、斧を振り下ろしても、老婆は哄笑するばかりで死なないと続く悪夢だが、たしかに、夢でさえ「老婆の顔は現れるが、リザヴェエタの顔が現れる余地はない」。しかし、この部屋に明るく光を差し入れていた満月は確かに彼に「謎をかけてゐる」のだ。ラスコーリニコフは、この異様な静けさの中で、老婆を殺す彼の姿をこの満月にだけは見ていてもらいたいのだ。そして、彼が作中、例外的にほんの一瞬だけ、それもソーニャと重ねてリザヴェータを思い出しそうになった直後に見たこの夢において「銅紅色の月」とは、おそらくリザヴェータの眼なのである。長編中のごく小さな挿話にすぎないこの夢の語り直しに小林がなぜ不釣り合いな紙数を裂いていたのか、今ではよくわかる。

　小林がエピローグの読解を通じて最後に示していたように、ラスコーリニコフは「人を殺したから」不安なのではなかった。悪も善も人間の「自由な意志」によって選択し得るものではない（吉本隆明）。ギリギリのところでは、外部に露出した「一つの眼」とともに内部にあらわになる「或る危険な何ものか」がその作為／不作為を決定している。かりに人を殺していなかったとしても、その「何ものか」が自分自身にも思いがけず露頭してそうしたのであれば、彼はやはり、人を殺していた場合と同様に不安であり孤独であったはずである。今、ソーニャに曝け出そうとしている「「秘密」」とは、その「危険な何ものか」である。福音書を朗読してソーニャが自己を与えた贈与が「愛」だったとすれば、ラスコーリニコフのこの思いがけない自己贈与も、彼自身、それを「刺す様な怪しい憎悪の念」と取り違えていたと気付いていたように、「愛の業《わざ》」（キルケゴール）なのである。「愛のゆえにすべてを犠牲にしようとする衝動を感じたとき、ほかならぬこの愛ゆえの彼の犠牲が、かえって他の人を、恋人を、不幸のどん底におとしいれるかもしれないということを、そういう可能性のありうることを、彼が発見したとしたら、そしたらどうであろうか？」（『死にいたる病』第二編BのC）。愛ゆえに自己の一切を与えようとあえてする場合でも、その愛の喜びの中には深い悲しみがある、とキルケゴールは洞察していた。他者とのあいだには跳び超えるべきギャップがあり、そこにつまずいた場合、愛に発した行為であっても結果として相手を不幸に滅ぼしてしまうかもしれないという「暗い可能性」がそのギャップには漂っているからだ。したがって、「どうしても人と心を分ち得ない」と考えているラスコーリニコフが「「秘密」」をソーニャに曝け出すことが「愛の業」であるとしても、その告白は、殺された者（リザヴェータ）が味わった恐ろしさに匹敵する「恐怖」を相手に強いてしまうのだ。だが、「どうしても人と心を分ち得ないと考へてゐる人間が、思ひも掛けぬ形で人と心を分ち合ふ有様」がここに生じる。アブラハムが神を信じ、イサクを愛しているがゆえにナイフを振り下ろしたように、そうして振り下ろしたがゆえにイサクを受け取り直したようにと言ってもいい。「毒々しい憎悪」に酷似していても、それとは違うあの「異様な、思いがけぬ感覚」がそこにはある。恐らく小林もそのような感覚に対して愛という言葉を不用意に使いたくなかったのだろう。この文脈ではたった一度だけ、しかも慎重に使っている。「真実不思議な事ではあるのだが、恐怖が愛でないと誰に言ひ得ようか」。ラスコーリニコフに伝染した「恐怖」のなかから「子供らしい微笑」がひらくのはそのためだ。だが、「『罪と罰』の真の物語はラスコオリニコフの微笑で終つた」のではない。「恐怖が愛」であるのなら、アブラハム的な「恐怖」が書き込まれているこのパッセージ（ソーニャの部屋）は、愛がラスコーリニコフだけではなくソーニャをも、つまりふたりを「復活」させるあのエピローグ（シベリア）に直かに接しており、そこでは、彼らの抱えている「或る危険な何ものか」が、ソーニャの部屋では「幽霊」として現れていた「一つの眼」に見据えられているということが彼ら自身に「はつきり」しなければならないのだ。

以上は作品の読解である。むろん、小林は「幽霊」についてそう考えたのではない。ラスコーリニコフの視野に現れた「幽霊」を小林もただ見ようとしたのである。シベリアのラスコーリニコフを見据えていたと小林が記した「もう一つの眼」は、あくまで作品読解の位相に留まっていられるのであれば、死んだ、いや彼が殺したリザヴェータの眼だと言ってもよかった。この目玉は、彼女を殺したラスコーリニコフの心を外から差し覗き、彼の奥深い内部にある「或る危険な何ものか」を見据えている。しかし、今、そうした読解をも含め、本文の解釈をめぐる小林の認識は至るところで難破する。そして、ついにこの作品読解の位相を外から破るように「一つの眼」が現れて小林自身の心を差し覗き、小林自身の「罪」を見据えるのだ。小林自身が、この目玉の前では信仰／罪（すべて信仰によらぬことは罪なり）というそれまでとは全く違った、新しい位相に突如、据え置かれている。というよりは、そういう位相に「罪人」として置かれていたのだということが、不意に小林に「はつきり」するのだ。すでに述べたように、ラスコーリニコフの内部の「何ものか」は、人を殺したから危険で不穏なのではなく、かりに彼が誰も殺していなくても、殺した場合と全く等価で全く同じように彼を不安にし孤独にしただろう。それが「罪」ということであり、「罪人」であるということの本当の意味だった。全く同じことが小林自身について言える。小林は誰も殺していないが、にもかかわらず、ひとたび「一つの眼」に見据えられてしまえば、殺した場合と全く等価な不安で全く同じように彼を孤独にしてやまない「或る危険な何ものか」が疼くのを奥深い内部に感じただろう。それは、作品を読む小林の外側に露出した目玉の視線のみが小林の内部で検出し得る「〈デモン〉の破片」だ。或る種の素粒子が、実在はしていても、電子顕微鏡から照射される電波なしにはその存在を決して検知し得ないように、小林も、小林の外から容赦なく覗き込むこの目玉の眼差しなしにはその破片の存在すら知り得なかっただろう。ラスコーリニコフの「罪」を見据えている死んだリザヴェータの眼が、生きているソーニャとの一対（太陽／満月）で象徴的に暗示しているのがキリストであるように、今、小林の心を差し覗いている「一つの巨きな眼」もまたキリストなのだと認識することは難しいことではない。しかし、ここには、論理的に記してゆけば矛盾となるほかない厄介な逆説が待ち伏せしている。

もしラスコーリニコフがリザヴェータを殺したのでなかったならば、たとえば彼女が病死したのであったなら、「リザヴェエタの幽霊」が彼にとってキリストになるということはあり得なかっただろう。そもそもイエスの死も、この男が単に死んだということであったのであれば、彼がキリストになるということはあり得なかったはずだ。イエスがキリストであり得るのは、彼が殺されたからなのだ。このむさ苦しい奇妙な中年男が、その言説において魅力的ではあっても、その存在においてはどこか腹立たしく不快だという感情（つまずき／憤激）

を周囲に引き起こし、ほかでもないその腹立たしさと不快さゆえに殺されたからなのである。しかも、彼を殺したのは自分だ、少なくとも自分は彼を殺した連中に加担していたとはっきりと認知している者に対してのみ彼はキリストであり得るのだ。「歴史の必然性」というものの「恐し」さを全く知らなければ、我々がもし父祖たちの時代に生きていたら、我らが主の血を流し、ついには死に至らしめた輩に加担することなどなかっただろうと平気で考えることができるだろう。だが、そう考える者は、逆に、まさにそのことによって最初からキリストと無関係な人間であったことを証明してしまっている。吉本の言うとおり、イエスの死後二千年も経った今、その墓を立てて飾り、自分は敬虔なキリストの徒なのだと思うのは、なるほど「自由な意志」の選択である。しかし、実際にイエスという一人の奇態な男との関係におかれたならば、この関係が強いて来る或る絶対性（それが、このイエスがキリストであるという事実性だ）の前ではその強固な意志も敬虔な選択も全く相対的なものでしかなくなり、激しく揺さぶられるほかない。かくて、ほとんどの者がつまずき、イエスを殺害する。あるいは、殺害する者たちに加担する。むろん、必ずそうなるとはキルケゴールは言わなかった。むしろ、こうした「暗い可能性」にもかかわらず、つまずくことなしにこのギャップを無事に跳び超えることができてこその信仰だと考えた。だから、この「暗い可能性」を取り外した均質な空間で罪や信仰について考える人々を容赦なく批判したのである。自分は「蝮のすえ」などでは絶対ないと思っている人は、「暗い可能性」の存在を知らず、「歴史の必然性」あるいは「関係の絶対性」を恐れていないからこそ、今、ここにキリストが現れても、まちがいなく、キリストを殺害するか、もしくは殺害する者に加担するということだけははっきりしているからだ。フロイトが洞察していたとおり、重要なのは、「暗い可能性」を恐れ、自分は、もしそこにいたならキリストを殺害していたか、もしくは殺害する者に加担していたかもしれないと、すなわち自分が「蝮のすえ」である可能性を進んで認知することなのだ。ただし、それもまた自由な意志の選択ではない。反省の内側で自主的に意志的にそう率先して認めてみせるのではなく、そうした内的対話の外側に立つ誰か異質な他者（ト・ヘテロン）――「一つの眼」――から突きつけられて来た、キリストを殺したのはおまえだ、あるいは、おまえはキリストを殺した連中に加担していたのだという告発を受け入れ、認める形でなければ、「罪」の認知に至らない。その上でさらに、論理矛盾を承知の上で言えば、それが「罪」であるのは、キリストを殺したからではないということだ。キリストを殺すか／殺さないでおくか、殺した者に加担するか／しないか、それは、実は、人間の意志が自由に選べることではない。『白痴』の結末、ロゴージンは殺し、ムイシュキンは殺さなかった。しかし、殺すか、殺さないかは、彼ら各々の「自由な意志」にとって全く等価の事象だったのである。ト・ヘテロンが見据えている、自分の中の「或る危険な何ものか」がそれを決定したのだ。ロゴージンが殺し、ムイシュキンが殺さなかったのは、どちらも、その不穏な危険なものが不意に露頭することによって、だった。したがって、それが僕らの奥深い内部でたしかに「一つの眼」によって検知され、認知させられているのであれば、実際には、キリストを殺していなくても、あるいはキリストを殺した連中に加担していなくても、やはり「罪人」（蝮のすえ）として、殺した場合、加担した場合と全く等価で全く同じように孤独で不安であることに変わりはないのだ。やはり満月が覗き込んでいるペテルブルクのあの幻想的な部屋では殺したロゴージンも殺さなかったムイシュキンも、ともに均しく同じ様に不安であり、均しく同じ様に孤独だったのである。同じことは「発砲」した火野葦平あるいは「発射」した武田泰淳と、「発砲」も「発射」もしなかった小林秀雄とのあいだについても言える。思うに、それが「一つの眼」に差し覗かれた小林の心の状態であり、その心が思いがけずも置かれていた位相である。それに見据えられているということは、ラスコーリニコフの場合同様、小林が信仰に達したということ（回心）をいささかも意味していない。信仰／罪という、それ以前と全く違った新しい位相に「罪人」として突如、放り入れられてあるということを意味しているだけだ。何も変わっていないが、一切が変わってしまっている。小林が驚くほど緻密で入念な読解によって織り上げた世界は、最後に確かに破れて、全く別の位相を覗かせてしまっているのだ。この新しい『罪と罰』論で再開したばかりの『ドストエフスキイの文学』はこれで終ったなという決定的な感じが小林にはあっただろう。小林は、確かに比喩ではなく彼自身を「実験」するに至っている。批評家として「失格」を甘受し、自分の「無力」を感じただろう。だが、作品読解の位相が断たれても、「実験」は終っていない。小林が最後に立っている、この破れ出て来た新しい位相で本当に不安で本当に孤独であるのなら、認知させられたその「罪」を断ち切ろうとするはずだからだ。パウロの言葉を内から裂き破るように、孤独が自問しているはずなのだ。信仰とは何か、もし人間の生存におけるこの「罪」を断ち切れないならば、と。たぶん、そのときなのだ。小林が彼自身の「戦争体験」から「イエスの死」の意味に当たるもの、つまり日本にとっては本来的に異質な「普遍者-超越者の契機」（橋川文三）を「一つの眼」としてその精神伝統の内側に結晶させた、と言えるのは。あの目玉が、作品読解の位相を超え出て「絶対的不戦」への契機となるとすれば、それもまたただそのときだけなのだろう。

注1　島木健作が病院で危篤に陥り臨終を迎えた八月十七日には高見順のほか、小林秀雄、川端康成が同席した。翌十八日の葬儀では、小林が筋向かいのよしみで万端の世話を引き受けていた。葬儀には、小林、高見、川端のほか、中村光夫、里見弴、久米正雄、林房雄、大佛次郎、永井龍男らが出席。席上、徹底抗戦の是非をめぐって議論があったらしい（『高見順日記』第五巻）。

注2　小林がドストエフスキーに関する諸論考を初めて纏めたのは創元社版小林秀雄全集第五巻『ドストエフスキイ』（一九五〇）だが、この本は二部から構成されている。第一部には「ドストエフスキイの生活」と敗戦後の「『罪と罰』について」が収められており、第二部には「ドストエフスキイに関するノート」として敗戦前の諸論考が収められている。そして、第二部には敗戦前の「『罪と罰』について」が省かれている。第二部の「ノート」とは、決定稿ではないという意味である。逆から言えば、第一部に収められた敗戦後の「『罪と罰』について」は決定稿であって、もはや「ノート」とは認識されていないのである（吉田熈生、堀内達夫編著『書誌　小林秀雄』参照）。

注3　「人間についてある根元的なものが見えて了つたドストエフスキーの様な作家は、どんな風に解釈しても解釈出来る様な具合であつて、その事は即ち読む人のどんな顔でも平気で映す深い池の様なものだ。かういふ人を知る難かしさは、自己を知る難かしさだと近頃はつきり合点が行つた様に思つてゐる」（アテネ文庫『ドストエフスキイ』（一九四八）「後記」、吉田熈生、堀内達夫編著『書誌　小林秀雄』参照）。最後の文は

「「罪と罰」について」における「彼を知る難かしさは、とゞのつまり、己れを知る易しさを全く放棄して了ふ事に帰するのではあるまいか」に対応している。これは、単に、己れを知るのは難しいと言っているのではない。読む人のどんな顔でも平気で映すドストエフスキーのような他者を知る難しさを通じて初めて合点がゆく、そういう己れを知る難しさがある。それに比べれば、こういう他者抜きで己れを知ることができるなどと思っているのは自己欺瞞のようなもので、己れを知るそういう易しさを放棄しないかぎり、ドストエフスキーを知ることなどできないと言っているのだ。

注4「主人公がここで告白するのは彼という「秘密」であって彼がその内に抱く何らかの心理的な「秘密」ではない」（鎌田哲哉「「ドストエフスキー・ノート」の諸問題――小林秀雄における言葉の分裂的な共存についての試論」、「批評空間Ⅱ-二四」二〇〇〇）。鎌田は秘密の二つの位相を正しく区別している。だが、後者は、正確には、括弧付きの「「秘密」」ではない。小林は、後者を示す際には、括弧を外し、「或る秘密」と記し分けている。

注5 秘密を差し覗く視線に関する次の記述が小林の心を差し覗いた「一つの眼」にそのまま妥当するのは偶然だろうか。「この視線は私を見るが、私はそれが私を見るのを見ないということ、それが非対称性である。この視線は、私自身の秘密を、私自身が見ないような場において知っている。その場においては、「汝みずからを知れ」が哲学的なものを反省性の罠に陥れている。その罠とは秘密の否認であるが、その秘密はつねに私にとっての［pour moi］秘密、すなわち他者に宛てられた［pour l'autre］秘密なのだ。何もけっして見ることのないような私にとっての、したがって、秘密が非対称性において委ねられる唯一の相手としての他者に宛てられた秘密。他者に宛てられたときには、私の秘密はもはや秘密ではないだろう。二つの pour はもはや同じ意味を持っていない。少なくともこの場合には、私にとっての秘密とは、私が

見ることのできないもののことだ。他者に宛てられた秘密とは、他者にだけ委ねられるもの、他者だけが見ることのできるもののことだ。秘密を否認したとしたら、哲学は知るべきことの無知の中に身を落ち着けてしまうだろう。秘密なものがあるということ、秘密なものは知や認識や客観性とは同じ尺度では測れないものであることなどに関する無知の中に。キルケゴールが主体と客体というタイプの知の関係から引き離そうとする、やはり共通の尺度を持たない「主観的な内在性」と同じように」（デリダ『死を与える』廣瀬浩司訳）。

第六章　復員者との対話——『野火』と『武蔵野夫人』

「『罪と罰』について」が載ったのは一九四八年十一月三十日発行の「創元」第二輯だが、この月、大岡昇平が寄寓先の小金井の富永次郎宅から鎌倉雪ノ下の小林の家の離れに引っ越して来た。そして、翌十二月には「文体」第三輯に小林の「ゴッホの手紙」の初回と、大岡の「野火」の初回（いわゆる「野火1」）が並んで掲載される。「『野火』の意図」によると、『俘虜記』脱稿直後の四六年六月にその「補遺」として構想した「狂人日記」の段階では「『神』はなかった」が、四八年の六月から九月にかけて「野火1」（単行本『野火』の「七　砲声」の章まで）を書いたときに「神」のモチーフが現れた。「野火1」導入部を読めば、大岡がこの原稿を書き始めたのが「ドストエフスキイと共に日本に入った文学的な神、殊に信仰なき文芸評論家の思わせぶりな饒舌に飽きていた」から、これに反撥して大岡自身の「神」観念を突きつけようとしてであったことがわかる。これは、小林に対する挑発である。おまえがドストエフスキーを論じて考えているような神は「文学的な神」にすぎない、と。

これに大岡が対置したのは、「『野火』の意図」によれば、自然からじかに生まれるような神で、それが保護者として孤独者を見ているというような「神」観念だった。他方、大岡は「小児の絶対的被保護的状態に対する憧れ」（大岡昇平「在りし日の歌」）を中原中也に見出そうとしている。それは、大岡自身にそれが強くあり、その「憧れ」を満たしてくれる存在として「神」を求めていたからだ。大岡は、「野火1」では、記憶を喪失した主人公の「罪悪感からの解放者」としてそうした神を想定した。記憶はないものの、殺人か人肉食か、何か不穏な罪を犯しているような気がしていたが「神の摂理」によって自分は紙一重のところで犯罪は犯していなかったのだということが手記の最後に明らかになるように。思うに、それは、復員直後、小林の手許にあった中原中也の遺稿を見せられたときに思い出した「神」観念である（同前）。中原が、十五歳のとき「思想匡正」のために九州の或る真宗の寺に預けられて得た唯一の収穫は『歎異鈔』の「人を千人殺してんや」という句を知ったことだったとかつて（一九二八年）大岡に語ったのを、そしてそれを聞きながら中原がこの句の先で「神」を見出したのだと直覚した自分自身を大岡は思い出したのである。

「こゝろ」の善良な人が、決して一人も害すまいと念じていても、業縁が起れば百人千人を害してしまうことがある。逆に、人を千人殺したら必ず往生できると言われて千人を殺しに行っても、業縁が起らなければ一人も殺せない。であれば、自分の「こゝろ」がよいから殺さないのではない。また、わるいから殺したのではない。縁とは、個々の行為者を空間的にも時間的にもその網目においてとらえている対他的諸関係の複雑で巨大な蜘蛛の巣のようなもので、その網の微妙な振動が、行為者の「こゝろ」の如何にかかわらず、或る行為（たとえば、殺し）の起る起らないを決定している。「こゝろ」が向いている方向をねじり切る方向に行為が出て来ることがあるのはそのためだ。だが、弥陀は個々の「こゝろ」の位相（「こゝろ」のよしあし）ではなく、その行為を捉えて決定する縁の位相においてその人を見ている。人を千人殺したいと中原が「こゝろ」で激しく思っていたとしても、その業縁がなくて、ひとりも殺せずにいるならば、中原のそうした業縁をじっと見ている弥陀がいるのだ。であれば、人皆を殺してみたいと思った中原のその欲動が彼に「神」を示したことがあったとしても不思議はない。「人みなを殺してみたき我が心その心我に神を示せり」という中学生当時の中原の短歌が後年、発見されたとき大岡は自分の予想が確認されたと感じて強く動かされている（大岡昇平「「在りし日の歌」」、佐藤泰正との対談「中原中也の宗教性」『中原中也という場所』所収）。

戦地で米兵を撃つまいと思ったことに「神の摂理」を仮定したのは大岡自身の少年時の信仰が俘虜病院の閑暇に一瞬、回帰したからだが（「『野火』の意図」）、復員後にその「神学」を『俘虜記』に書き込んだのは小林所蔵の中原遺稿によって大岡がかつて予想した中原の見神を強く思い出したからだろう。たぶん、大岡は中原の「神」をわがものとすることで彼の「戦争体験」（橋川文三）を支えようとしていたのだ。戦地で歩哨に立ったときに中原の「夕照」を口ずさんだのも（「歩哨の眼について」）、『俘虜記』の本文に突然、中原の詩を引用したのも、そのエピグラフに「わがこゝろのよくてころさぬにはあらず」と『歎異鈔』から引いたのも、もとを正せば、大岡十九歳のとき二歳年長の中原と交わした会話での直覚に導かれてのことなのである。復員後着手した中原中也伝の試み、『野火』、そして後述する『武蔵野夫人』は本来、それぞれ別系統の仕事ではない。一九二七年頃に中原は、小林宛私信に「小林秀雄小論」（一九五六年「新潮」五月号「思想」に大岡が発表、後に『朝の歌』に収載）を添えて「ヴァニティ」を「魂のこと」より優先する小林の「機敏」を批判したが、この「意地悪」（大岡昇平『朝の歌』）には一片の真実があった。大岡も実は気付いていたと思うが、秋山駿「小林秀雄の戦後」が解釈したように、「ヴァニティ」が、『テスト氏』に代表されるような「ヴァレリー的な思考」、すなわち「知性による心の武装」であり、他方、「魂のこと」が、人間の深さや人間には深いものがあると言って、そのヴァレリーを苛立たせる「ドストエフスキー的な感受性」、すなわち、反証を握れば握るほど強くなるキリストへの渇き（「誰かが、キリストは真理の外にゐる、真理は確かにキリストを除外する、と私に証明したとしても、私はキリストと一緒にゐたい、真理と一緒にゐたくはない」）だとすれば、小林のドストエフスキー論考は「ヴァニティ」から「魂のこと」への、中心の分裂的運動の試みであり、この分裂は「戦後」になってから決定的な形で問われる。つまり、「そして人はヴァニティの方に傾く即ち堕落する方は楽なのでこの男は長い間機敏を続けてゐました。所がヴァニティの方が魂のことの方より少しゝか先に進まなかつたので、そして両方大きかつたので、或時期に至つて魂のことの方が先になつたのです、晩熟しました」という中原の診断が小林の「戦後」の課題となるのだ[注1]。小林にとって一九三三年に始まる一連のドストエフスキー論考は、中原の批評を受けとめ、「晩熟」を求めて為された「魂のこと」の探究であり、「小林秀雄の戦後」とは、これまで十分に機敏だった男が今後に愚鈍になすべきこの「晩熟」なのである。ならば、「機敏な晩熟児」という中原の小林評はどこよりも敗戦後のドストエフスキー論に妥当せねばならない。おそらく、『野火』には、中原のこうした「小林秀雄小論」を踏まえた上で、兵士と俘虜の経験において血肉化し得たかぎりでの「神」を小林に突きつけるという復員者、大岡の意図が秘められていた。それは「三〇　野の百合」の章にあるように自然（花、空、陽光、草、等々）からじかに立ち上がって来るような「神」であり、主人公がそれを見ているのではなく、それが主人公を見ている関係にある、そういう眼としての「神」である。大岡は、四八年六月から九月にかけて執筆し十二月に「文体」に発表した「野火1」にそのような「神」を導入して小林にぶつけようとしたのである。

では、小林宅に越して来たばかりの十一月に発表された、小林の「『罪と罰』について」と、この「野火1」が載ったのと同じ号に小林が書いている「ゴッホの手紙」とを読んで、大岡は、正直なところ、どう思ったか。たとえば、前者の末尾と後者の冒頭に現れるあの「一つの眼」を大岡はどう受け止めたか。小林が「ゴッホの手紙」でやろうとしたのは、そこに存在していること自体が美であり一挙手一投足が芸術であるキリストにあこがれて、人間にとってしんじつ美しいものを表現するのに何で絵具やパレットというようなまわりくどい手段が要るか、絵なんか要らない、そういうところまで行ってとうとう自殺してしまった人間を書くことだった(青山二郎との対談「『形』を見る眼」一九五〇年四月号)。小林が画を観ているということは本当に確かではなく、むしろ小林の方が「或る一つの巨きな眼」に見据えられていたのである。母屋の主人と離れの客人はそれぞれ相手の作品を読んで意見をぶつけあったはずだ。むろん、大岡は小林の作品にいろいろ不満はあっただろうが、もはや「思わせぶりな饒舌」とは読まなかっただろう。むしろ、「ドストエフスキイと共に日本に入った文学的な神」に対して自分が「野火1」で仕掛けた挑発が「信仰なき文芸評論家」本人によって逆に圧し返されているかのような、強い反感的共感と共感的反感を覚え、自作で提示しようとしていた「神」観念をこのままストレートに表象してゆくことに躊躇を感じたのではないか。

「『罪と罰』について」と「ゴッホの手紙」に対する大岡の反感的共感と共感的反感の痕跡は、一九四九年三月から四月にかけて執筆され、七月に「文体」第四輯に発表された続編「鶏と塩と」(いわゆる「野火2」、単行本『野火』の「八川」の章から「一九塩」の章までに相当)に「比島の女」の殺害として刻み込まれている(「一九塩」)。大岡の当初のプランには主人公が人を殺すという筋書きはなかった。「主人公は人なつかしさから比島人に声をかけるが、相手はこわがって逃げてしまう。怒って射つが当らない」と展開する予定だったのだ(「『野火』の意図」)。わけても、偶然、出くわした女を射殺するというような展開は、執筆上においても全く予想外の事件だった。だが、このアクシデントには小林の「「罪と罰」について」に対する「影響の不安」(ハロルド・ブルーム)が読み取れる。ラスコーリニコフの魂にとって決定的な意味を持っていたのは、老婆殺害ではなくリザヴェータ殺害だが、この犯罪に関する彼の固定観念に老婆の顔は現れてもリザヴェータの顔が現れる余地は(夢にさえ)なかった。ラスコーリニコフのこの無意識が持つ意味を鋭く抉り出したのが小林であり、それが「「罪と罰」について」の最も強力な論点を構成していたのだ。大岡はそこから強い衝撃を受けたのだろう。主人公が女を射殺した直後にその連れの男も射ち殺そうとしたとき、「片手を前に挙げて、のろのろと後ずさりするその姿勢の、ドストエフスキイの描いたリーザとの著しい類似」を主人公に見出させている。リーザとの類似を、殺した女にではなく、殺し損なった男の側に力点を移動して見出させ、さらには主人公に、あたかもこの「文学的」な連想をこそ打ち破るためであるかのように、この類似に駆られて再び引き金を引かせているのは、夢が、巧みに力点を移動して夢内容を表象することで意識下の願望を隠蔽しながら夢思考を表現する無意識の検閲に似ている。この狡智によって「「罪と罰」について」に対する反感的共感は巧妙に隠蔽されているが、『野火』のこの箇所は「「罪と罰」について」の最要所との格闘以外からは生まれて来なかっただろう。「何故私は射ったか。女が叫んだからである。しかしこれも私に引金を引かす動機ではあっても、その原因ではなかった。弾丸が彼女の胸の致命的な部分に当ったのも、偶然であった。私は殆んどねらわなかった。これは事故であった。しかし事故なら何故私はこんなに悲しいのか」。『俘虜記』の主人公は射たず、射たなかったことを神学的に反省していたが、『野火』の主人公は射ち、射ったことを反省しない。何もかも正しかった、と彼も考えているのだ。何も彼も正しかったことが、どうしてこんなに悲しいことなのか、と。人を殺してしまったことが悲しいのではない。彼もまた、生きているつもりは、もはやなかったのだ。にもかかわらず、人を殺し、なおもこうして今ここに生きている。そのことが悲しいのだ。この射殺について、大岡は「僕は自分の書いたもので、この部分に一番自信を持っています」と書いている（『野火』の意図」）。じっさい、叙述におけるこの「事故」がなければ『野火』の魅力は半減しただろう。この射殺の荒涼とした感触に比べれば、その後、人肉喰いの二人の兵士に対してやる射殺などほとんど起らなかったも同然に感じられる。反面、「比島の女」への発砲の反動は、大岡が用意していた叙述展開そのものに、無視できない地滑りを引き起こした。結果、「小説は予定のコースからはずれて、もとへ戻すのに苦しむ」ことになる（同前）。思いがけずも殺してしまったリザヴェータをいかにして主人公に思い出させるかという問いは大岡にも無縁ではありえず、彼の「神」観念に致命的なひずみを来したはずである。はたして、大岡はどのように彼の「リザヴェエタの幽霊」を書くか。

「文体」がこの四九年七月十日発行の第四輯で廃刊になったのは大岡には勿怪の幸いで、彼は「野火2」の続編（単行本『野火』の「二〇 銃」の章以降）を半年やそこらではとうてい書けなかったろう。じっさい、大岡が「野火」をもう一度、初回に戻っていちから掲載し直すことで、いわば時間を稼ぎながら「野火2」の続きを最後まで「展望」に連載するのは一九五一年一月から、つまり実質的には二年近く先のことなのである。大岡が、「野火2」を脱稿するや、『野火』から離れ、六月三十日から十二月まで、翌年一月から「群像」に連載する全く別の小説「武蔵野夫人」の構想に専念していることは興味深い（「『武蔵野夫人』ノート」）。これは世界文学に伍そうとする野心を秘めていた本格的な『野火』とは打って変って、一般通俗性を方法的に狙ったメロドラマ風の姦通小説だが、大岡は「リザヴェエタの幽霊」をどう切り抜けるのかという角度から読めば、勉が大岡のラスコーリニコフで道子がソーニャであるという構造は見やすい。しかも、勉は最初期のプランではシベリアから帰還した復員者だった。敗戦前の「『罪と罰』について」で小林がムイシュキンは、実はラスコーリニコフ的憂愁の「一段と兇暴な純化」であるとして、「ムイシュキンはスイスから還つたのではない、シベリヤから還つたのである」と記していたことを大岡が知らなかったはずはない。しかも、これは小林の持論で、晩年の一九七九年になってもなお、河上徹太郎との対談に「『白痴』はシベリアから還ってきたんだよ」と書き加えるくらいだから（「歴史について」）、あるいは、当時も、隣人、大岡との日々の雑談で力説していたかもしれない。勉はシベリアから復員して来たラスコーリニコフだったのである。そういう復員者としてムイシュキンにするつもりだったかどうかはわからないが、しかし、当初、勉の分身的な存在として構想されていた健二が北支から復員した後、性犯罪者として「土地の女の誰彼を、かなり無差別にその男性的精力の対象としていた」といった伏線が暗に示唆しているように、勉も戦争中、兇暴な「破壊力」（「『武蔵野夫人』ノート」）に捉えられて何らかの厭わしい犯罪の遂行に誘惑されていただろう。作品はそれについて一言も語っていない。彼の内には、前線で得た、まさに復員者の「思想」が秘かに育っていることを示唆しているだけだ。だが、作中、道子だけは、復員者、勉に、健二と酷似した、犯罪者的な不穏な暗いものを直覚しているのだ。作の終盤に、都民の上水道の源泉となっている貯水池の取水塔に毒を投げ込めば「東京都民を一挙に鏖殺できるかも知れない」と考えている自分に勉自身が驚くパッセージがあるが、道子は勉に内在しているそうした不気味な「破壊力」を冒頭から勉以上に察知している。ここで重要なのは、人皆を殺してみたいと思ったその心が勉に「神」を暗示したかのように、道子を思い出させ、一度は嘲笑した、彼女との「誓い」を本気で考え直させるということである。「誓い」とは、二人が本当に愛し合うことだ。道子は、いつまでも変らずにこの誓いを守り続けることができるなら、いつか、不倫の仲である自分たちも自責の念なしに結婚することのできるような世界がやって来ると勉に語っていたのだ。およそ無邪気で荒唐無稽なロマネスクだが（「恋愛といふ、作者の言葉を借りれば「誓ひ」は無力である。「誓ひ」を信じて武蔵野夫人は自殺する。効いて来る毒薬が、彼女の「誓ひ」の嘘を明かす」――小林秀雄「『武蔵野夫人』」）、中世ヨーロッパにおいては教会から迫害された異端派が姦通（結婚外の恋愛）をアレゴリーとして偽装することで異端の信仰（教会外の信仰）を暗に語っていたように（ドニ・ド・ルージュモン『愛について』）、大岡もまた『武蔵野夫人』において姦通よろめき小説というメロドラマ的な通俗性の偽装のもと、「野火1」「野火2」に引き続き、彼自身の異端的な信仰を無意識のうちに追究していたということに、後からだが、気付いている（「『野火』の意図」）。『野火』が「ゴーゴリ風のアレゴリーと現実の交錯」として書き始められたように（同前）、『武蔵野夫人』もまた異端の神をめぐるロマネスク風のアレゴリーと戦争の現実とを交錯させていたのであれば、たしかに、『野火』と『武蔵野夫人』はその外見の大きな相違にもかかわらず、「別の系統のものではない」。「野火2」は、「比島の女」を射殺して塩を発見するところで終わり、その次の章「銃」とのあいだに、たんに発表の時間においてのみならず、文体においても「断層」があるが（「わが文学に於ける意識と無意識」）、その中断の時期に大岡は『武蔵野夫人』のノートを取り、翌五〇年の一月号から九月号にかけてこの中編を連載し十二月には単行本として刊行しているのだ。そして、翌五一年には「野火」を「展望」に連載し始めるのである。『武蔵野夫人』は、戦地（そこ）で「比島の女」（リザヴェータ）を殺害した勉（ラスコーリニコフ）が復員して、はけ（ここ）で人妻、道子（ソーニャ）を相手に、神と愛（誓い）を探究する、大岡の異端的キリスト教信仰のアレゴリカルな告白だったのではないのか。勉の戦地はフィリピンではなくビルマだが、それを言うなら、勉はもともとシベリアから帰還した復員者だったのである。ところが、道子自身は、最後に「誓い」を思い返して戻った勉とすれ違うように自殺してしまう。勉が道子と対峙し、戦地で自分が何をやって来たか、その「或る秘密」を告白することで、彼自身であるような「「秘密」」を彼女に伝えることはない。それがそのまま「愛」であるような「恐怖」を二人のあいだに引き起こすことも、その結果、「リザヴェエタの幽霊」がそこに立っているということも起らない。こうなることは、大岡が勉をシベリアからの復員者とするのを断念した時点ですでに構造的に決定されていたのかもしれない。なるほど、大岡がシベリア案をやめたのは「テーマを単純化するため」（「『武蔵野夫人』ノート」）で、それはポピュラリティを方法的に狙って通俗的な「よろめき」小説に仕上げるつもりで書かれたこの作品にとっては必要不可欠な処置だった。じじつ、そうした努力の甲斐あって、五〇年十二月刊行の『武蔵野夫人』は初版二万部発行後直ちに一万部増刷するベストセラーになり、五一年には溝口健二によって映画化もされたのである。だから、すべて大岡の計算どおりだったと言っていいのだが、では、ジャーナリズムの求めに応じて方法的に通俗化するという意図がもしなければ、大岡はこれを、『野火』に匹敵する本格的な復員小説であり異端的な信仰のアレゴリーでもあるような中編として完成することができたのだろうか。大岡が「武蔵野夫人」完成後、『野火』に戻って一九五一年に継続した「野火2」続編（単行本『野火』「二〇 銃」以降）の展開を追う限り、懐疑的にならざるをえない。

「野火」をあらためて「展望」に連載する大岡は、最初にこの作品を構想した、ほとんど無名の頃と違い、刊行したばかりの『武蔵野夫人』がベストセラーになっており、作家として「原稿に追われる身の上」になりつつあった。「周囲の状勢」も、「野火」を着想した敗戦翌年（憲法公布の年）とは全く違った状況になっていた。具体的には、朝鮮戦争が五〇年六月に勃発しており、日本でも再軍備化が進められるようになっていたのだ。「二十三年〔一九四八年の「文体」掲載稿のこと――山城〕では「私」はただ前線の罪の意識からの恢復を願っていればよかったのですが、二十六年〔一九五一年の「展望」掲載稿のこと――山城〕では同時に進行中の再軍備に対して憤っていなければなりません」（「『野火』の意図」）。大岡は、「二〇 銃」以降、「比島の女」射殺の意味を必ずしも深く追い切れず、敗戦後の日本が「戦争の放棄」を宣言した後に再軍備化を進めた経緯を寓意的に主人公に辿らせながら、小説を「予定のコース」へと戻してゆく。主人公は「比島の女」殺害（戦争）の直後、「遊底蓋に菊花の紋が、バッテンで消して」

ある三八銃を川へ投げ捨てた（軍備放棄の宣言）後に、予め用意されていた「神」のヴィジョンを一度まのあたりにさせられた上で（「三〇　野の百合」）、最後には再び同種の三八銃を手に入れて（再軍備化）、野火の下めがけて歩き出すのだ。最初のプラン通りなら、主人公は食人を避けたと信じながら、「比島人」の肉を食べるために野火の下に向かい、ゲリラたちを皆殺しにしようとして彼らに銃口を向け、引き金を引くことになる。しかし、決定稿では、その瞬間、その銃を下から支えていた「左手」が「静かに銃をさし上げる」。つまり、銃口を上に向けさせ、引き金を引いたとしても天に向くよう発砲させたのだ。「人みなを殺してみたき我が心その心我に神を示せり」という、中原の短歌さながらに、「人間共」を皆殺しにしようという激しく攻撃的な衝動の暴発に捉えられて行動に移ろうとしたまさにその瞬間、その強烈な破壊欲動が主人公に示した「神」があったはずなのである。そのときゲリラが主人公の頭を一撃したのは偶然だが、少なくとも彼自身にはその偶然が「神」の恩寵と受け止められていただろう。「神」のような超越的存在が自分を見守ってくれており、この空白の瞬間、殺さない／食べないという選択を保障してくれたのだ、と。こうして、大岡は「一九　塩」の章で思いもかけない「比島の女」殺害によっていったん「予定のコース」を大きく逸脱しつつも、その迂回によって「神」の陰翳を格段に濃くして無事「もと」へと帰還する。しかも、この結末は、「二〇　銃」での川への銃の意志的な投棄以上に明確に武力と戦争の放棄を暗示している点で「罪と罰」について」の結末で「一つの眼」に心を差し覗かれていた小林の到達点からさらなる一歩を踏み出しているようにも見える。武器を放棄して加害者の位置から進んで脱落したかのように。しかし、小林はここをどう読んだだろう。

小林は、「一つの眼」という「神」に見据えられていることで自分は信仰を得たなどとは感じていなかった。依然として「信仰なき文芸評論家」なのだ。ただ、このように自分自身も周囲も何も変わっていないのに、外部の「一つの眼」に見据えられることで、自分と世界が置かれている位相が、それこそ真に異様なことに、それまでと違って、すべて信仰によらぬことは罪なりと、「信仰」の状態にあるか「罪」の状態にあるかが絶対的に問われる位相に、一転して据え直されており、その目玉によって自分が「信仰」ではなく「罪」の状態にいることが「はっきり」した、そういう方向から「罪」を否応なく認知させられていたのだ。その上で、自分の生存におけるこの絶対的な「罪」を断ち切ろうとするかどうかをじっと見据えられていたのである。断ち切ることが「信仰」である以上、断ち切れないでいる一切の状態はすべて「罪」なり、と。視線にじっと堪えていた小林の孤独と不安なら、そういう意味での「信仰」の状態に至れないのなら、永久平和とは、絶対的不戦とは、戦争の放棄とは何なのか、そう自問するだろう。『モーセという男と一神教』同様、未達の状態にとどまっていたとしても、あくまで自分の分かったこと以上のことは決して書くまいと心に決めてペンを走らせている小林の記述に比べると、大岡の記述は、感動的であっても、いささか勇み足のように思える。「歴史的真理」（フロイト）は小林の記述の側にあるように感じられるのだ。げんに、「比島の女」の射殺によって生じたテクストのあの「断層」はこの大岡の記述で埋められたわけではないのである。たしかに、主人公は「比島の女」を、もう一度だけ、目撃している（「二六 出現」）。現地の「ゲリラの女兵士」だが、主人公は、この「ゲリラの女兵士が海岸の村で殺した女に、似ている」という形で一度だけ、死んだ「リザヴェエタ」を想起するのだ。しかし、大岡は、主人公に、戦地における論理としては不自然なことに、無辜の人を殺した身体である以上、もはや人間の世界へ帰れないと反省させてそこへの投降を断念させる。（「『野火』の意図」）。この奇妙な「ロマネスク」によって「「私」の自責を解決」させてしまうのだ（「『野火』の意図」）。それまで主人公が「誰かに見られている」（「二五 光」）と感じていたのは「あの比島の女だ」と思っていたが、それは違っていたのだ（「二六 出現」）と展開するのだ。かくて、一瞬、出現しかかった大岡の「リザヴェエタの幽霊」は主人公の思い過ごしとして永久にやり過ごされ、大岡は「二九 手」および「三〇 野の百合」における声の主（大岡が用意していた「神」）こそが「一つの眼」として主人公の心を差し覗いていたのだと暗示して軌道に戻る。むろん、こうした迂回の結果、『野火』は作品として破綻の少ない完成度の高いものになったのだが、大岡のリザヴェータは途中で消え、大岡のソーニャは最後まで現れないのだ。小林は『武蔵野夫人』について「復員者といふ彼〔大岡のこと——山城〕独特の観念」の開花には「忍耐強い独白によつてしか馴致出来ぬ不信と危険とのある事」を察しながら、反面、ジャーナリズムに「半ば強ひられた試み」であるこの作品では「独白は完了してゐない」と批評している（「「武蔵野夫人」」）。大岡が小林にぶつけた「神」そのものは小林をさして動かさなかったようだ。

しかし、小林は、大岡との対話から、この復員者が戦地から携えて来て再び小林の内部に回帰させた中原のこととともに、動揺して然るべき何かを思い出させられなかっただろうか。かつて「人生斫断家アルチュル・ランボオ」（いわゆる「ランボオⅠ」）を発表してしばらくした頃に本人から突きつけられた「小林秀雄小論」で中原は、小林という機敏な男は「魂のこと」を後にした、と書いていた。復員して来た大岡に、自分が編集する雑誌「創元」（「終戦ジャーナリズムと絶縁すると宣言し」た小林が出そうとしていた「定価百円の美術、詩歌、小説を含んだ、高踏的綜合季刊誌」――「再会」に「戦争の体験」を書けと促した際、「あんたの魂のことを書くんだよ。描写するんじゃねえぞ」と言ったのは、「魂のこと」、すなわち中原の言う「晩熟」が小林自身の課題だったからではないか。この頃、「ランボオの問題」（いわゆる「ランボオⅢ」一九四七年三月号）を書くのは偶然ではない。その直後なのだ、ゴッホの絵の前で「或る一つの巨きな眼」に見据えられて動けなくなるのは。

重要なのは、ここで問題になる中原は、もはや単に「死んだ中原」ではなく、復員者を介して回帰して来た、不気味なものとしての中原、いわば中原の幽霊だということである。「未だ独白の完了しない復員者」には「野火」完成に至る全過程を呈して小林に言いたいことがあっただろう。たしかに、『武蔵野夫人』の勉は、小林が「『罪と罰』について」で描いたシベリアのラスコーリニコフが放っている異様な強度と尖鋭さと深刻さに比べれば、甘く、ゆるく、浅い。しかし、「ここ」戦後日本でなおラスコーリニコフであることは、「そこ」シベリアでラスコーリニコフであることよりも、何倍も難しいことなのだ。小林が描いたシベリアのラスコーリニコフは、いわば「無限性の騎士」（キルケゴール『おそれとおののき』「序想」）だ。なるほど、信仰という舞踏において驚くほど高踏な無限性の運動を成し遂げている。しかし、その彼も、高く跳躍して落下する一瞬はよろめく。この青年がやはり「この世の異邦人」であるということを証すこのよろめきはごまかせない。「無限性の騎士」であるか、「信仰の騎士」であるか、それは、着地の瞬間で見分けがつく。多少ともよろめくのは前者だ。他方、足が地面に着くや否や、その地面を歩いているように落下できるのが後者だ。人生への死の跳躍をそのまま歩行に変えること、崇高なもの（信仰者／罪人であること）を卑俗なもの（徴税吏、複式簿記に夢中になっている書記、郵便配達夫、闇の中でぼんやりしている豚肉商人であること）のうちに一切のよろめきなしに表現すること。それができるのは後者だけだ。小林のラスコーリニコフはまだそうではない。彼はシベリアから、あのように崇高なラスコーリニコフのまま、いや、ムイシュキンのようにその崇高さを一段と兇暴に純化されているのならなおのことといい、再びペテルブルクの卑俗なもの（レーベジェフ、イヴォルギン将軍、等々）のただ中にスムースに溶け入るように着地しなくてはならない。大岡も、「そこ」フィリピンを舞台として回想しているかぎりは、勉などよりはずっとラスコーリニコフらしい不穏で深刻な人物を創ることができた。しかし、田村一等兵が今、「ここ」戦後日本に復員して来てなお、そのような人物であり続けている『野火』を書くことは、――あの異様な孤独と不安を一段と兇暴に純化された人物になっている『野火』を書くことはなおさら――今あるあの『野火』を書くよりも何倍も難しいことだったのだ。

「野火1」（一九四八・十二「文体」）―「野火2」（一九四九・七「文体」）―「『武蔵野夫人』ノート」（一九四九・六〜十二）―「武蔵野夫人」（一九五〇・一〜九「群像」）―「野火」（一九五一・一〜八「展望」）。復員者、大岡がこの紆余曲折を経て完成した『野火』は、まるで「野火」の発表時期とわざと符節を合わせたかのようにぴったり並行して「ゴッホの手紙」（一九四八・十二「文体」、一九四九・七「文体」、一九五一・一〜一九五二・二「芸術新潮」）を発表して来た小林に、「死んだ中原」のこととともに、復員者ムイシュキンということについて考えさせなかっただろうか。なるほど奇矯な考えだが、当時は、そう突飛な思いつきというわけでもなかったはずだ。たとえば、一九五一年五月に封切られた『白痴』で黒澤明も、ムイシュキンを沖縄からの復員者に仕立てている。戦争犯罪者として死刑宣告を受けながら人違いだとわかって刑の執行を停止されて、ここ、戦後日本に復員して来た、と。もし白痴がシベリアから復員して来たラスコーリニコフなのだとしたら、つまり、ムイシュキンは、シベリアのラスコーリニコフのあの異様な背光が語っていた孤独と不安の「一段と兇暴な純化」としてペテルブルクに復員して来たのだとしたら、どうだろうか。小林は「ゴッホの手紙」の連載が五二年二月号で終るや、わずか三ヶ月後の五月号から「『白痴』について」の連載を始めるのである。

注1「中原のいう〈晩熟〉が真に小林に訪れるのは、戦後のことではなかったか」（佐藤泰正「中原中也と小林秀雄」『中原中也という場所』二〇〇八）。佐藤はこの「晩熟」を、戦後の「ランボオⅢ」と「『白痴』について」における、キリストへの「渇き」をめぐる、微細だが深刻なテクストの改変として指摘している。小林がドストエフスキーの書簡中で最も愛読した一八五四年フォンヴィージナ夫人宛の手紙からの引用において、敗戦前の『白痴』論および『カラマーゾフの兄弟』論では「信仰への渇望」が強くなればなるほど反証を握ると訳出されていた（第三章参照）。しかし、敗戦後の『白痴』論では逆に「反証を握れば握るほど、この渇ゑは強くなる」と訳出されている。敗戦前では、反証を握ることに置かれていた力点が、敗戦後には「渇ゑ」が強くなることへと移動している。むろん、訳文としてその方が正確だからだが、裏を返して言えば、敗戦前には、原文に反してまでも逆方向に読みたい心的な傾きがあったことの無意識が問われなければならない。他方、敗戦後の「『白痴』について」において一転、強調されることになる「渇ゑ」は「ランボオⅢ」における次の「渇き」のパッセージと確かに共鳴している。「彼は河原に身を横た

へ、飲まうとしたが飲む術がなかつた。彼は、ランボオであるか。どうして、そんな妙な男ではない。それは僕等だ、僕等皆んなのぎりぎりの姿だ」。小林は、この「僕等」に、中原をも含み込んで、死んだ中原にそう言いたかったのではないか。「ランボオⅢ」は、もともと『ランボオ詩集』の序文のために書かれたものだが、佐古純一郎『小林秀雄ノート』（一九五五）によると、「展望」一九四七年三月号に「ランボオの問題」として発表した際の結びは「僕は、クロオデルの信仰を持たぬ。然し、今は、彼の独断を往時の事の様に拒みはしない」（傍点山城）であったのに対し、四八年十一月二十日に創元社から刊行された『ランボオ詩集』に「ランボオ――序にかへて」のⅢ、つまり「ランボオⅢ」として収める際、小林は傍点の一文を「僕は、クロオデルの信仰を持たぬ。然し、往時は拒絶した彼の独断が、今は、僕の心に染み渡る」（傍点山城）とより積極的に踏み込んで書き変えて、擱筆の日付として四八年二月十六日を記載している（吉田熈生、堀内達夫編著『書誌　小林秀雄』参照）。

終章　戦後日本への復員――「『白痴』について」

一九五一年一月号の「群像」に、ヘルマン・ヘッセ、アラン、ポール・クローデル、パール・バック、トーマス・マンら、計十四人の文学者から日本人に寄せられた手紙が載っている。当時の編集部が高橋健二、高田博厚、吉田健一、高橋義孝らを介して海外の著名な文学者に宛てて送った手紙への返信である。編集部は日本国憲法から第九条を引用し、その上でこう依頼したのである。「地球上の全人類の営みから、流血の抗争を無くしようとする」この「祈にも似た理想と決意」を一国の憲法に書き込んでいる日本が、極東情勢が緊迫しつつある中、早くも再軍備化に向かっている、「その真只中に身を置く私共日本人の、心からなる平和への祈に対し、特に貴下から激励の言葉をいたゞき、これを私共の編集する文芸雑誌「群像」誌上に発表して、貴下の著作を通じて貴下を敬愛する我が同胞に伝えたい」。返事を寄せた海外の文学者たちはいずれも真摯に応答しようとしている。しかし、どう応接していいものかという当惑は隠せていない。わが敬愛するアランの言葉さえピントが合っていない。

これらの「特別寄稿」を読んだ小林秀雄は「大阪新聞」にこう書いた。

「群像」の正月号に、世界各国の著名な文学者が「日本人に寄す」といふ文章を寄せてゐる。日本の文学者は、彼等の挨拶に対し、感謝すべきであらうか。「群像」編輯部のアンケートに対し、これほどの回答が集つたといふのも、アンケートの中に、日本国新憲法の戦争の放棄といふ文があつたといふたつた一つの理由に恐らく基いたのである。この政治的宣言に対して、彼等の挨拶が送られたのである。

今日の新聞を見ると、日本の再武装の是非に就いて世論調査が行はれてゐるが、再武装を是とする人々の数も多い様である。日本国民は、先日自ら作つた憲法を忘れてゐる様な有様であるが、これは人間の誓言は、事実の前でいかに弱いものであるかを語つてゐる。敗戦といふ大事実の力がなければ、あゝいふ憲法は出来上つた筈はない。又、新しい事実が現れて、これを動揺させないとは、誰も保証出来ない。戦争放棄の宣言は、その中に日本人が置かれた事実の強制力で出来たもので、日本人の思想の創作ではなかつた。私は、敗戦の悲しみの中でそれを感じて苦しかつた。大多数の知識人は、これを日本人の反省の表現と認めて共鳴し、戦犯問題にうつゝを抜かしてゐた。

「感想」

政治的な先入観を棄てて、小林が「日本人の思想の創作」という奇妙な言い回しをしていることに注意して欲しい。これが「日本人の反省の表現」と対比的に使われていることは明らかだろう。米軍占領下の検閲への配慮といった詮索は捨てて、落着いて読めば、こう言っているのである。「戦争放棄の宣言」は、本当は「日本人の思想の創作」であるべきだったのに、米軍による占領という、敗戦後、日本人が置かれた事実の強制力で出来てしまったため、大多数の知識人はこれを「日本人の反省の表現」としか認めることができずに来た、敗戦の悲しみの中でそれを感じて苦しかった、と。「敗戦の悲しみ」については後述する機会があるだろう。今は、「日本人の思想の創作」というものの言い方に注目して欲しい。小林は、この宣言が日本の国民によって自主的に制定されたものでなかったという、今日しばしば使われるような政治的な言い方をしたくないのだ。もっとはっきり言えば、小林は、アラン、マンらと同じ一文学者として、「戦争放棄の宣言」は、実は文学の問題なのだと考えているのだ。「日本人の思想の創作」という言い方をするのはそのためなのである。

　言うまでもなく、憲法の条文そのものは「政治的宣言」である。他方、文学者であるとはどういうことか、小林は戦争中から「一文学者としては、飽くまでも文学は平和の仕事である事を信じてゐる」と言っていた（「文学と自分」一九四〇年十一月号）。左であれ右であれ、いかなる政治思想も彼は「思想」とは信じていない。だから、「戦争の放棄」が単なる「政治的宣言」であるのなら、文学者がそれについてとやかく言うことはないと考えたはずだ。しかし、「戦争の放棄」というこの奇妙な「政治的宣言」には、アランら同様、文学者として応答せずにはいられない何かがある。前年末に刊行されたばかりの保田與重郎『絶対平和論』の言葉で言えば、そこで謳われているのは「政治上の権利でなく、人文上の権利」なのである。「戦争放棄の宣言」は、政治問題に見えて、実は文学の問題なのだ。だから、そこに右も左もない。

　では、「戦争放棄の宣言」が文学の問題であるとはどういうことか。

　まず、戦争は単なる「政治的事件」などではなかったということがある。自分の母の死と同様に、と言ってもいい。戦争は、あの満蒙開拓青少年義勇隊の少年たちのように、誰もが生ま身で、名状し難い悲しみに堪えながら通過した不幸であり悲劇だった。文学者の仕事はそういう「普通人の心に明瞭な表現を与へる」ことでしかあり得ない。かつて「満蘇国境」で小林は眠れぬままに考えていた。「事変」を支えている「一種異様な聡明さ」について「思想家は一人も未だこの智慧に就いて正確には語つてゐない」と。各人の心の裡に棲んでいる「黙つてゐるもう一人の微妙な現代日本人なるもの」に、外国人が読んで日本人の魂のことが正しく分るような正確な表現を与えなければならないという意味だったが、それは、他の日本人のことはさておき、「自分」はまだその「智慧」に拮抗する言葉を文学作品として書き記し得ていない、という述懐でもあった。小林は「事変」においても「自分の名状し難い心情を語る言葉」に窮していたのである。その「事変」は、その非常性においては一九四五年八月に終結した。だが、その日常性においては、戦後もなお持続している。しかも、持続しているこの「事変」を真に終わらせる決定的なものは、この「事変」のなかからしか生まれて来ないのだ。にもかかわらず、それは「自分」に露頭さえしていない。だから、敗戦後のあの奇妙な「政治的宣言」に際しても、小林は、かつて「満蘇国境」で「事変」について考えたのと全く同様に考えたはずだ。かつて「長い而もまことに複雑な伝統を爛熟させて来て、これを明治以後の急激な西洋文化の影響の下に鍛錬したところの一種異様な聡明さ」と「智慧」について考えたように、「日本は単に文明の遅れた国ではない。長い間西洋と隔絶して、独得の智慧を育てて来た国である」と「日本人或は東洋人独得の智慧」について考えただろう。かつて「思想家は一人も未だこの智慧に就いて正確には語つてゐない」と考えたように、文学者は今もなお「普通人の心に明瞭な表現を与へるだけだ」と考えただろう。つまり、かつてと同様、今もなお、文学者は、いや俺は、「自分」の心の裡に棲んでいる「黙つてゐるもう一人の微妙な現代日本人なるもの」に正確な言葉を与えていない、それを「日本人の思想の創作」として提出していない、「私は、敗戦の悲しみの中でそれを感じて苦しかつた」、「私の心は依然として乱れてゐる」と。「文学と自分」の批評家が問題にしているのは、僕らは、国民という、国家の政治単位としてではなく、個として、「戦争放棄の宣言」を定義するような「経験」(森有正)を自分のうちに確実に育てているか、文学者はそれを「日本人の思想の創作」として言語に結晶化させているかということなのだ。「凡ての大思想は、その深い根拠を個人の心の中に持つといふ事が信じられなければ、それは文学者たる事を信じない事である」。小林は、一個の文学者として、「戦争放棄の宣言」そのものをではなく、その「深い根拠」の方を自分の「心」に問い、それに匹敵する実質を自分は果たして「日本人の思想の創作」として析出させているのかと自分自身を徹底的に問いつめたのだ。「苦しかつた」のは、そして「自分の名状し難い心情を語る言葉に窮した」のは、そのためである。それは、裏を返して言えば、小林は敗戦以後ずっと、より具体的に言えば、日本国憲法公布の日付で『ドストエフスキイの文学』の再開を宣言して以来ずっと、「戦争放棄の宣言」に匹敵する実質を「日本人の思想の創作」として産み落とそうと苦しんで来たということである。たとえば、すでに見た「『罪と罰』について」がそれである。だが、その緻密かつ周到な読解も、最後には作品読解という位相を超え出てしまっていた。苦しみはそこからまだ続くのである。

いわゆる戦後の空気の中で小林の心は「孤島」だった。小林が描いた、ラスコーリニコフのシベリアは小林自身の「孤島」の風景にほかならない。戦後の空気から脱出した小林の心は、いわばシベリアに漂着したのだ。少なくとも「『罪と罰』について」を書いている間は、「ここ」にいながら「そこ」に、進んで流刑されていたはずだ。小林は戦後の「ここ」にいるが、小林の裡で「黙つてゐるもう一人の微妙な現代日本人なるもの」は一九三八年十一月同様、「満蘇国境」で垣間見たあのリミットに立っている。孫呉の訓練所の便所で「こんなにまでしてもやらねばならない仕事の必要さといふ考へ」が切なくて不覚の涙を浮べていた日本人は、戦争に敗けた後もなお、その「仕事の必要さ」についていささかも「反省」することなく、「何もかも正しかつた」と考えている。そして、同じ「仕事」について同じように切なく、同じように涙を浮べる。何も彼も正しかった事が、どうしてこんなに悩ましく苦しい事なのだろうか。しかし、今はかつてと違い、この奇妙な悩ましさと苦しさを見つめている「一つの眼」がある。むろん、だからと言って、悩ましさも苦しさも、何も変わらず、和らぎもしない。だが、今では、その悩ましさと苦しさを、自分の外部から見つめられていることにより、自分が「罪人」(蝮のすえ)としてそこに据えられているということが「はっきり」している。ドストエフスキーは彼自身のネチャーエフ事件だったペトラシェフスキー事件において「共同の偉大な目的」のために「こんなにまでしてもやらねばならない仕事の必要さ」に従って銃殺刑の一歩手前まで行った。小林は小林自身のネチャーエフ事件である「大東亜戦争」において「東亜共栄圏」の建設という「共同の偉大な目的」のため、「こんなにまでしてもやらねばならない仕事の必要さ」に従って本土決戦による「死」の一歩手前まで行った。ドストエフスキーは銃殺刑執行の一歩手前で皇帝の恩赦によって目前の「死」から解放されてシベリアに流刑された。小林は敵の本土上陸の一歩手前で天皇の詔勅によって目前の「死」から解放されて、いわゆる戦後から流刑された。ドストエフスキーがシベリアからペテルブルクに戻ったように、小林もまた、彼のシベリアからいわゆる戦後に戻らねばならない。それを終らせるために。小林が晩年もなお、ムイシュキンはスイスからではなくシベリアから還ってきたという敗戦前の考えに固執した理由はそこにある。そんな小林に必要なのは、単なるムイシュキンではない。シベリアという小林の「孤島」から再び戦後日本に復員して来た「心理を乗り超えたものの影」なのである。『白痴』という作品のまっとうな読解としては破格だが、『罪と罰』論で、凡百の研究者をも出し抜くその入念な熟読ゆえに作品読解の位相をすでに抜け出してしまっている小林は、もはや作品に関する新しい読みを提出しようなどとは最初から考えていない。四年前の「「罪と罰」について」で『ドストエフスキイの文学』を早くも終らせてしまった、まさにその地点で書くだけだ。それが一九五二年五月から連載される「「白痴」について」である。

シベリアのラスコーリニコフが不安なのは「人を殺したから」ではなかった、小林はそういう地点に「「罪と罰」について」の最後で抜け出ていた。「心理を乗り超えたものの影」が背負っている「真に異様」な背光が語っている不安は、人を殺した者の不安ではなかったのだ。人を殺した者の不安を徹底的に熟視熟読した結果、それと全く同格の不安が、「罪」が、人を殺していない自分自身に確かにあることが小林に「はつきり」したのである。そのことは、敗戦前の「「カラマアゾフの兄弟」」の最後に、結局は殺さなかったミーチャについて「殺すも殺さぬも物のはずみであつた」と書き、ドストエフスキーは「「罪と罰」で一度取り上げた問題を、再び満身の力で取り上げる」と書いたときに予め知っていただろう。しかし、予め知っているということなど何ごとでもない。殺したラスコーリニコフの不安と殺さなかったミーチャの不安が全く等価の重さになるような世界を漠然と感じていたにもかかわらず、「はっきり」せず、結果、この論考をここで未完のまま中断してしまったのは、あのときはまだ「一つの眼」が小林の心を差し覗かなかったからだ。だが、「『罪と罰』について」でその出現を記し、「ゴッホの手紙」でそれを追った後はちがう。『白痴』読解の位相を突き破りそれを別の位相に容赦なく転換する「一つの眼」の視線に堪えながら「『白痴』について」を書いている小林には、殺したロゴージンの不安と殺さなかったムイシュキンの不安とが全く同格に並列する世界があることが最初から「はっきり」しているのだ。

殺す殺さないを決定していたのは、各人の「自由な意志」ではない。単純に確率に帰すことができるような偶然でもない。本人自身には絶対に見えないが、「一つの眼」には見えている、本人の奥深い内部にある「或る危険な何ものか」なのだ。そして、その何ものか（「罪」）を見られているという不安の感触さえ「はっきり」しているのであれば、殺さずにいられた者に触知される不安は、殺してしまった者に触知される不安と、その強度において全く均衡し得る。それは、創作ノートに対する小林の分析に準じて言えば、ラスコーリニコフの分身として創造されたスヴィドリガイロフの不安と無条件に美しい人間として創造されたムイシュキンの不安とがその重さにおいて全く等価になってしまう世界だ。十六歳の少女（ナスターシャのプロトタイプと言っていい）を強姦して自殺に至らしめたスヴィドリガイロフ（スタヴローギンのプロトタイプと言っていい）が情欲に関して示す「度を超えた粗暴さが繊細さに通じ」てゆくように（ドストエフスキー「『罪と罰』創作ノート」）、ムイシュキンが愛に関して示す「『限りない憐憫の情』」が兇暴さに通じてゆく、そんな世界である。

「中間の、程度の問題」は消える。絶対的に矛盾している二つの相異なる重力が一方から他方へ、他方から一方へとめまぐるしく遷移する。そのたびに、両極端のあいだで明滅するのがキリストだ。『白痴』の結末、書斎にいるロゴージンとムイシュキンは、向うの広間では、そこに掛かったホルバインの画の中で死んで横たわっていたキリストが起き上がり広間を歩き回っていると、発狂の予感につつまれながら、はっきり感じていた。そして、厚い緑のカーテンの向う側のベッドに横たえておいたナスターシャの死体を天に召し上げるためにそのキリストがこちらの部屋にやって来るのを、狂気の中で、恐れつつ待っていたのだ。この「幽霊」[注1]がどれだけ明瞭にこの暗闇に浮かび上がるか、それはこの結末に至るまでの全篇において両極のあいだをどれだけ激しく移動できるかにかかっている。ドストエフスキーは、結末でキリストがはっきり灯ることに賭けて、本編で極端なもののあいだをぬって点火する。その賭けの全過程が『白痴』なのだ。

そうである以上、「キリスト公爵」という無理な一人二役を振られたムイシュキンは、小林にとって、「人間といふより、人間達が、自分にも思ひ掛けぬ自己を現す機縁の如きもの」にならざるをえない。いや、無理なとは迂闊な言いぐさだ。キリスト自身が神と人というもっと無理な二役を振られて見事に演じ切ったではないか、公爵がこの程度の二役を振られていると見るくらいで、どうして無理などと、やる前から音を上げたような腰の引けたものの言い方をする、そんな貧血症の気組みで『白痴』について書けると思っているのか。そんな声が聞えてきそうな迫力で小林が「「白痴」について」の記述を、うねるような方向感覚で、さながらエネルギーの根茎のように自然成長させてゆくのも、『白痴』は、まさしく、「ここ」で人を殺さず（姦かさず）にいられた小林の孤独と不安が、「そこ」では人を殺さ（姦かさ）ざるを得なかった復員者たちの孤独と不安と均衡する重さ危うさになってしまうような不気味な子供部屋を創り出していたからだ。復員者ムイシュキンということを小林が考えるとしても、公爵が、ラスコーリニコフのように人を殺して、シベリアから「ここ」に復員して来たのだと見なして読むというような無理な工夫をする必要は少しもなかっただろう。それは、自分の知らない復員者の孤独と不安について彼らの名において分ったような三百代言を手の込んだ意匠で語る小細工を出ない。たまたま「ここ」にいて人を殺さずに済んだ自分に忠実に、ただ自分自身の孤独と不安を、宿業を、「罪」を徹底的に考え抜くことで、「そこ」で人を殺して「ここ」に還って来た復員者たちの背後の光の輪が表示している孤独と不安の質量と危険度を量り取る道はあったのだ。シベリアからペテルブルクに復員したムイシュキンの「魂の問題」（『「カラマアゾフの兄弟」』）を熟読することである。

　処刑の一分前になっても、どうしても忘れられない「或る一点」があって、そのために気絶することができない死刑囚の心理を異様な熱で語るムイシュキンの言葉をめぐって、小林は、有名なセミョーノフスキー練兵場での作者自身の経験を作者になり代ってこう語る。

> 「或る一点」とは、無論、「死」の事だ。命はまん丸で入口がないから、死線は切点といふ出口で触れてゐる。まあ、そんなものだと思へ。みんな歩いてゐるうちに、出口から出て了ふ、といふのは、歩くとは、みんな出口に向つて歩く事だが、こゝに一人の男があつて、出口から逆に歩いた。これは珍らしい、恐ろしく馬鹿気た経験だ。到底、長い

間堪へられる経験ではない。（中略）私が、どんな荒唐不稽な理由によつて突然赦されたかは、諸君も御存知だらう。だが、何も驚く事はない。私の様な経験をしたものの眼には、「或る一点」から逆に歩いた事のある男の眼には、不幸な事だが、人生には荒唐不稽な事しか起つてはゐないのだ。

小林は戦地で「死」に直面させられていたわけではない。しかし、一九四五年、米軍の本土上陸が目前のものとなったときには「或る一点」を間近に見据えねばならない時間があっただろう[注2]。誰もが「死」という出口に向かって歩いていたのだ。しかし、八月、その決死の緊張状態から不可解な理由で突然、赦免され、その出口そのものから突き放された。かくて、ここにいた一人の男も、「一旦死んでから」、その「或る一点」から逆に、「生」に向かって歩き始めねばならなかった。ここで注意しておくが、「或る一点」とは「「死」の事」ではない。小林は「彼は「死」とは書かなかつた。「或る一点」と書いた」とすぐ後では書いている[注3]。たしかに、「或る一点」を「死」と置き換えて原文を読んでも意味は通じない（「死」が心中にあって、どうしてもそれが忘れられないから死を間近にしても気絶してしまうことができない、云々）。

ド・マンの言葉を思い出す。誰も「陽」という言葉の光で葡萄を育てようとはしない、「陽」という言葉と現実の陽光とが違う程度の区別は誰でもつくからだ、しかし、この基本的な区別をどこまでも貫いて、人が自分の過去や未来の在りようを考える際、言語に現れている世界と現実に現れている世界とを混同せずにいることは難しい、だが、イデオロギーとは、両者のあいだの脱臼（ディスジャンクション）を見失い、混同するということ以外のことではない、そうド・マンは言っていた(「理論への抵抗」)。そういう意味では「死」という言葉ほどイデオロギー的に作用するものはない。

「死」は、それがどんなに自分の間近に迫って来ていても観念であり続けるほかなく、僕らは自分の死に関して、「死」という言葉と現実にやって来る死とのあいだのディスジャンクションを普通は、経験によって検証しえないからだ。しかし、或る日、突然の赦免によって「或る一点」から「生」に向かって歩くことを命じられ、歩き始めたその逆方向の「生」から振り返ってみたとすれば、どうか。たしかにあのとき「死」は現実として確実に鼻先まで迫っていたはずだが、それとの距離をどこまで微分して行っても「自分が現にかうして生きてゐるといふ事実」とのズレは埋まらず、「死」が自分には結局、観念でしかなかった、そういうことが事後的に、とはつまり、思いがけずも生き残ってしまっているという感覚として、はっきりするだろう。小林は吉本隆明が「ちぐはぐ」と呼んだその感覚を、「荒唐不稽」と呼ぶが、はっきりしているのは、「或る一点」は、小林に「死」ではなく、もはや逆向きに、したがって「荒唐不稽」なものとしてではあるが、「生」を強いるようになったということだ。

「或る一点」とは、自分にやって来るであろう現実の死とそれを受け止めようとする「死」という言葉との距離の微分だと言ってもいい。あるいは、死を概念化しようとすると「死」と「或る一点」に二重化せざるを得なくなると言ってもいい。僕らは「死」を生きることはできないが、「或る一点」は生きることができる。というよりも、僕らに生命があるかぎり、僕らはつねにそれを生きているのだ。現実に死んでしまわないかぎり、それを忘れることなどできない。生きているかぎり、現実の死が間近に迫れば迫るほど、僕らはそれをますます明瞭に思い出さざるをえない。したがって、気絶することもまた、できなかったのだ。「死」と「或る一点」とのズレ、移動が「内部と外部との間の深い断絶」を「生」にもたらす。というよりも、その断絶を「生」として開き、それを生きさせるのだ。外部に対しても内部に対しても「絶縁体」となるのだ。「死」からズレ出た「或る一点」から見れば「心的なものも物的なものも一切が外的なものとなる」のである。「或る一点」とは、或る位置ではなく、むしろ運動なのだ。そして、内部と外部との間で両者を押し開くこの運動が、言語に現れる世界と現実に現れる世界とを引き裂き、脱臼、ディスジャンクションを引き起こすのだ。

ドストエフスキーは、とは敢えて言わない、小林は、ここで、「死」をこのように「或る一点」との二重像において捉えることで、「死」のイデオロギーから一歩、抜け出て「自分が現にかうして生きてゐるといふ事実の根源、或は極限といふ謎」(「『罪と罰』について」)に突き当ったのである。それが、僕らの奥深い内部に必ずある「或る危険な何ものか」にほかならない。したがって、僕らの「自由な意志」などではなく、僕らの奥深くにあるこの「或る一点」こそが、それをしっかり捉えている諸関係の網のあれこれの振動を鋭敏に受信して、何かをやったり、やらなかったりといった作為/不作為に向けて僕らを根柢から動かしていたのである。言い換えれば、小林が、殺した者の孤独と不安の重量を、殺さなかった者の孤独と不安の重量と全く均しく全く等価なものとして衡《はか》り得るとすればそれは、小林自身の内部に露出し、触知されるこの「或る一点」においてなのだ。ただし、ドストエフスキーの場合、朝日に照り輝く会堂の屋根が彼の「或る一点」をじっと見つめていたように、それは、光であれ、眼であれ、外部に立つ「何か根源的な視点」に心を差し覗かれ、見据えられないかぎり、本人によって触知されない[注4]。小林の場合、それが「はっきり」したのは敗戦後である。たしかに、「このとき、じぶんの戦争や死についての自覚に、うそっぱちな裂け目があるらしいのを、ちらっと垣間見ていやな自己嫌悪をかんじた」、「翌日から、じぶんが生き残ってしまったという負い目にさいなまれた」、「自分のこころを観念的に死のほうへ先走って追いつめ、日本の敗北のときは、死のときと思いつめた考えが、無惨な醜骸をさらしているという火照りが、いちばん大きかった」というような「告白も記録も」一切しなかったが、「或る一点」についてで書くことで、小林は敗戦において自身が経験したディスジャンクションを記録していたのである。そうすることで小林も、敗戦によって突如、はっきりした「名状できない悲しみ」（吉本隆明）を「人生観上の信念」として告白していた、と言ってもいい[注5]。「作者」について語る次のパッセージを「小林」と置き換えて読んでみて欲しい。

これは深い体験といふものに特有な性質なのだが、作者の体験は、この信念の伝達不可能性こそ、この信念の価値或は普遍性の最も深い根拠である様に思はれたのである。さういふ次第なら、直接な告白といふ形式は、勿論、滑稽だ。

これはまさに「「白痴」について」がやろうとしていることではないのか。伝達が不可能なのは、端的には自分の死という事実をめぐって現実と言語との間で「死」と「或る一点」との差異、二重化として生じていたのと同じディスジャンクションが、他の誰でもない小林自身の「或る一点」、いや「自分が現にかうして生きてゐるといふ事実の根源、或は極限といふ謎」を語ろうとする告白の言葉を襲い、そこに乖離と亀裂を走らせずにはいないからである。しかし、反面、言葉で伝達できないからこそ、その「謎」には価値があり、普遍性があるように思われる以上、伝達の不可能は承知していても、やはりその言葉で語ろうとせずにはいられない。ゆえに、右の引用はこう続くのだ。

作者は、残された唯一の道を選んだ。告白が不可能なら不可能でよい。だが、さういふ孤独人も、社会に生活する以上、他人達との或る現実的な交渉に這入らざるを得まい。これは、彼が意識するにせよ、しないにせよ、自己といふ課題を実際に試みる事になるだらう。其処に、彼の伝達不可能な告白は、その全的な意味を現すと見る他はあるまい。

ディスジャンクションにより無数の亀裂と乖離を容赦なく刻まれて、ついにその信念を伝達できずに終るその言葉が形づくる奇怪な形態をド・マンはアレゴリーと呼んでいた。それは、書き手が確信している信念を積み残し、そのうちの何も伝達しはしない。いわば、もぬけの殻だ。しかし、そういう「孤独」な言葉も、「他人達との或る現実的な交渉」に置かれれば、その「他人達」とのあいだに、信念とは違った何か別の「全的な意味」を現さないか。そこに賭けて書くほかない。現すか現さないか、また、現れたとしてその「全的な意味」がキリストであるかどうか。そんなことは、やってみなければわからない。小林は、ドストエフスキーはそういうところまで追い詰められて『白痴』を書いた、と考えるのだが、ここでも当面の問題はドストエフスキーではない。小林自身が「『白痴』について」をそのように書いたということだ。それは、いわば彼の背後にあって彼の心を差し覗いていたあの「一つの眼」を、いや「火の玉」と言ってもいいかもしれないそれを眼前の白い原稿用紙に据えて定着させるようなことだっただろう。

小林は、作者ドストエフスキーの生活から「自分が現にかうして生きてゐるといふ事実の根源、或は極限といふ謎」を剝き出し、裸にし、作者の「制作の動機自体」が作中に露出したと称して、この「決して人前に持ち出せぬ」、異様なまでに純潔な「謎」にマントを着せ、ゲートルをはかせた上で、イッポリート、レーベジェフ、イヴォルギン将軍といった「他人達との或る現実的な交渉」に送り出す[注6]。むろん、「全的な意味」が、いわば「リザヴェエタの幽霊」のように、その「交渉」そのものに現れることに賭けて、だ。しかも、ムイシュキンというマントを着せられてはいるが、そこに包まれている「謎」は小林自身のものなのである。

小林が原作から抽出し延々と辿り直した、イッポリートの、レーベジェフの、イヴォルギンの、深刻なような、お道化たような、しかし決して油断のならない長広舌の前にはつねにムイシュキンがいることを忘れてはならない。彼らの言葉は、実のところ、ただ、この一人の生きた「或る一点」、この「人を途方に暮れさせる様な異様な純潔性」に向けて語られている。もちろん、自分の「人生観上の信念」がこの一点に伝達されるなどと信じているからではない。ただ、この「機縁」と話していると、「自分にも思ひ掛けぬ自己」が現れてしまうのを彼らはよく知っており、それと、つまり、彼ら自身の「或る一点」とこの「異様な純潔性」とのあいだになら、何か自分にも思い掛けない「意味」が生じてもいいような気がするからである。というよりも、そうなるように小林が、工夫して彼らの言葉を編集して、仕向けているのだ。

僕らは、そこに「全的な意味」がついに現れなかったこと、そして「普遍者-超越者」（橋川文三）が現れなかったがゆえに、小林がこの論考をついに中絶してしまったことを知っているが、小林が再編集した彼ら「他人達」の言葉の奇妙な屈折を通じて、その向こう側に立っている「人を途方に暮れさせる様な異様な純潔性」を感じることはできる。それは、心の純粋さ、子供らしさ、善良性などというものではなく、何かもっと危険な一点だから、人を途方に暮れさせるのだ。小林は、執筆のように言葉を厳密に選べない座談では、言葉が悪いがと後で断りつつも、ムイシュキンのことをはっきりと「一種の悪人」だと言っている（岡潔との対談「人間の建設」）。彼の「純潔性」には、いや、彼の愛には、人を憤激させずにはおかないような危険な種子がある。キルケゴールが「キリストの悲しみ」をめぐって示唆していたように、それは、それに触れた者を滅ぼしてしまいかねない愛であるからだ。「ムイシュキンは、ラゴオジンのナイフを無意識のうちに弄ぶと言つてはいけないであらう。生きる疑はしさが賭けられた、堪へられぬほど明瞭な意識のさせる動作だと言つた方がよからう」。ムイシュキンを被せられたドストエフスキーの、いや、ほんとうは小林自身の純潔な「或る一点」と「他人達」の間には何か溝があり、そこには「暗い可能性」（キルケゴール）が漂っている、と言ってもいい。ムイシュキンがシベリアから帰還したラスコーリニコフで、かつて人を殺した、ないしそれに相当する暗い過去（「或る秘密」）があるからではない。繰り返すが、シベリアのラスコーリニコフが孤独で不安なのは人を殺したからではないのだ。人を殺していなくても殺した者の孤独と不安と全く等価の質量を持つ孤独と不安を表示する異様な背光は、誰か他者の眼がそれを差し覗いてその人の奥深い内部であの「或る一点」（「「秘密」」）を目覚めさせるなら、そこに点る。ムイシュキンの純潔さに「他人達」が感じている「人を途方に暮れさせる様な」異様さは、そこから来ている。「恐怖が愛でないと誰に言ひ得ようか」(「『罪と罰』について」)。「あれこれと考へ乍ら、最も私を悩ますものは、論評が作の本筋に這入るや、忽ち私はペンを置かねばなるまいといふ予感だと言つてもいゝ程である」と小林が書いたその「本筋」はそこにある。そのことが確かに感じられれば、小林が一九六四年に本にする際に書き加えた「9」が、いきなり『白痴』の結末に飛んでそこから書き出されていても、そう大きな飛躍とは思えないだろう。同じ「他人達」でもロゴージンやナスターシャのような主役になると、この「手のほどこしようもない純粋性」とのあいだに漂う「暗い可能性」は、誰にも疑えないどころか、かえって戸惑うくらい濃縮されて、ついにあの破局をもたらすからだ。

小林はムイシュキンの「魔性」がどこから来るのか、最後に暗示している。ムイシュキンは、作者同様、「意識の限界点に立つて直接に触れる命の感触」に「啞の様に、聾の様に」苦しんでいるが、「この限りない問ひが、「限りない憐憫の情」として人々に働きかける」ところから彼の「魔性」は現れるのである。つまり、あの「或る一点」の悩ましい感触から発している彼の「「限りない憐憫の情」」は、人々には「魔性」として、どこか破壊的に働きかけずにいないのだ。作の冒頭、まだ実物を見る前からムイシュキンがナスターシャに向けるその「憐憫の情」は、彼女を刺し殺すことと等価の重さの孤独と不安から発している。むろん、それは破壊しない。しかし、それが破壊してしまうか、それとも、破壊せずにいるかは、彼の意志が、ではなく、彼の奥深い内部にあり、彼がそれを「啞の様に、聾の様に」苦しんでいる「或る一点」がそう動くかどうかによって決まる。彼がどんなに意志的に自己を抑制していても、それがロゴージンやナスターシャとの関係において破壊へと振れれば、「憐憫の情」は相手に破滅をもたらしていただろう。彼の「魔性」は彼の「憐憫の情」のそうした性質から来る。まったく同じことがロゴージンについても言える。彼がナスターシャを殺したのは、ムイシュキンやナスターシャとの関係の中で「或る一点」の行為の針がそちらに振れたからにすぎない。彼がどんなに激しい殺意を抱いていても、それが破壊へと振れなければ、彼の嫉妬は彼女に破滅をもたらさなかっただろう。だから、法や道徳の裁きの次元ではなく、この「或る一点」の次元で見るかぎり、殺さなかったムイシュキンにも、殺したロゴージンにも、等しく孤独で不安な「罪」がある。結末のあの奇怪な子供部屋で、ナスターシャの死体を前に横たわるムイシュキンとロゴージンは「罪」の重量において全く等価であり、そこには、いわば殺した「或る一点」と殺さなかった「或る一点」が、どちらも、心を分かち合いたいと希いながら、殺したと殺さなかったとにかかわらずその重さにおいては全く均衡する、しかし全く異質の不安と孤独に堪えていたのである。ムイシュキンがロゴージンの「共犯者」であると小林が最後に仄めかしたのはこのことだ。ムイシュキンは、自分がそのときその場にいたら、ナスターシャの血を流すために、ロゴージンに加担することなどなかっただろうとは決して考えなかった、むしろ、その逆を思っただろう。

今宵ランプはポトホト燻《かゞ》り
君と僕との影は床《ゆか》に
或ひは壁にぼんやりと落ち、

遠い電車の音は聞こえる

君のそのパイプの、
汚れ方だの焦げ方だの、
僕は実によく知つてるが、
それが永劫の時間の中では、どういふことになるのかねえ？――

今宵私の命はかゞり
君と僕との命はかゞり、
僕等の命も煙草のやうに
どんどん燃えてゆくとしきや思へない

中原中也「曇つた秋」3

江藤淳『小林秀雄』は戦前の「「白痴」について」を、ムイシュキン、ロゴージン、ナスターシャを借りて小林、中原、長谷川泰子の「三角関係」が描かれた「一篇の「小説」」として専ら心理的に読んでいたが、戦後の「「白痴」について」のロゴージンは復員者、大岡昇平が戦地から携えて来て小林にぶつけた、死んだ中原だ。小林は、もはや江藤が読んだような「一篇の「小説」」には収まらないもの、というよりもそうした心理的邪推をはっきり拒絶するものへと突き進もうとしている。戦後の「「白痴」について」の、「晩熟」した小林は、戦前と戦後の両『白痴』論で共通して使われている印象的な言葉で言えば「同じ月日の下に生れた」三人を「永劫の時間」の中において、中原とともに同じ問いを同じように問いたいのだ。キリストへの「渇ゑ」から小林も河原に身を横たえ「飲まうとした」のだ、そして小林も泣きながら黄金を見ていたかもしれないが、「飲む術」（ランボー）はなかったのだ（第六章注1参照）。敗戦前の『白痴』論と違って「三人」のことに小林の筆がどうしても立ち入れなかったのは、そのためだろう。「機敏な晩熟児」のこの「ぎりぎりの姿」が小林秀雄の「戦後」である。「魂のこと」を「ヴァニティ」の後にしたので「生活の処理」がつき易く、また用心深すぎて卑怯でもあった「機敏な男」は「中原の不幸」（大岡昇平）を理解者然と忖度することができないが、「彼の自己自身の興味に沈溺する善良性」を「かゞ」らせることによって「魂のこと」を「悲しむ」ならば、晩熟したその自分の「命」を、相手の「命」に「かゞ」っていた不幸に均衡させることができないわけではない（「小林秀雄小論」）。それと同様に、「そこ」で殺して、復員して来た兵士たちの孤独も不安も、その質について理解者然と忖度することは絶対に許されないが、たまたま「ここ」にいて、それゆえに殺さずにいられただけの自分自身にある孤独と不安とを、つまり自分にもある「魔性」を「意識の限界点に立つて直接に触れる命の感触」において「唖の様に、聾の様に」苦しむことができるならば、彼らの孤独と不安の重さをその苦しみの重さによって量り取ることができないわけではない。復員者ムイシュキンという倒錯した考えが小林にもしあったらという思いつきは、こういうアレゴリーにおいてなら多少の意味を持つかもしれない。

ランボーが詩業を「斫断」するのは一八七五年だが、ドストエフスキーは『白痴』の結末で

「人間の中」から再びその外側へ送り返されたムイシュキンとその「魔性」を同時代の、すなわち一八七〇年代のロシアに流動している現在のただ中へ、そこに帰国した作者自身とともに送り込んで自己を実験する。それが、ラスコーリニコフの分身であるスヴィドリガイロフとムイシュキンの両方の血を受け継いだスタヴローギンなのだが、序章に記したとおり、ドストエフスキーは、今度は、『罪と罰』や『白痴』とは全く違う「新しい態度」でそれを書く、というか、書かざるを得なくなる。それが『悪霊』だ。「「白痴」について」は一九五三年一月号で「未完」のまま中断したものの、その後、再び「「悪霊」について」を書く構想は、実はあった。ベルグソン論「感想」連載中の一九五九年、小林はこう語っている(「座談会 小林秀雄氏をかこむ一時間」一九五九年十月「季刊 批評」第五号所収)。

だからドストエフスキーでもまだ書きたいけど、昔のように作品を一つ一つ解説的に書いて行くという興味はだんだんなくなってきてね。たとえば、デーモン(『悪霊』のこと——山城)なんかこれから書いてみたいな、と思うことが時どきある。すると違ったふうに書くでしょうね。あの中には政治問題、社会問題、道徳、宗教の問題、ロシア人の考え方やなんか、いろいろな問題があるでしょう。そういう方からね、小説のある構造分析よりそんなふうなことをこんど書いてみたいなあ、と思うね。

新たに書かれるべき「「悪霊」について」は、もう「「罪と罰」について」や「「白痴」について」のような小説内の構造を読解する分析にはならなかっただろう。『悪霊』という作品を把握するには、そうした肉迫の仕方だけでは駄目で、『作家の日記』と連動する外的な諸問題、一八七〇年代のロシアの諸問題を扱わなければならないからである。一九三七年十月に中原が死に、「「悪霊」について」を十一月号で中絶して以来、ドストエフスキーを、あくまで自分自身が経過して来た歴史の問題と切り離さずに読んで来た小林には『白痴』を論じるに倍する困難がそこに立ちはだかっていると感じられていたのではないか。小林の困難を正しく見抜いた上で『近代史幻想』、なかでも「ドストエフスキーの七〇年代」を書いた河上徹太郎から僕はそういう示唆を受けた。河上との最後の対談「歴史について」（一九七九）の、最近、公表された録音（「考える人」二〇一三年春号特別付録CD）から心に残った部分を、最後に（話し言葉ゆえの繰り返しは省いて）活字に起しておく。これまで活字で公刊されていた対談とニュアンスが少し違っているからである。

小林　僕はね、ドストエフスキイを、もちろんよく読みましたよ。ただね、あたしゃ怠け者だし、また、こういう性質ですから、横の方へ逸れますから、あすこをやらなかったんだよぉ。あの、あんたが書いたところを。いいかな。
河上　ああ、一八七〇年代。
小林　そうそう。あれ。
河上　あれは大事なんだよ。
小林　大事なんだよ。ところが、俺はそんなことちゃんと知ってたんだもの、分かってるわ。分かってるけど、あたしゃ、あの辺になるともうちょっとめんどうくさくなってね……ていうのは、こういうことがあるんだよねぇ。
河上　ちょっとねえ、『悪霊』や……違うんだよ……
小林　おまえさん、ちょっと聞いてくれ。俺は、『罪と罰』を書いたんだ。「ははぁ、ドストエフスキイ、これで終わったな」という決定的な感じが、僕はあったわけだ。いいかな、これはそうだな。
河上　それがいいんだ、正しいんだ。
小林　正しいんだ。それからね、よし、でもなぁ、俺はこれまで書いたんだからもうひとつやっとこうかなぁと思ってやったのが、『白痴』なんだよ。で、『白痴』を書いてたら、トルソで終わっちゃったんだよ。「頭」が出来ないんだ。ははぁ、この「頭」は、あの、『罪と罰』にあるなぁということが、わかったんだよ。「あぁ、こいつぅ」と思って、「まぁまぁ待てや」といううちにだね、まぁ俺のことだもんで、あんなふうに横に行っちゃったものをだね、あんたはそこをパッと拾ってあそこ書いたわけなんだ。それは、僕は、……もちろん書けないよ、あんたみたいに。だけど……あれはやっぱりねぇ、全然、世界中にない、ああいうことから、あんた、書いたものはないよ。

『ドストエフスキイの文学』の急所は、ドストエフスキーの「一八七〇年代」を自ら生きて、そこを持続する「戦争の時」を終らせることの難しさにあった。周知のとおり、ドストエフスキーは『作家の日記』において露土戦争に関しファナティックな議論をぶち上げ、コンスタンチノープルはロシアのものだとさえ主張した。河上の言うとおり、「読者は首をかしげるどころか、その暴論や妄想にあきれることもある」のだが、河上は作家のコンスタンチノープル占有論について「何だか「大東亜共栄圏」時代に使はれてゐた言葉を思ひ出して尻こそばゆい思ひがする」と記し、作家の「「戦犯」的な言葉」を取り上げてこう書く。「しかしこの、衣の下に侵略主義の鎧がちらつく声明も、ドストエフスキーにとつては政治的なカムフラージュではなく、彼の文学的な本音なのである」、「この放言めいた政治論に正しく彼の作家としての思想の円熟があるのだ」（「ドストエフスキーの七〇年代」）。河上の念頭にあるのは露土戦争ではなく「大東亜戦争」だ。端的には、自身が司会者として参画した「近代の超克」座談会だが、河上は、対談の活字版では、はっきり小林に念を押したことになっている。「歴史の「おそろしさ」を知り抜いた上での発言と解していいのだな」と。「厭ふべき人間に堕落しないでも厭ふべき行為を為し得る」恐ろしさを知り抜いた上で、「戦争の時」を通過してそのリミットの向こう側に絶対的なもの（たとえば、キリスト）を出現させることに賭けて書くことがどれほど困難なことであったかを河上は正しく見ていた。敗戦に際して「文学的な本音」から「放言」したことのある小林が「ドストエフスキーの七〇年代」を読めば、河上の眼が『ドストエフスキイの文学』の急所をずっと差し覗いていたことが「はつきり」したはずである。

注1　僕は「小林批評のクリティカル・ポイント」（一九九二）で小林の「「白痴」について」を要約する文脈でこう書いていた。「「キリスト」は「意識の限界点」上にのみ現れる幻である」。小林は「幻」というようなことを、「「白痴」について」において一言も言っていない。しかも、当時、僕の念頭には『白痴』の

結末に現われるこのプリヴィジェーニエ（死者の幻影、幽霊、亡霊）のことはなかった。あったのは、坂口安吾との対談で『カラマーゾフの兄弟』のアリョーシャについて小林が語っていた「我慢に我慢をした結果、ポッと現われた幻なんですよ」、「彼の悪の観察の果てに現われた善の幻なんだ。あの幻の凄さが体験出来たらなあ――と俺は思うよ」という言葉だ（「伝統と反逆」）。言うまでもなく、アリョーシャとキリストは違う。また、『カラマーゾフの兄弟』と『白痴』は違う。だから、「「白痴」について」に関してキリストを「幻」と記したのは、全く不正確な断言である。しかし、そのことを承知の上で、なお僕はこの断言に今なお固執しないではいられない自分を感じる。それがこの注以下の本文を、そして以下の注を僕に書かせるのだということをここにお断りしておく。

注2　秋山駿はすでに「自己回復のドラマ」（一九六六）において、小林は『無常といふ事』、『モオツァルト』で達した完成の場所を「捨てた」地点から「「罪と罰」について」、「ゴッホの手紙」、「「白痴」について」を書いたと見た上で、「これを強行したものは戦争だった」と洞察していた。「「罪と罰」について」、「ゴッホの手紙」、「「白痴」について」には「戦争」以後の書記運動があるという意味だが、この洞察が翌年「小林秀雄の戦後」を書かせる。この論文で秋山は、この「決定的な移行」をデカルト／ヴァレリー的な思考（知性／中原中也の評言で言えば「ヴァニティ」）のパスカル／ドストエフスキー的な思考（心／中原の評言で言えば「魂のこと」）への重心の分裂として明確に摑み、そこに、死んだ中原の影を読み取っている。秋山は個人的な内部の記憶からそうするのだが、第六章で見たとおり、敗戦直後、大岡昇平を介して回帰して来た中原中也が小林に及ぼした傷は小さくなかった。「小林秀雄の戦後」とは、復員者が戦地から携えて来て突きつけた、死んだ中原が小林の深部に促した「晩熟」なのだ。だが、この秋山論文は、「戦争」あるいは敗戦の何が小林に分裂的動揺を強いたのかについては「社会も人間も観念も感情も見る見るうちに崩れて行き、言はば、形成の途にある自然の諸断面とでも言ふべきものの影像が、無人の境に煌き出

る」経験（「ランボオⅢ」）以上には明らかにしてくれない。鎌田哲哉「「ドストエフスキー・ノート」の諸問題（続）」（「重力 01」二〇〇二）は、上記秋山論文を踏まえた上で、より焦点を絞り、「「『白痴』についてⅡ」の隠された主題は、戦争による死を覚悟しながら生かされてしまった、小林自身の「荒唐不稽」さの記述、言い換えれば戦前─戦中の自分の思考への決定的な批判なのだ」と明記している。

注3「或る一点」をめぐるこの「記述の動揺」については前掲鎌田論文が「他者としての死」の感触が「記述のジグザグ」として表われた徴候であると指摘している。しかし、それが「他者としての死」に関する記述と「他者としてのキリスト」に関する記述の「ジグザグ」として表われるとはどういうことか。単に二つの記述のあいだを反復往復することではないだろう。鎌田は上記の二つの記述の「出会い」を指摘するが、奇妙なことに、「他者としての死」と「他者としてのキリスト」との「出会い」そのものを見ようとしない。ただ「練兵場の経験」が「聖書熟読の経験」と出会っている地点をテクストの上で「中間休止」として具体的に指差し、この「出会い」が結果として「二つの経験そのものの内容的な水準」を改変し、「ドストエフスキー・ノート」における死と時間性の認識に、この「ノート」以外の小林の文章における それとは違った水準（「地盤自体の切断」）をもたらしたと指摘するだけで、二つの経験そのものが「一挙に同時に」（「「ドストエフスキー・ノート」の諸問題──小林秀雄における言葉の分裂的な共存についての試論」、「批評空間Ⅱ-二四」二〇〇〇）書かれねばならなかった動機には肉迫しない。たとえば、「或る一点」が問題になっている「練兵場の経験」（他者としての死）に関するドストエフスキーの記述が、時系列的にはそれに後続する「聖書熟読の経験」（他者としてのキリスト）との「出会い」によって、すでにつねに浸食されていると小林が見ていたことについてはふれようとしない。しかし、小林は、明らかに、ドストエフスキーのキリストを、彼が練兵場で強いられた死の他者性の感触のただ中で把握したいのだ。その感触について書くだけではなく、そこで「一挙に同時に」キリストの他者性について書くほかない何かを「練兵場の経

験」に触知しているのである。端的に言えば、ドストエフスキーが、『白痴』では、「或る一点」（小林の言う「三番目の話」に出て来る）を、自分の「死」であると同時に、三分後、すなわち死んだ後に自分がそれになるべき「或るもの」（二番目の話に出て来る。ちなみに一番目の死刑の話はエパンチン家の召使に語ったものでこの一番目の話と二番目の話の間にナスターシャ・フィリッポヴナが、写真として、登場し、二番目の話の直前には、後述のマリー挿話の舞台となるスイス時代の村の滝と城の光景にムイシュキンが覚えた不安の感触が語られている）であるような何かの変奏として記しているからだ。それは外から射し込む光としての「自分の新しい自然」であり「今まさに到来しようとしているこの新しいもの」だが、これは、小林自身が周到に使用を避けたと思われる言葉で敢えて言えば、不死の異名にほかならない。つまり、「或る一点」は自分の「死」に属すると同時に「不死」に属するのだ。より正確には、「生」を外的なものとして排斥すると同時に「死」をも外的なものとして排斥してしまう運動なのである（中村昇「ある一点」（『小林秀雄とウィトゲンシュタイン』所収）は、『論理哲学論考』が内側から「語りえないもの」として限界づけた「倫理的なもの」をめぐって「或る一点」に論及し、二つの興味深い指摘をしている。ひとつは、この「或る一点」が「われわれが生きているこの世界のすこし外側にある」（傍点山城）ということ。もうひとつは、この一点がウィトゲンシュタインの「倫理についての話」の言う二つの感触をもたらすということだ。すなわち、世界が存在しているということ自体に対する驚異の感触と自分は絶対安全で何が起ろうとも何ものもわたしを傷つけることはないという感触とである。「或る一点」は、もしそれを言葉で表わせば、「神」とか「不死」とか「自由」とか、曖昧な言葉を呼び込まざるを得ないが、ウィトゲンシュタインにとって「倫理的なもの」とは、この、言葉では「語りえないもの」であり、だからこそ倫理に関する本を書くことがもし出来れば、その本は爆発して世界中の他の本を全部破壊してしまうだろうと彼は言ったのである。その意味では、語りえない「或る一点」について語ろうとしているドストエフスキーの『白痴』はもちろん、小林秀雄の「『白痴』について」も、世界中の他の本を全部破壊する起爆力を秘めた「倫理」の書なのである）。キリストとは「或る一点」というこの不気味な差延的振動なのだ。より正確には、「或る一点」が、キリストの眼を感知する内部の受容体《レセプター》なのである（「私たちはキリストと一緒になるのだ」）。小林は、ドストエフスキーがキリストを、刻々と微分されてゆく、自分の「死」との距離（死の他者性）において新たに受け取り直したと見たいのである。ただし、厄介なことに、ドストエフスキーはセミョーノフスキー練兵場でそれを経験していた、と言ってしまうわけにはいかず、むしろ、「或る一点」は練兵場ではまだ存在していなかった、と敢えて言った方がいいのかもしれない事情がある。ドストエフスキーは『白痴』において、強いられた「死」が間近に迫って来た自身の経験を、キリストを受け取り直した経験として遡及的に再構成しているからだ。僕の考えでは、それは、後年、マリア・ドミートリエヴナという、最初の妻になる女性との関係（とりわけ彼女の死）を経て初めて、そのときそこにそれが存在していたということがドストエフスキーに遡行的にはっきりしたのである（その詳細については拙著『ドストエフスキー』第三章Ⅲを参照）。「今まさに到来しようとしているこの新しいもの」および「或る一点」をめぐる二番目、三番目の話が、原作では、スイスの村の滝と城の光景がムイシュキンにもたらす不安をめぐる短い挿話（「練兵場の経験」が「作品の主音想《ライト・モチフ》」なら、滝のある村の光景がムイシュキンにもたらすこの不安は「「白痴」という全音楽の基音の一つ」なのである）と、それを受ける、マリーという不幸な女の死をめぐる長い挿話とのあいだにはさまれている理由はそこにある（その詳細については拙著『ドストエフスキー』第四章Ⅱを参照）。不透過な経験の時点（『ドストエフスキイの生活』の位相）では、予感はされても（小林が愛読し繰り返し参照したフォンヴィージナ夫人宛の手紙）、存在してはいなかったにもかかわらず、そこから先へ進めば進むほど後方に、過ぎ去ったその地点に次第に存在し始め確実なものとなってゆく何ものかがドストエフスキーの経験にはあった。『罪と罰』エピローグ以降のドストエフスキーにとって、書くとは、その「終末に漂ふ漠とした気分」（「「白痴」について」一九三四〜三五）から新たな作品を前方に書き継ぐこと（『ドストエフスキイの文学』の位相）によって、後方に存在し始めたその何ものかの存在の濃度を高めてゆく運動なのである（「「罪と罰」の結末なくしてスタヴロオギンといふ怪物の魅惑を語り得るか。「白痴」の破局の意味を知らないものがイヴァンの知性を人間化する事が出来たらうか。これが一切の秘密だ」同前)。小林はこうしたプロセスを「円熟」と呼んだが、注意すべきなのは、それは、練兵場での経験の尖端において聖書を熟読したオムスク監獄から出た後に、現実生活の位相においてならマリアやその恋人ヴェルグーノフのような、また作品世界の位相においてならナスターシャやロゴージンのような、あるいはレーベジェフやイヴォルギンのような「他人達との或る現実的な交渉」に分け入ってゆくことなしには、存在すらし得なかったということである。

注4 この認識は、小林を見据えた「或る一つの巨きな眼」を「ゴッホの手紙」連載において追いかけた後に書かれた「『白痴』について」では、「『罪と罰』について」におけるより深まっているようだ。「『白痴』について」では、ソクラテス(「汝自身を知れ」)が、「『罪と罰』について」の場合と異なり、「旧約聖書の登場人物めいた影」によってすっかり相対化されている。端的に言えば、「内的対話」(バフチン)を外側から射し貫くのは、「『白痴』について」では、ヘレニズム的な太陽ではなくヘブライズム的な眼でなければならないのだ(詳細は、デリダ『死を与える』を参照)。

注5 吉本は「終戦」の感触をめぐって小林が語ろうとしなかったことを言語化するところから批評を開始した。それが小林に対する吉本の本質的な批判になっている。その最も純化された定式が「マチウ書試論」(一九五四)における「関係の絶対性」だ。しかし、この事実を補助線とするとき、「『白痴』について」(一九五二〜五三)における「或る一点」に関する記述は、すでに小林の「終戦」経験の、吉本の告白ないし定式よりもさらにいっそう純化されたアレゴリーに見える。

注6 秋山駿は非凡なムイシュキンの苦しみと平凡なレーベジェフやイヴォルギンの苦しみとを「同格」に扱った小林の視線に注目している(「自己回復のドラマ」)。前掲鎌田論文(続編)は、まずこれを「無名性へ

の洞察」として踏まえた上で断言する。「ソーニャの存在がラスコーリニコフのそれに拮抗し、後者自身の忘却の性質を明るみにする事態」に対する「「罪と罰」について」の洞察が「「白痴」について」においては「イポリットの告白やレーベジェフの諧謔やイヴォルギンの虚言についての驚嘆すべき記述となって爆発する」と。イッポリート、レーベジェフ、イヴォルギンもムイシュキンにそれぞれの仕方で語ることで、ラスコーリニコフ同様、「自分にも思ひ掛けぬ自己を現す」からだが、鎌田は、それが記される五節以降に、四節まではあった、キリストという単数的な固有名への緊張の優位を解除して、それまでも伏在してはいた「「たゞの人」の複数的な無名性」に固執する運動への全面的旋回を読み取る。「我々のこれまでの読解の姿勢では、「白痴」（「「白痴」について」——山城）の四節までは解けても、五節以後の問題を解くことは絶対できない」。ここで「我々のこれまでの読解の姿勢」とは「「罪と罰」について」に読み取った「意識についての記述と他者についての記述との分裂的な共存」（「「ドストエフスキー・ノート」の諸問題」正編）を受けて「「白痴」について」に、「他者としての死」についての記述（端的には「練兵場の経験」）と「他者としてのキリスト」についての記述（端的には「聖書熟読の経験」）との分裂的な共存を読み取る読解を指す。「四節まで」と「五節以後」とのあいだから「小林秀雄についての批評自体を断ち割るクレヴアス」が生じるという洞察は限りなく的確だ。しかし、それは、一方における概念の暴力に対する固有名の抵抗と他方における単数的な固有名の暴力に対する無名性の抵抗という二つの記述の分裂的共存と規定することで把握できるような変動なのか。「続」の「C 他者としてのキリスト」の議論から「D 固有名と無名性——「書くこと」の問いの到来」での、キリスト／ムイシュキンという「単一的な固有名の暴力に対する無名性」の抵抗という議論へと旋回させる舵切りには何か不自然さがある。「ドストエフスキー・ノート」をめぐる鎌田の精細にして豪腕な読解はここで急速に力を失い、形骸化してゆく、というよりも、自分のオリジナリティを疑い、何者かから自己を差別化するために持札を隠したり裏をかいたりせずにいられない、何かあくせくとした目付きが感じられる。そもそも、レーベジェフやイヴォルギンに対する小林の執拗な目配りは「無名性への洞察」なのか。鎌田は秋山に依拠して述べているが、無名性という視座は鎌田が設けたものだ。秋山のものではない。秋山は、「中原中也に負っている」考え方として（「小林秀雄の戦後」）、ムイシュキンの非凡に彼らの平凡さを対置して後者を「同格」のものとして強調し、そこに小林の眼差しの特異性を見ただけである。たしかに、それは、鎌田の言うように、小林の『白痴』論の読み方として「何かがどこかで微妙に違う」。しかし、それをムイシュキンの有名性（celebrity）に対する彼らの「無名性」（obscurity）への洞察として受け止めるのもまた「何かがどこかで微妙に違う」のだ。鎌田はどうして「無名性」という概念を持ち込んだのか。「D」のタイトルにあるとおり、彼の念頭に「固有名」の問題が大きなものとしてあったからだ。では、なぜ「固有名」の問題が念頭に置かれるのか。思うに、柄谷行人に対する「影響の不安」（『探究Ⅰ』第十章におけるキルケゴールの、第十一章におけるバフチン／ドストエフスキーのキリストの他者性をめぐる考察への反感的共感、および『探究Ⅱ』第一部の固有名をめぐる考察への共感的反感）からだ。論の冒頭に繰り返して記入されている「匿名的」（anonymous）という言葉もその痕跡だろう。鎌田が指摘した「クレヴァス」は小林秀雄についての鎌田の批評自体をも断ち割っている。たしかに、諸記述の分裂的共存という鎌田の照明は「ドストエフスキー・ノート」において小林の言葉が取っている力動的な起伏を鮮やかに浮かび上がらせた。また、たしかに、小林は、「示すことはできるが語ることは決してできない性質の何か」（「「ドストエフスキー・ノート」の諸問題」正編）、したがって、読者は示されたそれを見るほかないもの（「解いてはならぬ巨きな謎」）にぶつかっている。だが、ここで重要なのは、にもかかわらずその感触を言葉で語ろうとせずにはいられなかったからこそ諸記述の分裂的共存という事態が生じたということではないか。小林は、キリストへの問いが、分裂的に共存する二つの項の一方（他者としてのキリスト）を構成する、「四節まで」のキリストに関する記述のままでは「単数的な固有名への緊張」に解消されて「固有名の暴力」に転じてしまうから「無名性への洞察」を「イポリットの告白やレーベジェフの諧謔やイヴォルギンの虚言」として記述したのではない。批評性を失って暴力や荒廃に陥ってしまわない為に二つの記述を分裂的に共存させたのではないのだ。たしかに、一方では、或る情況の中で一つの意識が何をどのように考えようと自由だが他者との関係はつねに絶対的なものとしてその自由を相対化しているという事態αがある。と同時に、他方では、他者との関係が絶対的なものとして一つの意識をどれほど相対化していようとその意識は依然として何をどのように考えるのも自由でいられるという事態βがある。この「矛盾」(吉本隆明)を人間の生存は強いられ続けているのだと正しく認識しているのは一つのことだ。だが、他者との関係の絶対性による意識の相対化が、「矛盾」を断ち切ろうという衝動(ウィトゲンシュタインの言うあの爆破的「倫理」)に結びつくということはまた別のことなのだ。前者から後者が自動的に出て来るわけではない。逆に、意志によって出て来るわけでもない。鎌田は「続」に付した「[補遺2] 山城むつみ「小林批評のクリティカル・ポイント」について」において、「一致」を求める運動がはからずも「不一致」を来してしまうことが批評なのではないかと述べた僕の文章を引いて「私は決して「一致」/「不一致」をこの通りの順番では考えない。むしろ「不一致」(ずれ)は所与としてつねにすでに現実にあり、反逆したとしても断ち切り難いものとしてそうなのだ」と書いている。鎌田は「反逆したとしても断ち切り難い」所与としてつねにすでに現実にある「不一致」に固執する。したがってまた、「分裂的な共存=「出会い」」を「永久に一方を他方に統合することのできない」ものとして、いやより正確には、一方を他方に統合してはならないものとしてそれに固執するのだ。たしかに「不一致」(ずれ)は所与としてつねにすでに現実にある。しかし、だからこそ、その「不一致」が楔のように身中に打ち込まれたどこかのモーメント(もはや認識ではない形での認知)において、それを「一致」させようと、その「不一致」を、つまり「矛盾」を断ち切ろうという衝動が(必然的にでも、意志的にでもなく)外から、異質なる他者(ト・ヘテロン)からやって来るのだ。そして、そうした衝動にもかかわらず、はからずも「不一致」を来してしまうとき、所与としてあった「不一致」と違った位相に生じたこの「不一致」を「危機であり恐慌でもあるような「批評」」として認めることに僕は固執する。「「白痴」について」の小林を駆り立てているのは「矛盾」を断ち切ろうという「渇え」だ。鎌田が明らかにした諸記述の分裂的共存という様態は、その衝動が通り過ぎた軌跡に左右に残された、いわば未遂未達の行動の残骸にすぎない。それは、小林が何かを追って通り過ぎた後に残された結果であって対象的に分析してその力学を解明すれば足りる何らかの目的ではない。だから、諸記述が分裂的に共存している事態の分析は、小林のそのような「書くこと」を読むこと、さらにそのような「読むこと」について書くことが、「矛盾」を断ち切ろうとしてその何かを追って為されない場合、真の力動性（衝動）の不在をどこかで暴露せずにはいないのだ。だが、「矛盾」を断ち切ろうとするとはどういうことなのか。「続」の「C」と「D」で鎌田は何を追っているのか。キリストはメシアという意味の普通名詞だというような反語的な意味でない問いとして、つまり注3を踏まえた上で訊きたいが、そもそもキリストは「単数的な固有名」なのか。ルナンやニーチェを参照しながらキリストについて何かを記述することは、作者ドストエフスキーがそうしたように、ムイシュキンという「機縁」と「他人達」（ロゴージンやナスターシャのように「有名」であると、イッポリートやレーベジェフやイヴォルギンのように「無名」であるとにかかわらず）との或る現実的な関係そのものを描く書記運動のただ中にキリストを、いわば「リザヴェエタの幽霊」のように幻として出現させることと全く別のことなのではないか。言い換えれば、「他者としてのキリスト」に関する記述と「他者としての死」に関する記述との分裂的共存における一項を構成しているキリストと、それを追跡した結果、その分裂的共存そのものが、異様な残骸として軌跡に脱ぎ捨てられてゆくことになるキリストとは全然、別のものではないのか。小林の眼前には後者がチカチカしており、それを捉えようと追った結果が、相互に排斥し合う記述を分裂的に共存させることになっただけなのではないか。本章は、いや本書はと言ってもいいのかもしれない、意識的にも無意識的にも、「「ドストエフスキー・ノート」の諸問題」正続に対するこうした疑問の群れから生まれている。意識的にも無意識的にも、とは、じつは本文を書いているとき鎌田論文のことは、少なくとも意識的には念頭になく、執筆後に、およそ十年ぶりに再読して、過去に読んだ鎌田論文への無意識の、したがって不正確な参照の痕跡が本文にあったことを不審に、また不安に思いながら意識的に確認する作業があったからである。ここに付された諸注の多くはその不審と不安の、意識化出来た限りでの記録である。

ノート一　武田泰淳「ひかりごけ」

1　解釈のステレオタイプ

長いあいだ読み返しもせず「ああ「ひかりごけ」ね、悪くはないけど」くらいの感じで受け止めていたのだが、たまたま読み返して、「ひかりごけ」の亀裂からもれて来る、どよめきのような音に驚いた。この騒音が小説という形式を破って、エッセイに戯曲を接ぎ木する破格の構成を強いていたのか、と。しかし、「ひかりごけ」というと、有名な人肉食と光の輪に関する次のような解釈ばかりが思い出され、その本文が読み返されることはなかったのである。

- 光の輪は、それを背負う者が犯した深い罪業の逆説的な象徴としてその人の首のうしろにともる。しかし、罪を犯した本人にはそれが見えない。
- 光の輪が船長や西川の首のうしろに出るのは、彼らが人肉を食べるなり殺意を抱くなり罪を犯したからだが、結末において裁判官や傍聴人たち群衆の首のうしろに光の輪がつくのは、人肉を食べていなくても彼らは船長や西川と同罪であるということを意味している。だからこそ、結末において群衆には船長の首のうしろの光の輪が見えないのだ。他方、この事実は、船長の罪はすでに浄化されつつあるということを暗に示している。

・ここから引き出されるのは、あらゆる人間は人肉食いだという告発であり、船長のようにその罪を自覚した者は、群衆のようにその罪を全く自覚していない人々よりも救いに近いという教訓である。

こういう解釈にもたれかかると、「ひかりごけ」は説教にオチてゆく。ところが、「ひかりごけ」には、「ひかりごけ」を内側から突き破る過剰な羽ばたきがある。「審判」や「蝮のすえ」(ともに一九四七)から本格的に小説を書き始めた武田泰淳が、「ひかりごけ」(一九五四)を書いて一度、破れてしまわなかったら、後年『わが子キリスト』(一九六八)や『富士』(一九七一)を書く武田泰淳になることはなかっただろう。破れ目からは騒音が聞こえる。ヒカリゴケの光学に眼を奪われて「標準的」な読みに従えば、その過剰な音声が聞き逃されてしまうのである。

2 光の輪A——西川と八蔵(第一幕の亀裂)

2・1 なぜ八蔵には見えるのか

そもそも、或る者の罪を表示するためにその徴として首のうしろに光の輪を描くというのは、かりにそれが逆説的だとしても、ずいぶん安易なやり方ではないか。あの武田がそんな安手のことをしたとは思えない。じっさい、解釈にとらわれることなく率直に本文を読めば、光の輪は都合のいい徴として光ってなどいないのである。

その光の輪はな。誰にでも、何処ででも、見えるようなもんじゃねえだ。ある人間がよ、ある向きからよ、ある短けえ時間だけ、見れば見えるだよ。

たとえば、西川の背後の光の輪は、こう語っている八蔵にだけ見えるのだ。なぜ八蔵に見えるのか。《人肉を食べていないから》。では、人肉を食べていなければ、八蔵でなくても「誰にでも、何処ででも」見えるのか。たとえば、結末において裁判官を始めとする傍聴人たち群衆は人肉を食べていないが、彼らには船長の背後の光の輪は見えていなかったではないか。《人間は皆「ひかりごけ」の傍聴人たちのように人肉食いをする可能性がある。人肉を食べていなくてもその「可能性」において人間は皆、船長や西川と同罪だから、群衆には船長の光の輪が見えないのだ》。しかし、その理屈に従えば、八蔵も「人肉食いをする可能性」においては西川と同罪ということになる。ならば、どうして八蔵には西川の光の輪が見えたのか。

光の輪のあらわれ方は標準的な読みが思っているほど単純ではない。逆から言えば、八蔵に西川の光の輪が見えた場面を単純に平板に読むから、結末を読み違え、告発と教訓しか読み取れなくなってしまうのだ。

私が読み得たかぎりでは、なぜ八蔵には西川の光の輪が見えるのかという問いを手放さずにこの場面を熟読していた「ひかりごけ」論者は小笠原克[注1]だけだった。彼は「人肉を喰った人間にのみあらわれるという緑色の〈うッすい、うッすい光の輪〉を見ることは誰に可能であるか」と正しく問い「それを見た人間は、じつに、「ひかりごけ」全篇を通じて、八蔵ただ一人である」と読者に注意を促しただけではない。一般に、人肉を食べなかった人間には〈光の輪〉が見えるはずだが、「ひかりごけ」の読者は「八蔵が見た〈光の輪〉を見ることはできない。〈光の輪〉が見えるということを認識するだけだ」と読者の思い込みを突き放してもいたのである。

我々は、西川の首のうしろの光の輪を「見た」ことなど一度もなかった。八蔵にそれが見えているということを「認識」して来ただけだ。我々読者のありようは結末の群衆と何ら変わりがない。この「上演不可能な「戯曲」」において、光の輪を見るとは、観客席から《今、確かに八蔵に光の輪が見えているな》と確認することではない。読者は単なる観客でいることが許されず、「自己流の演出者」として舞台に上がらねばならないのだ。次の場面において、八蔵の背後にまわり八蔵とともに西川の光の輪を「見る」ことができるかどうか、実地にやってみるといい。容易ではないはずだ。

八蔵　やっぱ、そうだわえ。おそろしいもんだ。
西川　何だ。何がおそろしいだ。
八蔵　おめえの首のうしろに、光の輪が見えるだ。
西川　(首を左右に回す) おらには、見えねえど。
八蔵　おめえにゃ見えねえだ。おらには、よく見えるだ。
西川　おめえの眼の迷いだべ。
八蔵　うんでねえ。昔からの言い伝えにあるこった。人の肉さ喰ったもんには、首のうしろに光の輪が出るだよ。緑色のな。うッすい、うッすい光の輪が出るだよ。何でもその光はな、ひかりごけつうもんの光に似てるだと。

八蔵と西川の台詞は戯曲の約束事に従って平面に交互に並置されているが、これらは一つの均質の舞台空間の中で発せられるべき台詞ではない。八蔵と西川それぞれの台詞が属している空間は全く異なる。光の輪は西川と対面している八蔵の視野空間にのみ現れ、八蔵と対面している西川の視野空間には現れないのである。八蔵が西川を見る空間と、西川が八蔵を見る空間とが、各々の台詞だけで無理やり縫合されているようなものなのだ。台詞は決して平坦に並んでいるのではない。台詞と台詞のあいだには、縫合し切れずにひらいた亀裂が走っている。光の輪は、それぞれの視野を交互に切り返すことによってかろうじてその断層に閃鑠《せんしゃく》する注2。観客席に座って客観的に見ることのできるようなものではないのだ。読者は八蔵の肩ごしに彼の視点から亀裂の向こう側に西川をのぞみながら自問すべきなのだ。西川の光の輪は、我々には見えないのに八蔵にはなぜ見えるのか、と。しかも、それは右の場面の直後、その見える八蔵にさえ、もう見えなくなってしまうのである。彼にさえ、「ある向き」から「ある短けえ時間」だけしか見えないのはなぜなのか。忘れるべきでないのは、彼が「もうすぐ死ぬ」ということだ。光の輪は、眼がかすんで焚火の光さえもう見えていない臨終の八蔵に見えていたのだ。と言っても、たんに死に近いという状況が光の輪を可視的にするのではない。餓死する間際の八蔵に何かが生じていなければ、光の輪は見えなかっただろう。では、末期の八蔵に何があったから彼のかすんだ眼に光の輪が見えたのか。

2・2　光源を背にして読む

それを考える前に、光の輪の光が一体どういう点で「ひかりごけつうもんの光に似てる」のか、ヒカリゴケの生態を一瞥しておこう。

ヒカリゴケは、洞窟内部のような薄暗い場所に（作中の中学校長のように）目立たずひっそりと生息しているが、じつは氷河期の生き残りとも言われる「永い年月、生きのびて来た植物の古強者《ふるつわもの》」であり、この植物なりに（船長のように）「生きんがために策略をめぐらす、蘚苔《せんたい》類の奇怪な生き方」がある。暗所に射し込む微かな光でも有効に摂取して光合成できるよう他のコケには見られない次のような集光メカニズムを発達させているのだ。すなわち、この絶滅危惧種は、わずかなりとも光が射し込むと、地表に薄い膜のように生え広がっている原糸体の円盤状細胞がレンズのように膨れて光線を屈折させて集め、他方、葉緑体が屈折光線の方向に移動し集まって光を効率的に吸収するのである。このとき葉緑体の奥で反射した光が我々には金緑色に光りかがやくように見える。ヒカリゴケは蛍のように自身で発光するのではなく外部から受けた光を反射して光るのだ。「光りかがやくのではなく、光りしずまる。光を外へ撒《ま》きちらすのではなく、光を内部へ吸いこもうとしている」のである。したがって、ヒカリゴケの光は「光源を背にして見ないと」判別できない（『原色日本蘚苔類図鑑』）。或る人にたまたまヒカリゴケが光って見え、驚いて「ホラそこ」とその場所を正確に指さしても、ちがう角度から見ている他人にはそこが全然、光って見えないということが起こるのもそのためなのだ。

同じことが光の輪についても言える。たとえば、武田の作品に光の輪が最初に登場する「異形の者」において、マンダラ絵図の画中、首のうしろに光の輪を背負っている仏たちが主人公に「何か残忍な感じ」を与えたのは背後の地獄絵図から射す光を吸い込み反射して光りしずまっていたからなのだ。

その見上げるような大幅のマンダラ絵図には、紫紺の絹地に、金泥や五彩の絵の具を使って、端から端まで無数の仏たちが描かれていた。大小とりどりの仏たちは、各々光の輪を首のうしろに背負い、すきまなくつながりあって、さまざまな円形や、心臓や花弁の形の中に坐っていた。全くそれはゾッとするほど数多く、虫よりも密集して、ビッシリと並んでいた。如何なる他の者も、入りこむ余地はなく、はみ出さんばかりに縦横に充満して、彼等は静まりかえっていた。その仏たちは、一様に何の表情も示していなかった。その冷静さは、片方に掛けられた地獄絵図の紅く裂け走る焔の中で、大きな口をあけた赤鬼青鬼たちより、何か残忍な感じをあたえた。そこにはもうテコでもうごかない、エネルギー不滅の原則のようなものが、一面にのぞき出していた。（傍点山城）

着目すべきポイントはふたつある。ひとつは、このマンダラ絵図が「仏像の背後にあたる板壁」に掛けられているということだ。武田の関心はつねに背後にある。大事な出来事はうしろで起こるのだ。もうひとつは、このマンダラ絵図の対面の白壁には地獄絵図が掛けられているということだ。つまり、「私」は仏像の背後に位置する通路を、左右をマンダラ絵図と地獄絵図に挟まれて歩いているのだ。おそらくは左右を交互に見返しながらこのマンダラ絵図を見上げている。思うに、マンダラ絵図単体を見ているだけでは見えなくても、対面の地獄絵図から切り返して眺めることで初めて見えて来るものがあっただろう。マンダラ絵図に密集してひしめく「おびただしき光の輪」は、まさしくヒカリゴケのように、対面の地獄絵図から投ぜられた罪深い光を吸収し反射して光りしずまっているのだ。この直後、「私」が仏像の正面に回り込んで仏像に対座して直覚する、人間でもない、神でもない「気味のわるいその物」は、たぶんこの切り返しによって見えるようになるのだ。それを見た、いやそれに見抜かれた「私」は、マンダラ絵図の極楽を、地獄の罪業が地獄よりさらに深く「静まりかえっ」たものとして想起するのである。

　極楽には、地獄と全く同じものが全く違ったものとしてあるだけなのだ。武田は、地獄絵図を、マンダラ絵図と対照的な正反対の境地を描いた絵図として配置したのではない。極楽が地獄の光を反射して光りしずまる場所はこの地上をおいてはないのだ。宗派の教義が何であれ、それが「私」個人の感覚だ。「自分としては、極楽がたとえあの世にあるとしても、それはつまらぬことであると思う。この世に於て極楽を建設することこそ僧侶の任務ではないか」、「自分は社会主義者と称すべきほどの者ではない。ただし、あの世の極楽なるものは絶対に嫌いである」。このような「異形の者」には、阿弥陀如来を始めとする無数の仏たちの光背は、この世の罪業を拭い去った浄土で光りかがやいているのではない。仏たちには地獄こそが一定すみかなのだ。きっと彼らもみな、深い罪業を背負ったまま、地上にああして累々と座している。ただ、自分が背負っているその輪に、赤鬼青鬼たちから射し込んだ光を吸い込み反射して光りしずまっているところが地獄と違うだけなのだ。

　仏たちの光背はその聖性を意味して発光しているわけではない。もちろん、それを背負う仏自身の罪業を象徴して自ら発光しているというのでもない。ヒカリゴケのように、ただ他者から射し込んだ地獄の光を反射しているだけなのだ。「何か残忍な感じ」はそこから来ていたのだ。

同様に、「ひかりごけ」の光背の光も、他者から射し込む地獄の光を反射して光る。光の輪は、その点において「ひかりごけつうもんの光に似てる」のだ。それは、人肉を食べた者に罪の象徴として自動的にともるのではない。客観的に「誰にでも、何処ででも、見えるようなもん」ではないのだ。すでに見たように、西川の首のうしろにともる光の輪は八蔵にしか見えなかった。しかも、その八蔵にもずっと見えていたのではなかった。「ある向き」から「ある短けえ時間」だけ見えた。西川とのあいだに或る関係が成立している間だけ見えたのだ。光の輪は、西川と八蔵とをつなぐパッサージュであって、前者から後者への一方通行路として一時的によぎるように光るのである。決して西川の属性（人肉食、殺意、一般に罪業）を表示しているのではない。ヒカリゴケの光が「光源を背にして見ないと」判別できないのと同様、おそらく西川の光の輪も、八蔵が「光源を背にして」西川に関係している間だけその光を反射して光りしずまるのだ。つまり、「もうすぐ死ぬ」八蔵の背後には「光源」が生じていたのだ。だが、「光源」とは何のことか。末期の八蔵の背後にどんな地獄が生じていたから、彼に西川の光の輪が見えたのか。

2・3　地獄のアミダ籤

武田は「ひかりごけ」で大岡昇平の『野火』に言及し、その主人公が、「「俺は殺したが食べなかった」などと反省して、文明人ぶっている」と批判した。これに対して大岡は後にこう反論している。

しかし、『野火』の主人公が、文明人の気取りで人肉を食わないというのは、明らかに誹謗でして、私はそんな意味であの作品を書いたのではないのです。おしまいの方に「あらゆる男は人食い人種で、あらゆる女は淫売だ」と書きましたが、人間は全部「ひかりごけ」の傍聴人のように人肉食いをする可能性がある。しかし、おれは食わないんだという倫理的選択として書いたつもりなんです。

「人肉食について」

ここで大岡の言う「おれは食わないんだという倫理的選択」は、それを貫くためには「神のような超越的存在の保障が必要で、さもなければ気違いにならなければならない」ような選択だ。大岡は「人間は一人ではそれだけの我慢はできない」と感じているのだ。彼がその選択を「倫理的」と呼ぶのは、「おれは食わないんだ」という自分一人の意志でどうこうできる性質のものではないからなのである。万人が「人肉食いをする可能性」があるという過酷な現実をひたと見すえた上で、それでもなお「食べない」という選択を主体の外部から保障してくれる他者、つまり「神のような超越的存在」はやはりあるのだという感覚が「倫理的」なのである。しかし、武田はまさしくそのような「可能性」を踏まえての「倫理的」選択にこそ文明人ぶった「錯覚」があると批判していたのではないか。

武田は「限界状況」に追い込まれれば人は誰であれ生きるために人肉をも食べるのだ、人間が生きるとはそれほどまでにあさましく恥ずかしいことなのだと、野蛮人を気取って文明人に凄んだのではない。げんに同じ状況でも八蔵のように、食べない者がしっかりと描かれている。では、『野火』の「食べない」主人公は、「ひかりごけ」の同じく「食べない」八蔵と倫理を共にしているか。

八蔵は、食べないことによって餓死したが、彼のその過酷な選択に「神のような超越的存在の保障」があったわけではない。さりとて、「気違い」になったわけでもない。このように、見るべき差異は、食べなかった『野火』の主人公と、同じく食べなかった八蔵とのあいだにある。食べた船長とのあいだではない。人肉を食べたか食べなかったかではなく、同じく食べなかったことにおけるこの差異こそが武田を大岡から隔てているのだ。さらに言えば、この差異こそが、食べた船長と、食べなかった『野火』の主人公とのあいだの埋めることのできない隔たりを照らし出してくれるはずだ。

八蔵は率直に告白していた。「おら、五助さ喰いたくはねえ。うんだが、あの肉はときどき喰いたくなるだ」。たしかに八蔵は五助の肉を食べなかったが、誰が食べても不思議ではない状況だった。そこではもはや、人肉を食べることが悪ではなく、食べないことが善なのでもなかったのだ。向こうに横たわっていた遺体が五助のそれでなければ、八蔵もその肉を食べていたにちがいない。八蔵はその「可能性」を痛感している。彼が食べなかったのは、たんにその肉が五助のそれだったからにすぎないのだ。食べないという五助との約束に忠実だったからではない。船長や西川よりも倫理的にすぐれたよい心を持っていたからではないのだ。どれほどその肉を食べたくても、彼が五助とのあいだに結んできた諸関係にそれを食べる機縁がついに生起しなかったから食べなかっただけなのだ。

逆に、船長や西川は、八蔵よりも利己的で残忍な悪い心の持ち主だから五助を食べたのではない。彼らはむしろ八蔵よりも倫理的に厳格な心を持っていた。にもかかわらず、彼ら各々が五助とのあいだに結んできた諸関係に、それを食べる機縁がひとたび生起すると、気が付けば彼らは五助を食べていたのだ。

食べる／食べないを決する契機は、その人の主体的な選択ではなくその外部からやって来る。ただし、「神のような超越的存在」からやって来るのではない。諸個人のあいだに降り積もった諸関係に生起する機縁が主体の外部から、食べる／食べないを決定するのだ。諸個人のあいだには、阿弥陀仏の光背のようなアミダ籤が蜘蛛の巣状に走っており、そこでの、それこそ茶柱一本の起つ／起たないが、人肉を食べる／食べないを左右するのだ。狭い個体の運命において過去から未来へ、タテ一本につながった「無常」の関係ばかりではなく「ヨコ一面にひろがった「縁起」の関係」（「限界状況における人間」）があり、それがタテ糸を接続したり分離したりしているのだ。

一切は運次第だということではない。どんな籤を引いたとしてもその籤のよしあしが最初から決定されていたわけではないのだ。引いた籤が善なのか悪なのかは事前にはもちろん事後にも分からない。にもかかわらず、「決めなければならない瞬間」（『富士』）は時々刻々迫って来るのであって、善悪を選択する基準など全くなくても、ある現実的な「瞬間」に迫られれば否応なく籤を引かねばならないのだ。選択するとは、否応なく籤を引くことを強いられるということだ。そういう選択として、船長も西川も八蔵も、彼ら相互の関係にはりめぐらされているアミダ籤を引いたのであり、その結果、前二者は五助の肉を食べ、八蔵は食べなかったのである。こういう状況では、選択するとは、かりに選択させられたのだとしても、その結果は引き受けるということだ。食べた西川と船長は、食べたことの結果を、食べなかった八蔵は、食べなかったことの結果を、たとえそれがどのようなものであれ、引き受けなければならない。善悪の基準が消え失せた場所で選択がなされた以上、その選択を善と「決め」るのはその「我慢」しかないのだ。

彼らの「地獄」はそこにある。しかし、八蔵、西川、船長、それぞれが背負っている地獄は同じではない。より正確に言えば、それぞれ異なる別個の空間に属している。それぞれの地獄を包摂する均質の空間などない。ただ、それぞれ固有の空間に属している地獄が他の空間に属している地獄を写し出すことができるだけだ。ここでは、西川と八蔵の地獄を見てゆこう。西川のうしろの光の輪が八蔵に見えるのは、末期の八蔵が「地獄」を光源として背負っている「短けえ時間」だけだ。では、彼の「地獄」とは何か。後述するように、それは恥辱である。この地獄では、西川と末期の八蔵のあいだに、「我慢」のありように応じて位相を異にする三つの恥ずかしさが分裂的に継起するのだ。

⑴　西川の恥ずかしさ（心理）

西川の「おら、恥ずかしいだ」は心理的なものだ。わかりやすい。死んだ五助の肉を食べたこと、そうまでして生き残っているということ自体が恥ずかしいのである。だが、この恥ずかしさは偶然性の感覚によって支えられている。「おら、どうして喰ったべか」。彼には理由が分からないのだ。天皇に対する「忠義のため」ではないが、「自分のため」なのでもない。「五助を食べる私」は八蔵ではなく西川の中に、いわば茶柱のように起ったのだ。だから、西川は食べたのである。西川はこんなふうに感じていただろう。

・たしかに、結果として俺が食べたが、俺が食べたのはたまたまにすぎない。あの状況では、五助を食べるのは俺でなく八蔵でもよかった。なるほど、それは俺が八蔵であったとしてもよかったと言っているに等しい。俺は八蔵ではない。俺は俺である。だが、俺がこのような俺であるのは偶然にすぎない。俺は俺をたまたま引き当ててしまっただけのような気がする。

彼は自分が食べたことに必然性を感じられないのだ。もしそれが必然的だったら、彼はあれほど苦しむこともなかっただろう。偶然の手触りなしに西川の恥ずかしさはないのだ。

(2) 八蔵の恥ずかしさ（残りのもの）

八蔵には、西川の恥ずかしさの底に偶然があるのが見えている。だから、彼は、五助を食べた西川を責めない。「恥ずかしがるのは、おめえが悪い人間でねえ証拠だよ」。これも心理的にわかりやすい。彼が西川を責めないのは彼自身がこう感じているからだ。

• たしかに、俺は結果として食べなかったが、俺が食べなかったのはたまたまにすぎない。あの状況では、五助を食べるのは西川や船長ではなく俺でもよかった。じじつ、俺は、五助は食べたくなかったが、「あの肉」は食べたくて仕方がなかったのだ。「たまたま」が別のかたちではたらいていれば、俺が食べていたとして何の不思議もなかった。

ただし、人肉を食べるのが貧乏籤で、食べないのが当たり籤ということではない。食べないとは、この洞窟ではとりもなおさず、餓死するということを意味するからだ。しかも、死ぬのが恐ろしいというだけではない。死ぬ恐ろしさは、ここではそのまま「食べられる」恐ろしさを意味する。「おれは食わないんだ」（大岡）とは他者に食べられるという「地獄」を意味するのだ。主体の内部において抽象的に問われる食べる／食べないという「倫理的選択」の問題は、すぐ目の前にいる他者との関係においては食べる／食べられるというグロテスクな問題となって表われるのだ。したがって、八蔵の感触はこう書き換えられる。

• たしかに、結果として俺が今日明日にも餓死して「食べられる」のだろうが、俺がそうして食べられるのはたまたまにすぎない。あの状況では、五助を食べるのは西川や船長ではなく俺でもよかった。じじつ、「たまたま」が別のかたちではたらいて俺が食べていれば、食べられないでいることも大いにありえたのだ。

ところで、八蔵は次のような考え方をする男だった。「十ぺえもある船のなかで、おらたちばっかが、難破さしたんではねえべな」、「おらたちみんな小樽さ無事について、こったら目に遭ったとしると、あんまり痛ましいでねえか。や？　他の奴らみんな小樽さ無事について、おらたちばっか、こったら……」。八蔵にとっては、難破したこと自体が「痛ましい」のではないのだ。他の九はいの船のように難破せずに小樽に無事に着くということも大いにありえたはずなのに難破したということが痛ましいのである。したがって、八蔵はこんなふうにも考えただろう。単に食べられるということ自体が痛ましいのではない、食べられないということも大いにありえたのに食べられるということが痛ましいのだ、と。

この「地獄」から生まれる恥辱がある。恥ずかしさに苦しんでいるのは、人肉を食べた西川だけではなく、食べなかった八蔵にも恥ずかしさはある。それは心理的には理解しがたいが、心理的でない次のような恥ずかしさもあるのだ。かつてナチスのSSはラーゲリの被収容者のなかから任意の人間を選び出して銃殺したが、このロシア式ルーレットのような方法でSSによってたまたま選ばれた或る大学生は選ばれた瞬間、顔をバラ色に染めた。大学生は選ばれたのが「確かに自分だと分かると、彼自身この偶然を認め、なぜ他の者でなく自分なんだと考えなかった」（アンテルム『人類』宇京頼三訳）。彼はただ顔を赤くしたのだ。アガンベンは彼の赤面について注釈している。大学生は「殺されるのに、ほかの者ではなく自分がでたらめに選ばれたことを恥じている」のだ、と（『アウシュヴィッツの残りのもの』上村忠男・廣石正和訳）。殺されるということは当然、「痛ましい」。しかし、その痛ましさが彼の顔を真っ赤にさせたのではない。彼は恥辱ゆえに赤くなったのだ。何が恥ずかしいのか。もちろん、殺されるということが恥ずかしいのではない。殺される籤が当たったのがたまたま自分だったということが恥ずかしいのだ。こういう恥辱もあるのだ。死ぬ覚悟が十分にできている者も、死ぬのに偶然指名される恥辱にはたえられないということを考えてみて欲しい。

アガンベンはカフカを参照しつつ、さらに踏み込んで注釈する。「その大学生は、生き残ったがゆえに恥じるのではない。反対に、恥ずかしさが、かれよりも長く生き残る」。アガンベンは、生き残った者が、代わりに死んで行った他者に対して感じる罪の意識という紋切り型の心理学を退ける文脈でこの大学生に言及しているのでこういう言い方になるのだが、この注釈は、武田を読む我々にとってありがたい。「司馬遷は生き恥さらした男である」と書いた武田を論じて恥という主題は心理的に様々に解釈されて来たが、アガンベンの光は、心理を超えた恥辱のシルエットをくっきりと浮かび上がらせてくれるからだ。生き残ることが恥ずかしいのではない。「恥ずかしさ」が生き残るのだ。そういう「残りのもの（resto）」としての恥辱がある。一切の心理を拭い去ってなお人間に残る「恥ずかしさ」があるのだ。

八蔵の恥ずかしさに戻ろう。たまたま食べない籤を引いたことによって餓死せねばならないのであってみれば、八蔵もまた、なぜ西川でなく俺なのだとは考えず、この偶然を耐えようとしただろう。そして、大学生の顔を真っ赤にさせたのと同じ「恥ずかしさ」にとらえられただろう。彼の場合も、食べられるということ自体が恥ずかしいのではない。食べられない籤も他にあったのに、食べられる籤がたまたま自分に当たったということが恥ずかしいのだ。食べられる籤を引いたのだと分かった瞬間、恥ずかしいという感情を含めたあらゆる心理を剝離して八蔵の背後に「残りのもの」が剝き出しになっただろう。八蔵はその「残りのもの」ゆえに恥ずかしいのだ。『審判』のヨゼフ・Kが、犬のように死ぬまぎわ、彼より長く生きのびるかのような恥辱を感じていたのと同様、八蔵もまた、犬のように死ぬまぎわに彼より長く生きのびるかのような「恥ずかしさ」を感じただろう。八蔵の最後の「我慢」はそこにあったはずである。思うに、八蔵に西川の光の輪を見ることを可能にさせていた「光源」とはこの「恥ずかしさ」なのである。

(3) 西川の恥ずかしさ（心理を超えたもの）

ただし、学生の赤面がアンテルムの脳裏に焼きついたように、八蔵の「残りのもの」もただ西川に見えるのであって八蔵自身には見えない。それは、八蔵の背後にあり、彼自身には無意識なのだ。八蔵はそれを知っているが「知っていることを知らない」のだ（フロイト「精神分析入門講義」）。しかし、アンテルムはあの大学生について書いていた。「彼の横にいた者はその肉体が半分裸にされたように感じたに違いない」。八蔵の「残りのもの」をまのあたりにした西川もまた半ば裸にされたように感じただろう。

それは、最初のあの心理的な恥ずかしさではもはやない。生きることはあさましく恥ずかしいといった心理とは何の関係もないのだ。西川の、心理としての恥ずかしさは、八蔵との関係において切り返されることで「残りのもの」として西川に露頭するのだ。西川は自分の背後に思いがけず露出したその「残りのもの」ゆえに恥ずかしいのだ。五助の肉を食べたということ自体が恥ずかしいのではない。五助を食べる籤が「でたらめに」自分に当たったということが恥ずかしいのだ。

西川は五助を食べたから不安なのでも、それで生き残るから恥ずかしいのでもない。今、八蔵の前に剝き出しになっているのは、そうしたあれこれの「心理を乗り超えたものの影」（小林秀雄）なのだ。この影は、「人間であるという運命」（マルクス）そのものの不安と恥ずかしさを語る異様な背光を背負っている。人間とは、人間のあとにも生き残ることのできるもののことである（アガンベン）。人間的なものが一切、破壊されてしまった後にも人間において生き残る「残りのもの」のことである。

西川の光の輪は、一切の人間的なものを乗り越えた地平にひとり立たされた「人間」のシルエットをくっきりと隈取って、それが我慢している不安と恥ずかしさを八蔵に告知する。八蔵はこのようにして、彼の背後にあり彼自身には無意識であったが西川には見えていたこの「残りのもの」を西川から切り返して受け取り直す。西川の光の輪が、八蔵に見えるのはこの瞬間である。

光の輪は、すでに焚火の光さえ少しも見えなくなっていた八蔵のかすんだ眼に見えたということを思い出そう。ヨゼフ・Kとちがい、八蔵は、その末期に自分の背後に露出した自身の「残りのもの」を他者の光背に反射させて認知する。逆から言えば、それが八蔵の背後で「光源」となっていたから八蔵には西川の首のうしろに光の輪が見えたのだ。それは、八蔵が死のまぎわ、「残りのもの」を背負って西川と関係している時間だけ、その関係の内側で八蔵にのみ見えるのである。

2・4　西川と八蔵のあいだの断層

食べなかった八蔵が、食べた西川を裁きも見下しもしないのは、相手の気持ちがわかるからではない。

おれにはお前のことは何一つわかっちゃあいないんだ。お前だっておれのことを何一つわかっちゃあいないんだ。わかっていなくたって、わかることもあることが、今、おれにはよくわかるんだ。

『わが子キリスト』の「おれ」がわが子イエスの死体の傍らで妻マリアに語る言葉だが、八蔵は西川に同じことを言ってもよかった。八蔵には西川の「恥ずかしさ」を理解することなどできない。彼にはただ、食べた者が食べたがゆえに「我慢」し通さなければならなかったその「恥ずかしさ」において、たまたま食べなかった自分自身の背後に露出した「残りのもの」を「我慢」することができるだけなのだ。

彼女の方だって、まるでおれだけが地上の人間であるみたいにして、おれにしがみついていた。しっかりと彼女にしがみつかれたおれは、はじめのうちは意外の具合わるさに困っていたが、そのうちおれの方だって地上の人間は彼女一人みたいにして、誰はばからず抱きしめていた。

同前

この洞窟に西川も、まるで八蔵だけが地上の人間であるかのように立っている。八蔵も地上の人間は西川一人であるかのように座している。両者の間には埋めることのできない隔絶があるのだ。八蔵には、西川を断罪もできないが、救済もできない。忌避もできないが、慰撫もできない。他者が苦しんでいる「恥ずかしさ」は、無視することも拒絶することもできないが、同時に、救うことも慰めることもできないのだ。もう一度、『わが子キリスト』の言葉で八蔵を代弁しよう。「死ぬほど悲しいではあろうけれども、その悲しみがとても美しいものであることを考えるんだ。どうぞ、こらえてくれ。このまま狂い死になどしないでくれ。おれにはお前を助けてやる力なんぞありはしない」。隔絶された個人が個人に対してできることなどありはしないのだ。

自身も知らない自分の「残りのもの」を「光源」として背負いながら、あわれな他者に向き直ったとき、それも、この他者の「恥ずかしさ」が、隔絶の向こう側でどうしようもなくかなしく愛おしいと感じられたその瞬間にかぎり、我々にも他者の背後に光の輪が見えるだろう。

3　光の輪B――船長と群衆（第二幕の亀裂）

3・1　船長の視野と群衆の視野

この「読む戯曲」では、複数の視野空間を交互に切り返して一方の背後から他方を見ながら亀裂を横断して彼らの対話を読むほかない。光の輪はただ〈読むこと〉の横断によってのみ諸空間の裂開部に閃鑠する。ひとつの空間内部に固定的に点灯しているのではない。したがって、この戯曲を読むには、誰の光の輪が誰のどんな視野に何故に見えるのか、誰のどんな視野に何故に見えないのかを問うことが決定的に重要になって来る。これらの問いを手放せば、光の輪は実体化し、「ひかりごけ」の世界は固有の立体性を失って、平板な説教に収縮してしまう。

たとえば、第二幕の結末、船長が法廷で検事、裁判長、弁護人、傍聴人たちに向かって「あなた方と私は、はっきり区別ができますよ。私の首のうしろには、光の輪が着いているんですよ。よく見て下さい」と述べるまさにそのときに、彼ら群衆の一人一人に光の輪がともり、「虫よりも密集し」ひしめくが、これらの「おびただしき光の輪」は舞台の上に客席から客観的に見えるように光っていると読まれて来た。無数の仏たちが平面に密集して描かれている当麻曼荼羅を見る者には、その夥しい数の光の輪が「誰にでも、何処ででも」見えるのとちょうど同じように群衆の光の輪も、舞台上に客席の誰にでも、何処ででも見えるのだと感じられて来たのだ。しかし、西川の光の輪の場合と同様、観客席に座って《今、確かに群衆の背後に光の輪がともっているな》と「認識」することは、これらの光背を「見る」こととはちがう。これらの光の輪は、客観的に「誰にでも、何処ででも」見えるのではない。それらはただ誰かの視野においてのみ現れるのである。では、群衆の光の輪は誰に見えているのか。本文に明記されているわけではないが、武田自身は自作をこう読んでいた。

あのとき裁判所の全部の人間に、裁判長にも検事にも弁護士にも、それから傍聴人にも、ぜんぶ光の輪がついているわけですね。しかし、彼らにはそれが見えない。見えているのは人肉を食った船長だけ。これは実におそろしいと思ったですよ、ぼくは自分で書いていて……。ぼくには、自分がなぜそういうものを書いたのかその理由がよくわからない。

古林尚との対談「禁欲が生んだ滅亡の文学」

作者自身の考えでは、このとき群衆の光の輪は「人肉を食った船長だけ」に見えている。船長の背後に光の輪が見えない群衆が密集して取り囲んだとき、その船長自身には群衆の無数の光背がまざまざと見えていたのだ。視野空間のこのギャップは驚くべきことである。

「あれをやった者には、見えないんですよ」という船長の言葉を《罪を犯した者には、自分のであれ他人のであれ、一般に光の輪は見えない》というコードと読んで、人肉を食べた西川や船長には他者の首のうしろにともった光の輪も見えないと読んで来た読者は少なくないはずだ。しかし、武田自身にはそんなコードなどなかった。「ひかりごけ」は約束事で読み切れるような細工物ではない。人肉を食べていない群衆にも光の輪が着き、人肉を食べた船長にそれらが見えるのみならず、人肉を食べた船長に着いているはずの光の輪が、人肉を食べていない群衆には見えないのだ。

光背は実体的な属性ではなく関係的な通路なのだ。「無数の路」が群衆と船長とのあいだにあり、船長の側からはそれが見えるのに群衆の側からは見えない。なぜ彼らには見えないのか。群衆に、八蔵に西川の光の輪が見えたようには船長の光の輪が見えなかったのは、彼らが船長を、八蔵が西川に対してそうしたようにはかなしんでいないからだ。彼らも大岡同様、「人間は全部「ひかりごけ」の傍聴人のように人肉食いをする可能性がある」くらいのことは、口さきでは言うかもしれない。我々も言うだけなら言える。我々のうちで人肉を食べなかった者がいるかと告発することさえできる。しかし、自分が人肉を食べないでいるのがアミダ籤を引いた結果なのだとしたら、その結果として人肉を食べなかった者が、食べた者に対して「おれは食わないんだという倫理的選択」を誇示するだろうか。もしそうするとしたら、それは「人肉食いをする可能性」を口さきで吹聴していても本当はアミダ籤を引いたと感じていない「文明人」と同じ「気取り」にすぎない。八蔵は西川に決してそのような誇示はしなかった。はっきり認めよう。我々は、自分の引いた籤を「我慢」することを通じて船長の「我慢」をまだかなしんではいない。船長の「恥ずかしさ」において我々ひとりひとりの背後にある「残りのもの」の光を反射させてはいないのだ。そうである限り、西川の光の輪が八蔵に見えたように船長の光の輪が我々に見える瞬間も訪れない。我々はここでも、ひとつの空間の内部に光の輪を見ようとするのではなく、船長の視野空間と群衆の視野空間を交互に横断するほかないのである。

船長に着いているはずの光背が群衆に見えていないことを知った船長は、「もしそうなら、恐ろしいこってすよ」と述べるが、彼はたんに、コードに従えば群衆もまた人肉を食べたという理屈になるから「恐ろしい」と言っているのではない。このとき船長には、群衆に着いている「おびただしき光の輪」が密集してひしめいている様がまざまざと見えているのだ。彼は、まのあたりにしている光背の群れから「何か残忍な感じ」を受けたはずである。おそらく、群衆の背後の輪は、船長のうしろの「光源」から射す光を反射して船長に対して光りしずまっている。船長は、彼らのうしろに着いた無数の光背をまのあたりにするまさにそのことを通じて、自分の背後にあった「光源」の存在をあらためて強く感じさせられていただろう。「恐ろし」さはそこから来る。「これは実におそろしいと思ったですよ、ぼくは自分で書いていて……」。こう述べる武田の恐怖は彼自身に直接した、対象化しがたい不快な感触だったはずである。「ぼくには、自分がなぜそういうものを書いたのかその理由がよくわからない」とこの直後に武田が言い添えていたのは韜晦ではない。彼に「ひかりごけ」を書かせていたのは、ほかでもない、感情を害する名状し難いその「おそろし」さなのである。

3・2 空間のギャップにつまずく

船長と群衆の視野空間のこのギャップは「おそろしい」。ト書きには、群衆は「処刑のためゴルゴタの丘に運ばれるキリストを取巻く見物人」に似ていたとあるが、これはたんに船長がキリストになぞらえられているということではなく、彼らが船長を嘲り「この男を殺せ」とさえ考えていたということを暗示している。船長は彼の「苔のおとなしさ」が群衆にそのような憤激（つまずき）を引き起こさずにはいられなかったまさにその点においてキリストに似ているのだ。じっさい、ロマーノ・グアルディーニが「ヨハネ福音書のキリスト」の対話構造に関して語った次の言葉が視野空間のギャップについてぴったりとあてはまる。

もし誰かが、ひじょうに深い「内部」の局面から、あるいはひじょうに遠くの「外部」の局面から状況のなかに語りかけるとき、その人の「なぜ」と「なんのために」は相手と一致しないので、その人の態度は容易に奇妙で愚かだと思われてしまうであろう。しかし、もしある者がその信念、その意識の核心において本当に絶対的な局面に立っているならば、永遠のなかに、神の意思のなかに立っているならば、そのとき彼はおそらく不可解という印象を他の人々に与えるだろう。しかし同時に、そこには何か偉大なものがあると他の人々は感じるに違いない。純粋、高貴、聖性、その他なんと名づけられようと、そういうものを感じるに違いない。その時何が起こるだろうか？　このような異質で不可解な感覚は、もし謙譲と愛がこころを融かすことがなければ、怒り、憤激、憎悪のそれになるであろう。これが聖書の告げる根本的な現象である〈つまずく〉という事態である！　事実このようなあり方で主イエスは存在している。

『ドストエフスキーを読む　五大小説の人物像における宗教性について』小松原千里訳

群衆と船長は同じ法廷にいる。にもかかわらず、両者が立っている「局面」は異なっている。同じ板一枚の舞台上にいながら、両者が属している空間は全く異質なのだ。だから、船長の「なぜ」と「なんのために」は群衆と一致しない。したがって、群衆は船長の態度を変だ、バカだ、不可解だと受け取る。しかも、同時に見過ごせない「何か偉大なもの」（「我々より一段上」のもの）を感じているため、この矛盾した「異質で不可解な感覚」はかえって「怒り、憤激、憎悪」に転じてしまう。彼らは船長に「つまずく」のである。

「あなた方と私は、はっきり区別ができますよ」と船長は言った。両者を区別しているのは、船長に光の輪があり群衆にはそれがないということではない。逆に、群衆にはそれがあり船長には実はそれがなくなっているということでもない。船長には群衆の光の輪が見えるがゆえに、そこに反射している自分自身の背後の「光源」を感じることができるのに、群衆には船長の光の輪が見えないがゆえに、自分自身の背後の「残りのもの」を感じられないということこそが両者をはっきり「区別」しているのだ。そして、その区別こそが、船長が所属している空間（＝局面）と群衆が所属している空間とのあいだに断層があることを示しているのである。「つまずく」とはギャップがあるということなのだ。

武田が「ひかりごけ」の結末で出したかったのは「キリスト受難劇に似た、騒然たる静寂の気分」だった。単なる静寂ではない。騒然とした静寂である。嘲笑や罵倒で口やかましい群衆に取り巻かれてゴルゴタへと歩むキリストの足どりはしずまりかえっていただろうが、その静寂は同時に異様な胸さわぎゆえに騒然としていなければならない。武田が結末で船長の周囲に感じ取って欲しかったのは、それと同じ「騒然たる静寂」である。巧妙な説教ではない。だから、結末を、一幅のマンダラ絵図のように遠近法的な奥行を失った平板なものと見、説教（教訓や告発）を読み取る不注意な読者のために武田はト書きに予めこう指示していた。「演出者が、よき演出（読み方）をなすためには、泰西中世の画家ボッシュまたはブリューゲルのグロテスクなる聖画、或は日本中世の絵巻物の表現法を念頭にうかべる必要がある」。武田はそのような「表現法」のために、船長を見る群衆の視野と群衆を見る船長の視野という、全く非対称的で異質な二つの「局面」を「あまりリアリズムのきゅうくつさに縛られることなく」無理やり結合しようとしたのである。

マンダラ絵図のみを単体で見ただけでは決して見えないが、マンダラ絵図から地獄絵図を見たのちに切り返してマンダラ絵図を見れば、地獄絵図の光を吸収し反射して光りしずまる「気味のわるいその物」が見える。同様に、群衆の視点から船長を見た視野には決して見えないが、一度、船長の視野において騒然たる群衆（光の輪の群れ）を見たのちに切り返して船長を見れば、この赤鬼青鬼たちから射し込んだ光を吸収し反射して「何か残忍な」もの（「騒然たる静寂」）が船長の首のうしろで光りしずまるかもしれない。おそらく、その可能性に賭けて武田は、対向する二つの全く相容れない視野空間を、いわばモザイク画のように一平面上に結合しようとした。不注意な読者にはこの逆遠近法的な立体性が平板に見え、「騒然たる静寂」の代わりに説法が聞こえるのだろう。だが、武田が形式の問題に悩んだのはここなのだ。「三十三日間の北海道旅行が完《おわ》ってから、すでに二ケ月になる私には、この事件をどのような形式の小説の皿に盛り上げたらよいのか、迷うばかりです」（傍点山城）。武田が「ひかりごけ」執筆において最も心を砕いたのは「形式」の問題だったのだ。

4 「読む戯曲」という形式

4・1 戯曲の上演不可能性

それぞれの登場人物が属している複数の相容れない空間をモザイク的に結合することを可能にするのは「どのような形式」なのか。

> 劇では、複数の視野がそれぞれまったき状態のまま、超視野的な統一性において結合することが不可能なのだ。劇の構造がそうした統一性のための足場を与えてくれないからである。

「ひかりごけ」の武田は、船長の視野、西川の視野、八蔵の視野、群衆の視野、等々、複数の視野を相互に切り返すことで、それぞれが「まったき状態」を保ったままで結合しうるような形式を求めており、じじつ光の輪は、この結合を可能にする「超視野的な統一性」において微かにともるはずだが、では、非演劇的な「どのような形式」がそのような結合を可能にするのか。「ひかりごけ」において光の輪があらわれる精妙な光学が、バフチンの言う「ドストエフスキーの世界の特殊性」に酷似していることに注目しよう。

グルーシェンカの客観的な形象も存在しない。彼女は、ドミートリィ・カラマーゾフの様々な声音のもとに我々に与えられるのだ。彼女はドミートリィをくすぐるように、そのように我々をくすぐるのである。かくして、ドストエフスキーの作中人物が舞台で演じられると、本で読んでいるときとは全く違った印象をもたらすことになる。ドストエフスキーの世界の特殊性を舞台で表現することは原理的に不可能なのである。我々はいたるところで作中人物とともにあるのであって、ただ彼らが見るようにそのようにしか見ることができないからである。ドストエフスキーは或る作中人物に肩入れしているかと思うと、やがて見放して別の作中人物に肩入れする。我々は或る登場人物にぴったりと張り付いていたかと思うと、別の登場人物の後を追うのであり、或る登場人物につきまとったかと思うと、後には別の人物につきまとうことになるのである。独立した二ュートラルな場所は我々には存在しない。主人公を客観的に見ることなど不可能なのである。このようにして、フットライトは作品の正しい受容の仕方を滅茶苦茶にしてしまう。作品の演劇的効果は、複数の声が飛び交う真っ暗な舞台である、それ以上のものではありえない。

バフチンによるセミナーの聴講者ミールキナのノート

群衆の光の輪も「客観的な形象」としては存在していない。それはただ船長の視野においてのみよぎるのだ。「ひかりごけ」にも、光の輪を客観的に見るための独立した「ニュートラルな場所」は存在しない。マッカウシ洞窟の内部にヒカリゴケが一面、生えているのだとしても、「洞内一面に、はなやかな光の花園を望み見ることなど、できはしない」のと全く同様に、光の輪も、かりにすべての人の背後にあるのだとしても、全員の背後でそれが光っている様を見ることのできる座席はこの劇場に存在しない。また、ヒカリゴケが、見る者の「姿勢や位置や視線の方向」によって「あるわずかな一角が、ようやく光の錦の一片と化したと思うと、すぐ別の一角に、その光錦の断片をゆずり渡してしまう」のと同様、光の輪も、「光源」を背にしている或る特定の人が或る他者の背後に或る向きから或る短い時間のみ見ることができるだけで、光は次の瞬間、別の人の背後に移動する。

したがって、「ひかりごけ」も、舞台で演じられると、本で読んでいるときとは全く違った印象をもたらすことになる注3。「ひかりごけ」の世界の特殊性も舞台で表現することは原理的に不可能なのである。我々はいたるところで作中人物とともにあるのであって、ただ彼らが見るようにしか見ることができないからである。たとえば、船長の首のうしろにともる光の輪は、群衆の背後から群衆の肩ごしに船長を見なければ見えない。いや、たんに群衆の視野から船長を見ただけでは見えない。それは、一度、船長の背後から船長の視野において群衆の「残りのもの」(地獄絵図)を見すえた上で、切り返し、群衆の背後に座席を移動してそこから群衆の肩ごしに群衆の視野において船長(マンダラ絵図)を凝視したときに初めて微かに見えるにすぎない。

だから、舞台上の船長の首のうしろに緑色の光の輪をともして、それを客席の観客に客観的に見せるというような演出は「ひかりごけ」をだいなしにしてしまう。舞台を客席から仕切って闇の中に浮かび上がらせる照明装置は光の輪のまともな見方を滅茶苦茶にしてしまうのである。「ひかりごけ」の世界の特殊性を破壊しないように上演するとしたら、舞台と客席から構成される通常の劇場を破壊せねばならなくなるだろう。あるいは、照明をすべて消して暗闇の中に舞台と客席の区別が没した劇場において複数の人間によって朗読するか。この作品の演劇的効果も「複数の声が飛び交う真っ暗な舞台」以上のものではありえないのだ。光の輪は、「何か声を出せば、私たち肉食獣の肉声の粗暴さが、三方の岩壁から撥ねかえってくる」マッカウシ洞窟のように暗い劇場の内部で朗読者それぞれの肉声がそれぞれの姿勢、それぞれの位置、それぞれの角度からそれぞれの他者の背後にともすほかないのだ。しかし、それは事実上、上演不可能ということにほかならない。

「ひかりごけ」は原理的に上演できないなどと言えば、《一九五五年以来、劇団四季が繰り返し上演して来ているではないか》と言う人がいるだろう。それはそのとおりである。のみならず、武田自身がその上演パンフレットに「楽しみにしている」と結ぶ好意的な文章を寄せている（「「ひかりごけ」の上演について」）。しかし、そこには「二つの幕の終りに奏される音楽の音符が一オクターブちがっても、この船長の性格と運命に対する演出者の解釈と表現は、ガラリと変ったものになる」という一文が針のように差し挟まれている。いかにも武田らしい悪意である。作者である武田自身、船長をどのように解釈し、表現するのが正しいのかを知らないでいるというのは事実だが、この武田のぶつかっていた困難を気やすく受け取るべきではない。作者にさえ作中人物を扱いかねさせているその困難は、武田に新しい小説形式を産み出させることもできたそういうアポリアなのである。「ひかりごけ」を上演するのならば、舞台と客席から成る劇場を破壊する新しい演劇形式を産み出すほかない。バフチンが想定している程度の「劇の構造」の内部に小器用にまとめてしまうことは「ひかりごけ」を矮小化することにしかならないのだ。たしかに「ひかりごけ」には、音符が一オクターブちがっても一切がガラリと変ったものになってしまうような壊れやすい音楽がある。「ひかりごけ」のテクスト自身が不断にそれを破壊してしまっていると言ってもいい。本文に生じた亀裂からそれを聴き取るほかない「騒然たる静寂」があるのだ。光の輪とはその異名にほかならない。

4・2　武田の困難

だとすれば、武田はなぜ戯曲という形で書いたのか。紀行文風のエッセイに二幕の戯曲を接ぎ木するという破格の構成を武田に強いたものは何だったのか。武田自身は「書いてるうちに行詰って戯曲の形でないと書けなくなったので、戯曲の形を使った」と述べている（「私の創作体験」）。だが、どのような困難が武田に形式上の工夫を強いていたのか。

いずれにせよ私は、「文明人」諸氏から、珍奇であり残忍であると判定されるにちがいない、ペキン事件、この読者にはあまり歓迎されそうにない題材に、何とかして文学的表現を与えなければなりません。私はこの事件を一つの戯曲として表現する苦肉の策を考案いたしました。それは、「読む戯曲」という形式が、あまりリアリズムのきゅうくつさに縛られることなく、つまりあまり生まなましくないやり方で、読者それぞれの生活感情と、無数の路を通って、それとなく結びつくことができるからです。この上演不可能な「戯曲」の読者が、読者であると同時に、めいめい自己流の演出者のつもりになってくれるといいのですが。

「ひかりごけ」

言うまでもなく、武田は、人肉食事件という「読者にはあまり歓迎されそうにない題材」に「文学的表現」を与えて読者に口あたりよく受け入れられるように「「読む戯曲」という形式」を選んだのではない。武田には人肉食というセンセーショナルな内容は最初から問題ではなかった。武田がこの実在の事件に関心を持ったのは、人肉を喰うという過酷で陰惨な非日常に好奇心を刺激されたからではなく、この暗く険しい肉食獣的な事件に、「おだやかではあるが陰気でない」おとなしさが閃鑠するのを直覚したからなのだ。

武田の嗅覚はつねに、おとなしいものに憧れ、それを探し求めていた。たとえば、『わが子キリスト』で「おれ」がマリアに嗅ぎつけていたのは「石にもまさる固いおとなしさ」だった。同様に、「ひかりごけ」においても武田の視線は、船長の「想像しうるかぎりの悪相」にではなく、そのただ中から閃くように浮んで来るおだやかな表情をとらえている。「おだやかではあるが陰気でない」中学校長の「やさしく恥ずかしそうな微笑」に酷似した船長のおとなしい表情を洞察しているのだ。船長の狡猾さ、残忍さにではなく、まさしくその肉食獣的な粗暴さ、冷血さ、暗さのただ中からこそ開花し得るような植物的なおとなしさ、おだやかさ、明るさとして閃鑠する事実をとらえているのである。

「ひかりごけ」の眼目は、猟奇的事件の核心に、踏まれても音一つ立てない「苔のおとなしさ」を聴き取ることにある。それは、「異形の者」に登場する大僧正の「枯木のように無抵抗な姿」と似て非なるものだ。枯木のおとなしさは「獣性を洗い落され」ている。しかし、苔のおとなしさは「肉食獣の肉声の粗暴さ」を内部に吸い込み、それを反射して「光りしずまる」のだ。ちょうど、マンダラ絵図の仏たちが、地獄絵図の赤鬼青鬼たちから切り返し投ぜられた罪業深い光を吸収し反射して光りしずまっていたように。武田は、残忍な肉食獣的な事件の核心に、おとなしい植物的微光を直覚していたのだ。

むろん、武田も、まず「ひかりごけ」冒頭に叙述されている「風物にとりまかれて」いなければ、また「おだやかではあるが陰気でない」校長から聴かされたのでなければ、この事件に関心を持たなかっただろう。校長は今、「やさしく恥ずかしそうな微笑」をたたえているが、それは、ここの「地形や気候」が真冬に剝き出しにする荒々しさ、厳しさ、危うさそのものが真夏に一過的に静かさ、のびやかさ、おだやかさ、明るさとしてほころびるのと全く同様に彼の表情に開花している。そんな校長の「無邪気な明るい口調」こそが、「私」が事件に切り込んでゆく角度を決定しているのだ。「ひかりごけ」を読むことは、校長のこの調子の明度をいかにチューニングするかにかかっていると言っても過言ではない。「その船長は、仲間の肉を喰って、自分だけは丸々と太って、羅臼へやってきたんですからね。全く凄い奴がいますよ」と語ってこの話を「私」に紹介した校長の「無邪気な明るい口調」こそが「私」を人肉食事件ではなく、暗くはあってもジメジメと陰にこもることのない「事件なるものの内容」へと導き入れたのだ。そのおとなしい「内容」を語るにはそれにふさわしい形式がある。校長の口調が彼を「事件なるものの内容」に導かなかったなら、「私」はこの陰惨な事件を「どのような形式の小説の皿に盛り上げたらよいのか」と考え込むこともなかっただろう。

武田がこの問いを記したのが、S君が『羅臼村郷土史』に記録した「難破船長人喰事件」をひととおり紹介し終えた直後であるということに注意しよう。それは記録と言うよりも、「船長の内心の苦悩と不安をよく表現し得た、名文」で「恐るべき想像」まで交えて書かれた「一篇の心理小説」のようなものなのである。しかし、人肉食に関してはこういう「小説的」なスタイルのより洗練されたものとして野上彌生子の『海神丸』や大岡昇平の『野火』のような作品があるのだが、こういう「楷書のリアリズム」(本多秋五)では事件は書けても、「事件なるものの内容」は描けない。いかにも「小説的」な形式では、事件という「もっともらしい大きな形骸」(暗さ、残忍さ)ばかりが捉えられて、その「本質」において「閃鑠する小さい姿」(暗くはあっても陰にこもらない穏やかさ)を捉えることができない。思うに、この困難こそが「形式」に関し武田を悩ませていた。人肉食事件を「あまり生まなましくないやり方で」表現したかったほんとうの理由はそこにあったのである。

5　光の輪C――船長と西川（第一幕の亀裂）

5・1　殺意と祈禱音楽

船長は「私の首のうしろには、光の輪が着いているんですよ。よく見て下さい」と検事に迫っていたが、どうして彼は自分に光背が着いていることを知り得たのか。それはあれをやった船長自身には、見えなかったはずなのだ。六ヶ月の反省の結果、それに思い至ったのか。しかし、他者の首のうしろに生じる光の輪に船長自身の「光源」の反映をかつて見たことがなかったなら、どうして自分にアウラが着いていると反省し得ただろう。第一幕のあの洞窟の中で西川と対峙した次の場面がその契機なのではないか。

西川　おら睡らねえぞ。（殺意を生じて自製の銛を手にとる。それと同時に彼の首のうしろに、ふたたび緑金色の光の輪を生ず）
船長　（気配を察して上半身を起す）おめえ、俺を殺すつもりか、おめえにそのつもりがあれば、俺だって殺すぞ。（船長の首のうしろにも、光の輪を生ず）
西川　おら、おめえには喰われねえぞ。
船長　死ねばどうでも喰われるでねえかよ。喰われねえでは、いられねえよ。
西川　おら、死んでもおめえには喰われねえように、してみせるだ。
船長　何しるつもりだ。逃げるんか。

西川　うんだ。

船長　何もそったら、ムダなことしることたねえだ。どうせおっ死《ち》ぬなら、ここで死ねや。な、後に残るもんの身にもなってみろや。

船長と西川しかいなくなったこの洞窟でそれぞれの光の輪は誰に見えているのか。小笠原克さえ、「約束事からして当然、両者に《光の輪》は見えぬが」と記しているが、すでに見たように、自分の背後に着いている輪は、あれをやった本人には見えなくても、反射して光っている以上、それが見える他者は必ず存在する。たとえその他者が罪を犯していても、「光源」を背にしてさえいれば、その他者にはそれが見えるのだ。しかし、もし西川には船長の、船長には西川の光の輪が見えていたのだとしたら、我々はふたりの「殺意」をどう読めばよいのか。

西川がついに逃げ出したとき、西川を船長はこう叫んで追いかける。「西川よ。待てや。そったらもってえねえこと、するもんでねえだ。西川よ、待たねえか。俺をひぼしにして何になるだ」。恐ろしいような情けないようなせつない言葉だが、悲壮なのにその悲壮さがきわまっているからこそ、そこからはどうしようもなく笑いがくすぶるように込み上げて来る。食うか食われるかという地獄が比喩ではなくこのように文字どおりの意味で現実化されてみると、フシギなことに、その凄まじさにはどこかしら滑稽で「いくらか喜劇的」なものが漂うのだ。

ここでは殺意が何か別のものに感じられる。この殺意を的確に注釈しているのは、西川に殺意が生じた頃から洞内に鳴りわたるよう武田がト書きに指定した「祈禱音楽」だ。アイヌは熊祭りの際に熊の首を二本の丸太で挟んで絞め殺しその肉を全員で食べるのだが、このとき、「殺す血なまぐささ」を忘れさせるほど「深き感謝の意」をこめた歌謡が歌われる。今、洞窟で鳴りわたっている「祈禱音楽」はその歌謡をモティーフとした楽曲である。したがって、奇妙なことだが、殺意は、ここでは憎しみよりもむしろ愛しさに近くなっている。いや、愛憎を超え出たところで相手を愛おしむあのかなしさだ。

たしかに地獄はこれ以上ないほどにおぞましく「静まりかえって」いるのだが、武田は、この地獄に満ちているエネルギーを「道化と寓意をまぜ合わせた奇妙な文体」（本多秋五）によって極楽に変換しようとしているようだ。最悪の悲劇をこの上ない喜劇に転換しようとしていると言ってもいい。第一幕を地獄篇、第二幕を煉獄篇、紀行文的な序を天国篇とみなせば、「ひかりごけ」はそれらを同時にしかも全く同じ位相において重ねて描こうとした武田泰淳の『神曲』である。「ひかりごけ」は『神曲』が喜劇であるという意味において喜劇なのである。

5・2　おびただしい鳩の羽音

逃げた西川と追った船長との間に何があったのかは書かれていない。しかし、西川が逃げ出すと同時に、「殺す血なまぐささ」を忘れさせるほど「深き感謝の意」をこめたあの祈禱音楽が次第に高まり「最高潮に達する」というト書きが何を暗示しているかは言うまでもない。

武田は「ひかりごけ」の十四年後の『わが子キリスト』で、暗示ではなくそれを描写している。ユダ自身にユダの首を絞めることを命じられた主人公は「おれとお前とこの二人、この二人の上にどうしてそんな事がらが発生しなくちゃならんのだ」と抵抗するものの、「決めなければならない瞬間」が来れば彼もアミダ籤を引かねばならず、結果、ユダの首にとびかかるのだ。このとき生じる次の出来事と全く同じことが西川に対する船長に起こっていたとしても不思議はない。熊祭りにおいてアイヌが熊の首を絞めるときのように船長が西川の上に躍りかかっている姿を思い描こう。

> 岩山でもにぎりつぶすほどの力、急流でもせきとめるほどの力を、おれはおれの両手にこめた。だが実さいは、そう思いつめていただけで、おれのもろさ、おれのたよりなさが、十本の指と二つの掌の中でうごめいていたのかも知れない。両眼をつぶったおれの耳に、おびただしい鳩の羽音がきこえていた。この四つ辻に餌はないのだから、鳩や小鳥たちが集ることは、かつてなかったのに、鳩の羽音にまじって、名も知らぬ小鳥たちの楽しげな啼き声が、にぎやかにきこえていたように思う。

ここでも「殺意」はもはや何か別のものになっている。「鳩の羽音」は、「おれ」とマリアが先に洞窟の中でわが子イエスの死体に寄り添いながら朝を迎えたときに聞こえていた「鳩の翼の音」である。「とびぬけておとなしい」マリアが、わが子イエスが殺されて死ぬほど悲しんだその悲しみをこらえている「我慢」は彼女の外部で次のように炸裂していたのだ。「洞窟の岩壁のどこかで鳩の羽音がきこえた。おとなしいはずの鳩の翼の音でさえ、そのときはバタバタとそうぞうしい、むしろたけだけしい生物のうごきの音のようにきこえた」。マリアのおとなしさは、鳩のはばたくこの羽音を「山羊や水牛の革よりもっと厚い」皮で包んでいる「死ぬまで破れっこなし」の「厳丈なおとなしさ」だった。このおとなしさは「たけだけしい生物のうごき」を秘めているのだ。その「残忍な感じ」に比べれば、荒ぶる「おれ」の外見的な雄々しさ野蛮さなど、もろく、たよりなく感じられる。

しかし、「おれ」は右のようにユダに飛びかかり彼の首を絞めている最中にマリアのこの獰猛なおとなしさを手に入れる。彼の十本の指と二つの掌の中でうごめいているのは、「おれのもろさ、おれのたよりなさ」なのだ。「おびただしい鳩の羽音」が彼の耳を聾したとき「石にもまさる固いおとなしさ」が彼を領していたはずである。このあと彼が、十字架上のキリスト、すなわちあの「おとなしい説教者」、「牛や馬みたいに、おとなしいことかぎりなしの気ちがい」と同じように「普通の人間ではなくなって」いくのは、彼自身がこのおとなしさを手に入れたこの瞬間からなのだ。この奇妙な「殺意」なしには、「おれ」が復活のキリストを演じることはありえなかったのだ。

5・3　西川の光の輪が見えるとき

「おれ」とユダとの以上の関係は、船長と西川との関係に似ている。先に引用した、西川と船長の対話を、八蔵と西川との対話を下に敷きながら読み返そう。

西川の背後に生じた光の輪も、単に西川の殺意の象徴として自ら発光していたのではない。もちろん、西川が船長に対して殺意を抱いたのは事実だ。そのために彼の背後に光の輪が生じたのも事実である。だが、その輪は「誰にでも、何処ででも、見えるようなもん」ではないのだ。おそらくは、五助の肉を食べた西川をかなしんだその瞬間だけ西川の光の輪が八蔵に見えたように、船長に対して殺意を生じた西川をかなしむことができるようになれば船長にもその瞬間だけは西川の光の輪が見えるのだろう。

　たとえば、西川の睡っているあいだに西川を殺して食べてしまおうと幾度も思ったことがあり、それを「我慢」したことがある船長でなければ、西川の背後の光の輪は見えないのではないか（「誰にでも」見えるものではない）。しかも、そのような船長が、さながら『わが子キリスト』の「おれ」がユダの首を絞めたときのように、実際に西川に躍りかかったとき、ただその瞬間にのみ、船長に見えるのではないか（「何処ででも」見えるものではない）。その瞬間、「岩山でもにぎりつぶすほどの力、急流でもせきとめるほどの力」を、船長も彼の両手にこめただろうが、実際には、彼のもろさ、彼のたよりなさが、「十本の指と二つの掌の中でうごめいていた」だけなのかもしれない。そして、両眼をつぶれば船長の耳にも「おびただしい鳩の羽音」が聞こえただろう。「異形の者」のマンダラ絵図の仏たちの光の輪が、対面の地獄絵図から投ぜられた罪深い光を吸収し反射していたように、このとき西川の光の輪も、西川自身に生じた殺意が、西川に対する船長のこのような関係性を反射して光りしずまっていただろう。その光は、船長との関係の内側に或る関係性が成立した場合にのみ、ただ船長に見えるのである。

「殺す血なまぐささ」を忘れさせるほど「深き感謝の意」をこめた祈禱音楽の音が最高潮に達したときに起こっていたのは、おそらく以上の出来事だ。「その瞬間、洞内のひかりごけ一せいに光をはなち幽玄なる緑金色、舞台に満つ」と武田はト書きに書いている。ただし、注意しよう。焚火の光が完全に消え、反射すべき光が絶えている以上、ヒカリゴケが光ることなどありえない。それに、そもそも「洞内一面に、はなやかな光の花園を望み見ることなど、できはしない」はずだ。この「ひかりごけ」が反射しているのは、思うに、光ではない。音なのだ。たしかに、ヒカリゴケ自体は踏まれても音一つ立てない「おとなしい」植物だが、これは、何か声を出せば我々「肉食獣の肉声の粗暴さ」を、三方の岩壁から撥ね返して来る苔なのだ。真っ暗な洞内でヒカリゴケは今、船長の肉食獣の粗暴さを反響させているだろう。このとき船長の外部が静寂そのものに静まりかえっていたとしても、屍の腕をはなして洞内の中央に立ちつくす船長は「バタバタとそうぞうしい、むしろたけだけしい生物のうごきの音」に耳を聾されていたはずである。だからこそ、楽の音が最高潮に達していても、「ひかりごけの光にも、祈禱曲のひびきにも、無感覚」だったのである。

　注目すべきことに、ト書きによればこのとき楽曲はもはや祈禱音楽ではなく「テンポの速き舞踏曲風」になっている。武田はやはりこの地獄を「何かしら天国じみた光線と音楽」でつつんで極楽に変容させたいのだ。「名も知らぬ小鳥たちの楽しげな啼き声」をにぎやかにさえずらせることによって悲劇のエネルギーを喜劇に変換したいのだ。やはり、『神曲』にちなんで地獄、煉獄、天国の三層構造になっていた映画のタイトルをかりて言えば、それこそが「われらの音楽」(ゴダール)なのかもしれない。ただし、船長は「恐怖にかられて、頭部をかかえ、うずくまる」のだから、この「テンポの速き舞踏曲風」の楽曲はおそろしくフラジャイルで危うい。たしかに「音符が一オクターブちがっても、この船長の性格と運命に対する演出者の解釈と表現は、ガラリと変ったものになる」。

5・4　船長の光の輪が見えるとき

最後には、焚火のみならず「ひかりごけの光」も一斉に消える。このとき、これ以上なく静まりかえっている暗闇の中、さながらマンダラ絵図の仏のように船長の首のうしろに光の輪がかがやき始める。だが、すでに西川も屍となって横たわっている現在、船長の光の輪は誰が見るべきものなのか。「もっと近くに寄って、私をよく見なくてはいけませんよ。きっと見えるはずですから、いいかげんにすませることはできませんよ。もっと真剣に、見えるようになるまで、見なくちゃいけませんよ」。六ヶ月後の裁判で船長がこう、見ることを群衆に促したのは、ほかでもない、この最後の光の輪なのだ。それは、実際には舞台などないこの「読む戯曲」に参加する読者ひとりひとりが、八蔵のように「光源」を背にすることで見るべきものなのである。

ト書きにすら書かれていないが、おそらく船長は第一幕の終了直後、まだぬくい西川の屍を解体してその肉を食べる。それはたしかに、熊祭りにおいてアイヌが熊を殺して食する儀式に似ている。この殺害と食事の儀式は、熊の姿をとってその肉や内臓を土産（ムヤンケ）に持って客（マラプト／マレビト）として訪れてくれた神（カムイ）を熊という仮装から解き放ち、「深き感謝の意」をこめて幣や供物とともに神の世界へ「おくる」こと（贈与／輸送／葬送／遅延）を意味すると言われる。だが、注意しよう。今、聞こえているのはもはや祈禱音楽ではない。舞踏曲なのだ。しかも、そのテンポはおそろしく速い。アイヌの習俗や祝祭を珍しがっている余裕はない。

熊祭りが《私はたしかに神を殺したのみならず、それを食べた》と認知することで神を回帰させる儀式なら、船長が西川を殺してその肉を食べてしまうというそれ自体としては陰々滅々たる凄惨な出来事が「深き感謝の意」を帯びても不思議はない。ならば、「ひかりごけの光」が一斉に消えても「おびただしい鳩の羽音」は絶えたのではない。「祈禱音楽」が「テンポの速き舞踏曲風」に転じたようにその羽音も「名も知らぬ小鳥たちの楽しげな啼き声」に狡猾な蛇のように脱皮しただけだ。今、西川を食いながら船長の耳にはそれだけが聞こえているのではないか。だとすれば、船長は、ほかでもない、西川を食べるまさにそのことによって、受難のキリストと同様、「普通の人間ではなくな」りつつあるはずだ。彼の「想像しうるかぎりの悪相」がその芯部から「キリストの如き平安」をはまなしの花のようにひらかせることになるのは、西川を食べるこの「我慢」の極限においてなのだ。船長は西川を殺したから不安なのでもなく、西川を食べたから恥ずかしいのでもない。今、洞窟内にひとり生き残っているのはそんなあれこれの「心理を乗り超えたものの影」である。この影も、人間であるという運命そのものの不安と恥ずかしさを語る異様な背光を背負っている。この最後の光背は愉しげな「テンポの速き舞踏曲風」と同期してますます光りしずまったにちがいない。思うに、それこそが「上演不可能な「戯曲」」の読者が最後に「見る」べき光の輪なのだが、音符が一オクターブちがうだけでも船長の性格と運命に対する解釈がガラリと変ったものになってしまうこの壊れやすい舞踏曲を正しく聴き取ることなしに光背が見えることなどない。「私の首のうしろには、光の輪が着いているんですよ。よく見て下さい」。第二幕の終わりに船長がそう述べる直前にもこの音楽が再び、ごく微かながら鳴り始め、船長の首のうしろの光の輪を「見る」ことを観客に促していたのは偶然ではない。

6　「ひかりごけ」を超える「ひかりごけ」（二幕間の断層）

6・1　第一幕と第二幕の分裂

断るまでもなく、以上は第一幕終わりのト書きから私が勝手に推測したものにすぎない。実はこの推察でこのノートを締めくくるつもりだった。しかし、これで終わるわけにはいかない。右のように推察してみてあらためて痛感させられるのだ。第一幕と第二幕とのあいだの断層はとうてい架橋しがたい、と。いや、それは架橋してはならないのだ。もしも武田が「ひかりごけ」でこの分裂そのものを生きてみせたのだとしたら、断層に架橋するとは、「ひかりごけ」から作家、武田泰淳を抹消することでしかない。むろん、ここで、分裂を断層として生きてみせた武田に焦点を合わせて読み進むと、架橋はおろか、ここまで積み上げて来た一切の考察が瓦解するかもしれない。しかし、やむをえない。この作品を読み返して心底、驚いたと記すことからこのノートを書き始めたが、この作品に心底、驚かされているのは、むしろ、ここまで書いた今なのだ。

　第一幕で「読者が想像しうるかぎりの悪相の男」と指定されている船長は、半年後を舞台とする第二幕では「第一幕の船長に扮した俳優とは別の俳優によって演ぜられることがのぞましい」と指定されるほど「全く悪相を失って、キリストの如き平安のうちにある」が、船長の「悪相」はいかにしてそのままで「キリストの如き平安」のうちにあるのか。「第二幕を、第一幕の延長と納得できない場合は、第二幕と第一幕を、別箇の劇と考えてもさしつかえはない」。第一幕と第二幕とのあいだには作者自身がこう断るほかないほどに隔絶した断層があるのだ。

第一幕の「肉食獣の肉声の粗暴さ」は外観にすぎず第二幕の「苔のおとなしさ」こそが本質であると武田は穿ってみたかったのではない。「肉食獣の肉声の粗暴さ」が仮象なら「苔のおとなしさ」も仮象である。「難破船長人喰事件」ではなく「事件なるものの内容」を捉えようとすると不可避的に両極に分裂して二律背反の仮象として閃鑠する「本質」があるだけだ。武田は船長の「本質」を描きたいのだが、それを厳密に描こうとすると、彼の脳裏では、不可避的に一方の極に「読者が想像しうるかぎりの悪相の男」が明滅し、他方の極には、「中学校長の顔に酷似している」キリストの如き男が閃鑠していただろう。さながら、「本質」を厳密に認識しようとすると或る場合には波として別の場合には粒子として現れる光のように。ならば、第一幕が第二幕に連続的に発展してゆく過程などそもそもありえないのだ。こんな騒々しい「本質」を「どのような形式の小説の皿に盛り上げたらよいのか」。

武田は、「楷書のリアリズム」に縛られやすい既存の小説形式では船長の「本質」は描けないと感じていたようだ。言いかえれば、「空間」を隔てる「極端なもの同士を瞬間において、無理やり一体化する」形式（アドルノ『ベートーヴェン　音楽の哲学』大久保健治訳）を求めていたのである。思うに、武田が直面していたこの困難そのものはドストエフスキーが直面していた困難と別のものではない。ドストエフスキーはこの困難を解決するために、小説という器の内側に複数の視野を無理やり「それぞれまったき状態のまま、超視野的な統一性において結合」しようとして「ポリフォニー小説」という形式を産み出した。武田もあくまで小説という形式の内部でこの困難を解決しようとしていれば、彼の努力も既存の小説形式を内側から破裂させるような新しい形式を産み出していただろう。「ひかりごけ」の内部にはそれを可能にする騒音が不断に分裂している。このポテンシャルこそが後年『富士』のような破格の小説を武田に書かせるのだ。ところが、「ひかりごけ」の武田は小説形式の外部に解決を求めた。戯曲という形式に訴えたのである。むろん、既述のような「特殊性」がある以上、それは「上演不可能な「戯曲」」になるほかなかった。しかも二幕は縫合不可能なまでに分裂せざるをえなかったのである。「「読む戯曲」という形式」は文字どおりの意味で「苦肉の策」だったのだ。

武田は分裂に苦しんでいる。「ひかりごけ」は二幕間の断層から生まれているのだが、同時に同じその断層に悩んでいるのだ。「今までは筋道に従って現実が出てきたのだが、筋道が出てくる前に現実が眼の前でチカチカしてそれを記録して行くと現実がその中でいくらか空間的に筋が立つ、という気持でやった」(「私の創作体験」)。武田が『風媒花』に関して述べたこの執筆姿勢は「ひかりごけ」では破綻するところまで徹底されている。「ひかりごけ」では、チカチカ閃鑠する「本質」を記録してゆくとただ「空間」だけが開いて筋が立たなくなるのだ。

武田の悩みは人肉食とは何の関係もない。そもそも武田は「難破船長人喰事件」を書こうとして「ひかりごけ」を書いたのではなかった。当時、彼は「アイヌのこと」を書こうとしていたのだ。一九五三年八月に北海道に取材旅行に行き「ひと月調べたがどうしてもそれは作品に書けないで取ってある。その書けない間に人肉を食べた船長の話を書いた」のである(「私の創作体験」)。「ひかりごけ」の鼻先には「アイヌのこと」がぶらさがっていたのだ。言うまでもなく、それは後に長編『森と湖のまつり』として結実する。しかし、「ひかりごけ」執筆当時、武田が書こうとして書けなかった「アイヌのこと」はこの長編小説と別のものだっただろう。

『森と湖のまつり』を書いてもなお書かれなかった「アイヌのこと」があったはずなのだ。彼がそれを書けなかったのはなぜか。いや、そもそも「アイヌのこと」を書こうとしたのはなぜなのか。「ひかりごけ」の分裂はおそらくその動機そのものから来ている。

6・2　雑種《ツァチュン》という他者

「ひかりごけ」における人肉食は、雑種《ツァチュン》の無意識的アレゴリーなのではないか。武田は「純粋（?）の日本人」という思い込みに安住している我々に雑種《ツァチュン》の四分五裂の生きざまを突きつけたかったのではないか。武田は上海から帰国した後に書いた短編「女の国籍」（一九五一）にそれを次のような複雑怪奇なアパートとして描き出していた。

小さな窓は、あまり上品でないアパートに面し、その汚い廊下や階段や窓々が、すぐ眼前にむき出されている。朝鮮語、ロシア語、英語、フランス語、それに南北の中国語の悪口雑言や嬉笑の声がウアン、ウアンと聴えて来ます。炊事の煙、料理油の匂いのたちこめる灰色の建物の各階には、各民族の歌謡、国歌、レコード音楽、赤い髪、黒い髪、金髪、白い皮膚、黄色い皮膚、黒い皮膚が雑然と入り乱れています。国籍不明の男女が、ユダヤ教の祈り、回教徒の呪い、もちろんキリスト教各派の聖句を吐き散らす。そのアパート全体がいわば混血児の熔鉱炉と言えます。フランス人とドイツ人の夫婦の子供が英語を喋り、朝鮮男とロシア女の間に生れた子供が中国人だったりします。「雑種《ツァチョン》」。血統の乱れた子孫を私たちはこう呼んで軽蔑します。そこは正に典型的な、しかも複雑怪奇な雑種《ツァチョン》の世界です。昨日まで白系ロシア人だった職工が、今日は赤系に変り、午前中はポーランド人だったはずの老婆が、午後はユダヤ人の証明書を手に入れています。国語のとりかえっこ、国籍のすりかえは、彼等の間では珍しくもありません。生きるためには、いかなる民族、いかなる国民の垣の中にもまぎれ込み、もぐり込んで行く。自分自身でさえ、世界を流れ歩く各人種の血を、幾つ自己の体内に流しているのか、そして現在自分が何人種の考え方で暮しているのか、わかりはしないのです。

武田は一方でこれを「悲しむべき、卑しむべきこと」と否定しつつ、他方においては彼らが「自由自在に生きてる」と感じ、「混血児があいまいな存在でなくなる時代」を待望さえしている。右は「密集したまま分裂の様相を示している上海」(「雑種《ツァチュン》」)の縮図だが、同時にそれは武田のマンダラ絵図でもあっただろう。武田がこの世に建設したかった極楽とは、国籍不明の男女が「ゾッとするほど数多く、虫よりも密集して、ビッシリと」居住しているこのアパート、この「混血児の熔鉱炉」のようなものなのだ。だが、この複雑怪奇なユートピアには、「悲しむべき、卑しむべき」と形容しただけでは足りない何かもっと不気味なものがある。マンダラ絵図に感じられた「何か残忍な感じ」に通じる、感情を害するものがある。武田は二十五年後、絶筆となった『上海の蛍』(一九七六)で唐突にその感触を思い出している。

そうだ。忘れていた。中国語には「雑種《ツァチュン》」という不気味な言葉があった。それは、他人を罵るときに、よく使われる。ツァチュンは、単なる混血児の意味ではない。血がまじり合っては何故いけないのか。だが、どうも、ツァチュンという語の響きは、われわれをおびやかす。雑種子《ツァチュンズ》と子までつけて、私生児をよぶこともある。だけど、人類はだんだんと雑種の方が殖えてくるにちがいないのだ。合の子は、何も特別なものではない。だが、そうばかりいって済むことではないらしいぞ。ともかく、ツァチュンを避けて通るわけにはいかない。「雑種《ツァチュン》」

この文章にはわかりにくいものがある。混血も合の子も何ら特殊なものではないと承知しているにもかかわらず、なぜ武田は「雑種《ツァチュン》」という中国語に不気味なものを感じ、おびやかされているのか。

おそらく、武田は上海で他者によって強いられた或る分裂的な感触を思い出しているのだ。武田は日本帝国支配下の上海で、次のようにしたたかに対日協力する抜け目ない「奸漢」たちに取り囲まれていた。彼らは内心、日本人がどれほど憎い敵だと思っていても、実利がある限りは冷静さを失わず笑顔で日本人に取り入り、ペコペコ頭を下げることも辞さず、吸収できる利はことごとく吸収する。「寝る」必要がある場合には、床をともにし、その児を雑種《ツァチュン》として「孕む」ことさえ厭わない。しかし、時が来て、日本の形勢が不利と判断するや、直ちに掌を返し日本人に対して背を向ける。武田が書物ではなく上海において生ま身で知った「中国」とはこういう油断のならない他者である。と言っても、人間が変わったのではない。ただ、彼らの置かれていた諸関係が一変したのだ。関係の変容によって、個々人は変わらぬまま個々人の意味が一変する。「滅亡」とはそういうことだ。奸漢たちはこの変容によって両義的な、曖昧な位置を強いられた。彼らはすでに中国を裏切っていたわけだから、日本から寝返っても安住できる場所などなかったのだ。中国人からも日本人からも非難され侮蔑されるほかなかったのである。趙樹理『李家荘の変遷』の小毛《シャオマオ》のようなものだ。「村のボスにおべんちゃらやったかと思うと、今度は村の革命党にへいこらする。そのくせ、ボスが村を支配しているあいだも、八路軍が占領してからも、どっちの時代にも、小毛はダメなんだよ。両方から軽蔑され、嫌われて、悲鳴をあげて生きてるんだな。徹底的な弱者だよ」（『風媒花』）。しかも、女性の場合「生きるためには」人肉食以上に「嘔気をもよおさせる」選択、たとえば『わが子キリスト』のマリアのように異民族による強姦さえ逆手に取って生きてゆく選択を敢えて自己に強いねばならない場合があったはずである。「犯されようが汚されようが、生きのびる方をえらんだ女性が多すぎるくらい多かった」（『十三妹』）。この意味では、多くの女性が「人肉を食べる」以上の籤を引き、かくして、雑種《ツアチュン》があちらこちらに産み落とされた。「女の国籍」の陸淑華／大和淑子や『上海の蛍』の林小姐のように、雑種《ツアチュン》であるのみならず、女性でもある場合、彼女らが置かれる立場の両義性、曖昧さは二重にも三重にも微妙だっただろう。雑種《ツアチュン》として武田が念頭においているのはそういう複雑な混血児である。

　面従腹背であれ、裏切りであれ、奸漢や雑種《ツアチュン》がそういう窮地に追いつめられて示したしたたかで抜け目のない生きざまを我々はともすれば卑怯低劣と批判する。もしくは、安易に同情する。「だが、そうばかりいって済むことではない」。武田の眼の前には何かがチカチカしているのだ。小毛の「醜態を読んでいると、僕は身につまされて、ゾッとするよ。全くひとごとじゃないんだ」、「誰かが小毛にならなきゃならないんだ。世の中はそうできてるんだ。それにしても、よりによって、この俺が小毛になったとはなあ」(『風媒花』)。彼らの引いたアミダ籤を卑怯低劣という否定で片付けてしまうことはできない。全否定してもなおこびりつくものがそこにはある。「小毛には小毛の真剣さがあるのだ。ただその真剣さが四分五裂だから、あんたほど御立派には見えないだけじゃないか」(同前)。武田が「中国的慧知」を見出したのはこの四分五裂の真剣さにおいてだ。「数回の離縁、数回の奸淫によって、複雑な成熟した情慾を育くまれた女体」のこの「男ずれした自信」こそが「中華民族の無抵抗の抵抗の根源」なのだ、と(「滅亡について」)。「ひかりごけ」の校長の「無抵抗の抵抗とでもいった、目だたぬ耐久力」もまたそのようなものなのだろう。「男ずれした」女が特定の男など平然と裏切って恣に複数の男と奸淫しては、血統を乱すことなどおかまいなくあちらこちらに産み落とした私生児――雑種《ツァチュン》という罵倒語には、言ってみればそういういやらしい淫乱と裏切りの産物という侮蔑的なニュアンスが多分にこめられている。『わが子キリスト』ではイエスがそのような雑種《ツァチュン》であり、マリアはまさしくそのような奸婦として描かれている。「あらゆる売笑婦よりずうずうしく、体験ゆたかなスレッカラシみたいでもあり、また、神殿に仕えて神様の声なんか耳にタコのできるほど聴きなれた巫女にも似かよっていて、つまるところ、このマリアはすべての女の威力といやらしさを、一身に吸収しているように見うけられたのだ」。武田が生ま身で知った「中国」とはこのような女性であり、彼がこういう他者としての中国と出逢ったのは上海においてである。こういう女性は「人間以外の存在かもしれないが、やはり人間だというより仕方がない。この女の不可解さは、遠い過去のことではなくて、いまのいま、王嫣や給仕女、博士夫人や藤野、その他数知れぬ上海の女たちを、息苦しいほど彩っているにちがいない」（「雑《ツア》種《チュン》」）。この「女の不可解さ」には、我々を脅かし、我々に「嘔気をもよおさせる」不気味なものがある。だが、武田は上海での経験において直覚している。「無抵抗の抵抗」はこの「人間以外の存在」のようなものなのだ、と。それはガンジーの理念のようなものではない。いや、ガンジーの非暴力的闘争も、実はこうしたしたたかな生活力と四分五裂の真剣さに裏付けられたものではなかったか。この「中国的慧知」から見れば、奸漢の面従腹背を卑怯低劣と激しく拒絶するのは「いまだ処女」の反応にすぎない。おそらく武田はそう言いたいのである。

武田にとって滅亡とは、上海の「うら口」に隠れていた無数の中国人の雑種《ツアチュン》的な他者性（蛍）が日本帝国の降伏とともに日本人に対して或る日、一気に全面的に露呈する経験だった。「敗戦とともに、私たち居留民は、たちまち自分たちの特権を守る城壁を失ってしまい、生れたままの赤ん坊同然に、世界の人々の注目をあびて、裸のままとり残されたのである」（「限界状況における人間」）。「帝国」の内部で生きていた以上、意識においてたとえどれほど「帝国」に対して批判的であったとしても、無意識において「帝国」そのものに支えられていた堅固な視野があった。それは内地でもそうだっただろうが、上海ではなおのことそうだったはずである。だが、ひとたび「帝国」が潰え去ってしまうと、そのような視野はもはや後ろ盾を失って別の視野が外から容赦なく次々と乱入して来ざるをえない。これまでは武田が上海を見ていた。ところが、今では逆に上海が武田を見ている。より正確には、上海を見ている武田（庖丁を手にした料理番）の視野に上海が見ている武田（俎板にのせられた魚）の視野が切り返し割り込んで来るのだ。分裂が決定的なものとして彼に書き込まれるのはこのときだ。武田は中国人の前で「庖丁を手にした料理番」であると同時に「俎板にのせられた魚」である自分を見出さざるをえないのだ。「ツァチュンを避けて通るわけにはいかない」とは、滅亡以前には対日協力者たちの面従腹背を軽蔑することなく積極的に受け入れなければならないということであると同時に、滅亡に際しては自らが中国人に対して奸漢のようにしたたかに振る舞い、彼らと奸淫して雑種《ツァチュン》を身ごもることとさえ避けてはならないということでもある。言うまでもなく、ここには、人肉を食べることにもまして「嘔気をもよおさせる何物か」がある。『上海の蛍』には、無数の蛍が女の屍体に、マンダラ絵図の仏たちのように残忍な感じで密集して人肉を食べている不気味な情景があるが、「雑種《ツァチュン》」という中国語の響きが「不気味な言葉」として武田を「おびやかす」のは「嘔気をもよおさせる」この感触のためだ。それは『風媒花』の日中の混血青年、三田村にもある。武田は「血がまじり合っては何故いけないのか」、「合の子は、何も特別なものではない」といった理屈でその異和感をごまかそうとはしない。「だが、そうばかりいって済むことではないらしいぞ。ともかく、ツァチュンを避けて通るわけにはいかない」と考える。この「ほんとうに感情を害する不快なものと危険なもの」(フロイト『モーセという男と一神教』渡辺哲夫訳)を「中国的慧知」として敢えて自分自身に突きつけて受け容れねばならないと考えるのだ。激しく拒絶せざるをえないと同時に、卑劣と切って捨てるべきでない何か、むしろ積極的に受容すべき何か「慧知」のようなもの、彼らの四分五裂の真剣さ(光の輪に相当)が、この「不気味」で「おびやかす」もの、「嘔気をもよおさせる何物か」(人肉食に相当)に閃鑠しているからだ。武田の倫理は、拒絶と受容というこの分裂を承知の上でその「慧知」を生きることにある。この滅亡の倫理は滅びの美学の対極にある。おそらく、「ひかりごけ」

の人肉食とは、この「ほんとうに感情を害する不快なものと危険なもの」を敢えてのみ込むことのアレゴリーなのだ。そして、「ひかりごけ」執筆前後に武田が書きたかった「アイヌのこと」とは、滅亡に瀕しているアイヌが、征服者である和人との関係において分裂的に生きるべき裏切り／雑種《ツアチュン》（単なる同化／混血ではない）の倫理なのである。『森と湖のまつり』にはその痕跡が残っている。たとえば、風森一太郎自身は自分が「純粋のアイヌ」だと信じているが、彼の血は、アイヌから裏切り者と目されているツキノイの子孫と和人の侍との雑種《ツアチュン》である。問題は、裏切り／雑種《ツアチュン》という口当たりの悪いこの事実を受け容れて、それが内包する「慧知」を分裂的に生きることができるかどうかなのである。

6・3　断層としての上海

「アイヌのこと」を書こうとしたとき、武田はもう一度「上海」を生きたかったのだ。

上海は、武田が自分に書き込まれている分裂を明瞭に自覚した空間である。小説家、武田泰淳の秘密は上海にある。彼は『風媒花』の峯のように「原因はすべて、俺の上海生活にあるよ」と謎めかしてもよかった。「俺はいろいろ上海物も書いたがね。あれは全部が嘘とまで言えないにしろ、きわめて大衆小説的事実でね。真実は死ぬまで語れないかも知れない。……死ぬまで秘密を持っているのも、一種の楽しみでね」と。周知のとおり、『司馬遷』を書いたこの優れた評論家が小説家になったという事実は、彼が上海で日本帝国の滅亡を経験したという事実と緊密に結びついている。だが、武田の言う滅亡とは、彼の前に不意に開けた、次のような「空間」のことなのだ。

上海にはそれまでも、ユダヤ人、インド人、朝鮮人、白系ロシア人、その他あらゆるヨーロッパとアジアの民族で、自国の保護をうけていない追放者や放浪者や亡命者、また商人が集まっていた。それらの守られざる人々、城壁をもたぬ民と同じ境遇に、在留日本人もおちいったのである。

「限界状況における人間」

武田は、あのアパートの住民になったと言っているのである。彼はもうあの「複雑怪奇な雑《ツァ》種《チョン》の世界」を窓の向こう側に見ているのではない。今では、彼自身があの「混血児の熔鉱炉」の中に投げ込まれている。滅亡とはそういう感触だ。日本帝国は内地外地を問わず等しく消滅したが、このような滅亡は「日本列島土着民」にはなかなか実感しえないものだった。

と言っても、上海居留民なら誰でも滅亡を実感しえたわけではない。たとえば、堀田善衞は、祖国喪失は見ても「滅亡」は見なかった。一九四五年八月十一日、武田と堀田が上海でともに日本降伏の情報に接したおりの対話にその差異が端的にあらわれている。原爆投下直後の日本について武田は堀田にこう述べる。

日本民族は消滅するかもしれぬ、そして若しも自分が支那にゐて生き残ることがあつたら、嘗て東方に国ありき、といふことを中国人に語りきかせ、自分らがこれを語りつたへねばならぬ他方、堀田は武田にこう述べる。

今日この時の中国人のうつりかはりといふものを、人の心の内面の問題として、単に政策的なことではなくて、何とかして政治論ではなく人の心にしみ入るやうな工合にして内地の人に知らせねばならぬ

『堀田善衞上海日記』

堀田も祖国を喪失したと感じ、ユダヤ人のようにヨーロッパを彷徨うことを夢想しているが、帰るべき「内地」が背後にあることは疑っていない。だから、そちらの方を向いて語りかけようと述べるのだ。ところが、武田は、自分が帰属し得る「内地」そのものがもはやなくなったと感じている。彼は「複雑怪奇な雑種《ツアチョン》の世界」に紛れ込み、取り残されてしまったと感じているのだ。したがって、彼は堀田とは正反対の方向つまり中国に向かって語ろうと言う。たった一人で裸のままの「剝き出しの生」（アガンベン）として中国と向き合うのだ。もはや日本人の一人として、ではない。「混血児の熔鉱炉」のただ中から「守られざる人々、城壁をもたぬ民」の一人として「中国」という他者と向き合うのである。ここで「向き合う」とは、文字通りの意味で身を交わすことだ。すなわち、彼らと奸し「雑種子《ツアチュンズ》」をもうけることをも厭わないということである。武田の言う「滅亡」とはそういうことだ。そして、彼にとって「書く」とは内も外も消滅してしまったそういう場所で滅亡の歴史を記録することだったのだ。

同じく祖国喪失を上海で経験しながら、堀田は「滅亡」を知らず、武田がそれに震撼させられたのは、上海で日本人に協力《コレボレイト》する中国人（とりわけ女性）たちとの交渉において「中国」を知り始めていた武田が敗戦以前から或る分裂をすでに生きていたからだろう。そうでなかったなら、彼といえども日本帝国の降伏を「滅亡」として経験しえなかった。また、その経験が彼を小説家にすることもなかっただろう。帝国が滅亡したから彼に分裂が書き込まれたのではない。武田に分裂が書き込まれていたから帝国が彼にとって「滅亡」しえたのだ。その分裂が明瞭に自覚されて初めて、「中国」が生々しくもしたたかな他者として彼に露呈しえたのだ。それは、一方において「嘔気をもよおさせる」他者でありながら、他方において避けることができず、積極的にのみ込むほかないような他者である。武田が小説家になったのは、そういう他者と向き合って初めて明瞭に自覚された或る分裂のためである。

ただし、彼の内部のその分裂そのものが描かれたことはない。「真実は死ぬまで語れないかも知れない」。武田の従軍手帖を開いて、日中戦争で武田が淮河のほとりのK村において行ったらしい中国人射殺がその秘密だと考える人は「審判」（一九四七）にそれが語られていると言う。しかし、それさえ「全部が嘘とまで言えないにしろ、きわめて大衆小説的事実」なのだ。中国の民間人を殺害したという事実そのものが秘密なのではない。この事実によって彼の背後に露頭した「残りのもの」こそが、彼には秘密なのだ。心理を超えたその「恥ずかしさ」こそが、武田には「死ぬまで語れない」真実なのである。眼の前にチカチカしている現実であるにもかかわらず、さしあたりは異様な光背によってシルエットとして隈取るほかない「心理を乗り超えたもの」がある。それが武田に分裂を強いている。滅亡に接して露頭した「複雑怪奇な雑種《ツアチョン》の世界」とは、無数の「残りのもの」たちが、護られることなく世界に自己を露出して雑居している空間である。武田にとって祖国喪失がこのような「滅亡」でありえたのは、彼がそれをK村での罪に対する罰（審判）として受け止めていたからだ。犯罪に手を汚し、額と右手に「獣の徽章」が刻印されているという意識のない堀田に滅亡がありえぬ所以である。武田には、切実な感触があったにもかかわらず自分にあまりにもぴったりと貼り付いていて対象化することができず、ただそれを生きることができるだけの分裂があったのだ。彼にとって上海とはこの傷口の全面的裂け開きだったはずだが、彼はその外傷を、帰国後の経験の虚構化によって遡及的に捏造する以外には想起することができなかった。

こう言えば《武田は敗戦前からすでに『司馬遷』において構造的な分裂（二つの中心）について記していたではないか》と言う人がいるだろう。なるほど、彼はそこですでに「一つの空間を二つの人間物質が占めようと運動した場合」に生じる分裂を明晰に認識してはいた。しかし、まだそれを「生きて」いたわけではない。彼がそれを全面的に生きることを強いられたのは上海においてである。それはもはや『司馬遷』におけるように記述において対象化して見せることができず、ただ生きるほかない分裂だった。だから、『司馬遷』のような評論ではなく小説という形でそれを書くほかなかったのだ。

ところが、敗戦後の現実は堀田の見通しに添うかたちで進んだ。「内地」も「日本民族」も消滅せず、ふたりともそこへ帰ったのである。逆に、武田に滅亡を垣間見させた「上海」の方が消滅した。では、「滅亡」は武田の誇大妄想にすぎなかったのか。いや、それは一瞬であれ、現実にあった。この「歴史」を信じることができなければ、彼は一行も小説を書けなかったはずである。「内地」がほぼそのまま日本国となった戦後日本の現実の中で小説を書くことは、「上海」によって小説家となった武田には矛盾に満ちた仕事だったはずである。勢い、彼は小説の中で、失われた上海を求める。いわゆる「上海物」がそうである。武田は、上海で彼が生々しく経験した分裂の場所を事後的に再構築しながら、これらの上海物を書いている。たしかに上海は彼を小説家にしたのだが、だからこそ、この分裂の場所が閉塞し失われた戦後日本において小説を書き続けるには他方において「上海」をその足場として作り続けなければならなかったのだ。作家、武田泰淳は最晩年の『上海の蛍』に至るまで、「滅亡」のヴィジョンを彼に開示した「上海」を探し続けていたと言ってもいい。だが、武田は『風媒花』において一連の上海物を切断している。「俺はいろいろ上海物も書いたがね。あれは全部が嘘とまで言えないにしろ、きわめて大衆小説的事実でね。真実は死ぬまで語れないかも知れない」。たしかに武田の上海物はいずれも、何か決定的なものが語られずに途中で終っている感じが拭えない。『風媒花』も例外ではない。何かが語られていない。だから、武田は、それを書くために、上海を舞台とした回想的小説を切断し、「内地」を失った「上海」を同時代の日本国の内部に探し求めた。北海道のアイヌは彼にとってそういう存在だったのである。

「ひかりごけ」はそういう産みの苦しみ、長い陣痛期間に書かれた。言うまでもなく、この作品に上海など出て来ない。しかし、自分が生き残るためには仲間の人肉をも食べるという船長の「我慢」は、武田が上海で十三妹や王昭君に閃鑠するものとして見出していた「中国的慧知」、生きのびて敵に滅亡をもたらすためには、嫌悪すべき敵に取り入る鑵をも、また、異族に犯されようが汚されようがその雑種《ツアチユンズ》子を宿す鑵をも敢えて甘受して生きる「女賊の哲学」

に匹敵する。じっさい、『森と湖のまつり』において「ひかりごけ」の船長に対応するのは、風森一太郎の先祖として位置づけられるツキノイだが、彼もまたアイヌの全滅を避けるために嫌悪すべき敵に取り入り、味方であるはずのアイヌに犠牲を強いるという複雑な行動を取ったクナシリ・アイヌの酋長なのである。『森と湖のまつり』においてメナシ・アイヌが持つ意味が小さいものではない以上（十二章）、たまたまにせよ「難破船長人喰事件」がラウスすなわちクナシリの対岸のメナシ地方で起こった事件だったという事実は、武田には意味深い偶然だったはずである。しかも、「ひかりごけ」の船長が第一幕の「悪相」の船長と「キリストの如き平安」のうちにある第二幕の船長に分裂していたように、ツキノイもまた、一方においては私利私欲のために同族を和人に売り渡した裏切り者として、他方においては同族の存続のためにそのような汚名を被る苦しく損な役割を敢えて引き受けた傑物として閃鑠している。どちらが本当なのか見極めがたい。だが、このとらえがたさこそが歴史の手触りにほかならない。武田が上海で経験した「中国」の場合と同様、《一見、裏切り者に見えるが実は陰の傑物なのだ》と穿って断定してしまった瞬間に消える歴史がそこにはあるのだ。武田はそういうチカチカした「史」を記録したかっただけなのだ。「ひかりごけ」における武田の力点は人肉を食べるか否かという点にはおかれていなかった。おそらく、彼には、上海で彼が経験した「中国」、あの滅亡において一瞬だが全面的に露呈した油断のならない他者が強いる「嘔気をもよおさせる何物か」と、そこに閃鑠する「慧知」とに内地で再び出逢えるかどうかだけが問題だったのだ。

武田が当時、書こうとしていた「アイヌのこと」とはそのような分裂にほかならない。彼はいわば断層としての上海のただなかから書こうとしていたのだ。その分裂が、小説に戯曲を接ぎ木する特異な形式を武田に強い、さらにはその戯曲の第一幕と第二幕を縫合不可能なまでに引き裂いたのだ。『モーセという男と一神教』のフロイトは、ユダヤ人であると同時にエジプト人であるように現象するモーセの「本質」を捉えようとして、ついには、異例なことに、記述を、「逐語的な反復」を含む二つのパート（Ⅲの第一部と第二部）に分裂させていたが、武田の場合もそれに似て、彼のペン先が船長の「本質」を精確に捉えようとすると精神の両極への分裂が不可避的に生じ、ついには第一幕と第二幕とを破り裂いてしまうのだ。「執念の陰火と、反抗の焔で熱し切っている」アイヌ語学者Mに酷似した船長Aに、それとは対極的な「やさしく恥ずかしそうな微笑をたえずたたえて、自然や人事に逆うたちではなさそう」な、「荒々しい自然のエネルギーが、彼の肉体だけよけて通ったよう」な中学校長に酷似した船長Bがチカチカと閃鑠してやまなかったのである。

このように「ひかりごけ」には埋めがたい断層が大きな口を開けている。この分裂は、もはや叙述の中に対象化して描くことができず、作者が書記行為そのものの分裂によって生きてみせるほかない断層だったのだろう。「ひかりごけ」の武田は「上海」を、もはや対象的に叙述しようとはしていない。継ぎ合わされた小説形式と戯曲形式との破れ目において、またとりわけ戯曲第一幕と第二幕との断層において叙述の分裂として生きているのだ。

騒然とした斥力として作用する「本質」は、かろうじて書けた「ひかりごけ」のテクストに不断に亀裂を来たし、ついには全く同じものを、背反する二つのプレート（第一幕と第二幕）に引き裂かずにはいない。「ひかりごけ」を書く武田を最も苦しめていたのはこの「本質」なのである。船長の「本質」は私にはまだわからない、と武田はト書きに書いてもよかった。閃鑠しつつ残りし姿を、かすかに捉えたのみである、と。しかし、同時に、そういう「本質」に全身で座礁しえているということが「ひかりごけ」の大きな達成でもあったのだ。だから、武田はこう続けてもよかった。しかし閃鑠しつつ残るものが真実なのであって、閃鑠しない事実など事実で無いとも言える、「難破船長人喰事件」という、あのもっともらしい大きな形骸よりは、おぼろげでも閃鑠する小さい姿の方を私はとりたいのである、と。

6・4　それ自身を乗り超えてゆく「ひかりごけ」

しかし、そうだからこそ、第一幕と第二幕が「別箇の劇」となっても「さしつかえはない」などということはない。両者は分裂していてもいいが、決して独立した劇になってはならない。「読む戯曲」は文字どおりの意味で「苦肉の策」であって、断裂がこの「形式」によって埋められたわけではないのだ。武田は、船長が五助、八蔵、西川を食べるに至った過程を事前の光学で描写する第一幕と、その同じ過程を六ヶ月後の裁判において事後の光学によって照らす第二幕とを、ちょうど「異形の者」の地獄絵図とマンダラ絵図のように二枚のタブローとして対置した。六ヶ月後も、船長はかつて三人を食べたときにしたのと同じ「我慢」を「同じ気持ちで」引き続きしていただけなのだが、全く同じ「我慢」が事前と事後とで全く違ったものになっている。それなのに、武田は「第一幕の船長が「我慢すること」を、野性的にしか理解できなかったに反し、第二幕の船長は、それを理智的に感得している」とト書きに記すのみである。と言っても、事前と事後の間で生じていた「本質」を記述しようとすることを断念しているわけではない。「ひかりごけ」は、事前の遠近法と事後の遠近法を無理やり結合し、二つの非対称的な視野空間を相互に切り返してその間に生じている過程を記述しようとしている。それは「発展としての過程ではなく、極端なもののあいだをぬって進みながら、点火していくという過程」（アドルノ）である。

我々は、ちょうど「異形の者」の「私」が地獄絵図とマンダラ絵図とのあいだでそうしたように、第一幕と第二幕という、向かい合った二枚の絵を相互に切り返して光の輪A、B、Cと読んだ。そのように読んでゆくと、第一幕と第二幕それぞれの内部に走っていた亀裂は、二幕を隔てる断層にゆき着く。驚くべきことに、この断層には、武田にこの分裂を強いた、船長の「本質」の斥力が豊饒かつ危険なポテンシャルの騒音として満ちあふれていた。「ひかりごけ」を支えている精緻な光学的隠喩の総体に暖かい血液を、逆るように巡らせている「本質」は、第一幕と第二幕のあいだの断層で激しく脈打っていたのだ。とりわけ第一幕終わりのト書きには、深い亀裂が「ひかりごけ」の光学的隠喩の総体を切り裂くように走っており、その裂け目からは、このト書きで鳴り響いている楽曲をも掻き消す鼓動が洩れ聞こえて来る。それは「ひかりごけ」をも内側から破砕しかねない「剝き出しにされた音」（アドルノ）である。この作品を分裂させて破格の構成を武田に強いていた騒然たる「本質」にひとたび耳を傾けてしまえば、そこに落ち込むほかない。断層はもはや埋めることができない。埋めてはならないのだ。転落して見れば、第一幕終わりのト書きと第二幕始めのト書きさえ、武田が後から架橋した言い繕いに見える。だが、不可踰《ふかゆ》の溝渠に満ちあふれる「おびただしい鳩の羽音」は、同時に、「ひかりごけ」自身に別の新しい形式の小説を産み出させる羽ばたきでもある。「ひかりごけ」の形式に地滑りを引き起こしている過剰な騒音を聴き取るならば、「ひかりごけ」の地層からはもうひとつの「ひかりごけ」がズレて出ようとしているのが感じられる。「ひかりごけ」を読むとは、究極的にはその「ひかりごけ」を読むことなのだ。

「ひかりごけ」は作者と読者の双方に「極端なもの同士を瞬間において、無理やり一体化する」強引な主観性を要求している。それを捉えようとすれば不可避的に船長Aと船長Bへと分裂してこの両極で閃鑠する船長の「本質」（船長の光の輪）を、この分裂にもかかわらず「無理やり」捉えることを求めているのだ。そのために「極端なもののあいだをぬって進みながら、点火していく」強烈な主観性を要求しているのだ。「ひかりごけ」の「ポリフォニーを圧縮して緊張したものとし、斉奏《ユニゾン》となってポリフォニーを破壊した挙げ句、そのなかから退去し、剝き出しにされた音を背後に残していく」激しい主観性（アドルノ）を求めているのである。

注1 「北方文芸」一九七五年二月号、三月号、五月号、九月号に「武田泰淳論への試み」その4、その5、その6、その7として発表された「「ひかりごけ」――暗冥の《マッカウシ洞窟》へ」〈上〉〈中〉〈下の一〉〈下の二〉。私が読み得たかぎり、「ひかりごけ」の読解に関しては、「群像」一九九九年四月号に掲載された鎌田哲哉「知里真志保の闘争」を唯一の例外として、この一九七五年の小笠原論文を超えるものはなく、むしろ小笠原の水準から後退しているように思われた。拙稿は小笠原論文と鎌田論文に多くを負っている。

注2 「閃鑠とは定まらざる貌《かたち》。かすかに真実を露したと思えば、また之を掩う。チカチカと光って眼が眩む故、判断が下せない。閃鑠とは言い得て妙である」「銭牧斎の本質は私にはまだわからない。閃鑠しつ

つ残りし姿を、かすかに捉えたのみである。しかし閃鑠しつつ残るものが真実なのであって、閃鑠しない事実など事実で無いとも言える」（武田泰淳「閃鑠」）。

注3　劇団四季の上演にも熊井啓の映画にも全く満足できなかったが、二〇一二年五月三十日東京下北沢のザ・スズナリで観た三条会上演「ひかりごけ」だけは別格である。素晴らしい舞台だった。

ノート二　森有正『遥かなノートル・ダム』

1　イダンティテの感覚

『遥かなノートル・ダム』に収録されたエセーを、文末に記された執筆年月日（記載のない場合は発表年月）の順に並べ直してみると次のようになる。

「赤いノートル・ダム」一九五五年九月（発表）
「ある夏の日の感想」一九六三年八月
「霧の朝」一九六五年十一月
「ひかりとノートル・ダム」一九六六年八月十五日
「ルオーについて」一九六六年八月十九日
「パリの生活の一断面」一九六六年十月（講演）
「滞日雑感」一九六六年十月・十一月（発表）
「遥かなノートル・ダム」一九六六年十一月十八日
「思索の源泉としての音楽」一九六六年十二月（発表）

「赤いノートル・ダム」を唯一の例外としてそれ以外のすべてのエセーは一九六二年以後に書かれている。ことさらに「一九六二年」に言及するのは、森有正にとって戦争が終わったのがこの年だったからである。

日本では一九四五年八月十五日に戦争が終わった。「ところが、僕にとっては、今日になってやっと、《戦争》が終りを告げたのである」と、パリに滞在するようになってすでに十二年になる一九六二年八月十五日の日記（二宮正之訳）に森はそう明記しているのだ。少し先では「こうしてみると、僕にとって戦後は始まったばかりなのである」とも記している。

どういうことか。

この日、森が郊外の閑散とした寂しい通りを歩いていたら「突然、啓示が起きた」というのだ。

どんな「啓示」か。

家々が、木々が、車が見えたというのである。

それがどうして「啓示」なのか。

……僕は、二十年前、いや三十年前と同じ自分に戻ったのである。今、これらの家、これらの木、これらの駐車している自動車を見ている自分が、今までは何物かにとり憑かれていて、自分自身では何も見ず、何も本当には感ぜずにいたことに気がついた。ところが今、僕は、これらの家々を、木々を、止まっている車を、**見ている**のだ……。それらは確かにそこにある。そして《接触》が急に回復したのである。その事実に気がついた時、僕は、狂気が自分から立ち去ったことが判った。そして、すっかり驚いて、自分自身を見た。あたかも、こんな風に自分を見たことは、未だ嘗てなかったかのように。

一九三二、三三年以来、ずっと彼と世界を隔てていた透明の帷《とばり》が落ち、世界を直に感じることができるようになった、と言いたいのだろうか。何か驚くべきことが起っていることは確かだが、日記だからわかりにくいところがある。幸い、この年の末に森はこの出来事を「偶感」(一九六二年十二月「文芸」、『旅の空の下で』所収)に詳しく描写している。

ある朝、僕は一人で散歩に出た。家族の者達は夏休みで、田舎や外国に行っていた。家のあるパリ郊外の町は、森閑として、通行人も殆どなかった。その時間には、太陽はもう空高く上って、体が汗ばむほどの熱い光を投げている。それでもいくらか涼しい風が道端のプラターヌやマロニエの葉をそよがせながら吹いていた。道の右手は工場の空地がきれいに整理されて、ジェラニウムの花壇になり、真赤な花が規則正しくならんで咲いている。左側は、のっぺらぼうな黄色い石の壁が百メートルほど先のマラ街にT字形につきあたるまで連っていて、その上をこえて、マロニエの古木が枝を何本もさし出している。自動車が二、三台右側に駐車している。人影はない。手に何も持たない身軽な装《いで》たちで、僕はアスファルトの道をゆっくりとマラ街の方に歩いて行った。こつこつという靴の音が快く周囲の静けさの中にひびく。僕は何の気もなく、今あるいている道のつき当りにある赤煉瓦のH・L・M(庶民住宅)を眺めた。その瞬間、何か名状しがたいある感覚が僕の中に起った。それは何か。明確に説明することは困難であるが、想像でも感情でもなく、感覚の一種であることに間違いはなかった。一言でいってしまえば一つのイダンティテの感覚だった。それは稚い頃、東京の暑い日盛りに、木上りをしたり、新宿駅に汽車を見に行ったり、多摩川へ小魚をとりに行ったりしていたその子供がこの僕なのだ、という感覚だった。常識で言えば、これは当り前の何でもないことだろう。しかし重点はそこにはなかった。問題は、その子供であった僕と、今それとの同一性を突如として意識した僕との間に、何十年も介在していたもう一つの僕は一体何だったのだ、という疑問である。それに対する答をここに書くことは差し控えよう。ただ僕が想ったことの一つは戦争のもたらす、あるいは戦争そのものである人間の狂気の恐ろしさだった、ということだけをつけ加えよう。そうして僕ははじめてパリを自分の目で見ることが、いやパリだけでなく、自分の周囲にあるすべてのものを自分の目で見ることが出来るようになったと感じた。

たしかに、五十歳になって稚い子供の頃のことを思い出し、木上りをしたり魚捕りに行ったりしていたあの少年がこの僕なのだと感じる感覚は「当り前の何でもないこと」のように思える。しかし、森はそれを自らの終戦になぞらえているのだ。彼がここに驚くべき事実を見ていることは疑いない。だが、何を発見して驚いているのかはこれでもまだよくわかりにくい。もう少し粘り強く追ってみよう。

この「一つのイダンティテの感覚」において森は何を経験したのか。森は後に別の本でそれをこうも説明している。「同じこの手がやっぱりもみじの木によじ登った手だと思ったのです。そこにはそれは書いてないけれども。それで思わず自分の手をみたのです」(『生きることと考えること』)。少年の手は遠くに記憶像として浮かんでいるが、しかし同時にそれはこの大人の手でもある、という感覚だろうか。

森はさらにこうも説明している。

さきほどの、地球が向こうに遠くにみえていると思うけれど、それは実はここにいるこの地球がその地球なんだということです。みんな同じことをいっているのだと思います。

ここで森が「一つのイダンティテの感覚」と「同じこと」と言っている「さきほどの」ことは、森が自らの戦争が終わったと述べた同じ一九六二年の二月に「世界」に発表された「カルティエ・ラタンの周辺にて」というエセー(『旅の空の下で』所収)に「この頃」の夢として記されている次のような情景を指している。たしかに、そこには戦争が陰鬱な影を落としているのだ。追ってみよう。

コンクリートの建物の高いところに張り出している大きいバルコンに僕はいた。灰色をした裸かのコンクリートの膚は戦後の東京の街を思わせたが、この時は確実にパリにいるのだという意識があった。バルコンには大勢の人が出ていた。大きな建物が、眼の前に、幾つも立っていた。突然サイレンが鳴り出した。誰かがどこかで「空襲ですから待避して下さい」という意味のことを言った。日本語かフランス語かもよく覚えていないが、意味だけははっきりしていた。ふと上を見ると、それまで何も見えなかった晴れた空にいつの間にか、何十というナトー機とソ連機とが入乱れて戦闘を交えている。つい今しがたまで戦争ではなかったのに、気が付いてみるともう戦争になっている。夜になった。いつか午前二時頃になっていた。しかしあたりは真昼のように明るかった。やがて空襲も静まってきたらしいので往来に出て見た。瑠璃色に澄んだ晴れた空にはどこにも太陽がなかった。その空がいつとも知れず黄昏時のように暗くなった。ばかに大きい月が左手の中空に静かに浮んでいた。しかしこの月に見えたものは月ではなく地球だった。アジア、ヨーロッパ、アフリカ、インド洋、大西洋などが、淡い影絵のように、しかし繊細な浮彫りのように、はっきりとそこに表われていた。夜の消滅と中空に静かに浮んでいる地球とは凄まじい、殆ど涯しない恐怖の中に僕を叩きこんだ。僕の存在の本当の現実が、主観的座標とは何の関係もない本当の現実が、そこに、主観の中に侵入して来た。いや、こういう説明をする必要もない、直接の恐怖がそこに在った。この恐怖は僕の恐怖ですらなかった。僕は中空に浮んでいる地球の表面にいる筈なので、そとから見ている筈はないのだから。鋼鉄のような恐怖が僕の全身を冷結させてしまった。

今まさに世界戦争によって滅びようとしている地球から月を見ているその森の視野に、そのとき月の住民になら見えているであろう地球の姿が侵入して来ており、森はこれを、あたかも月を見るように見ているのだ。自己（地球A）から他者（月）を見ているのではない。他者の視点から自己を見ているのでもない。自己から他者を見ているその「主観的座標」に、他者の視点から自己を見たその「僕の存在の本当の現実」（地球B）が侵入しているのだ。地球から月を見ている視野に、月から地球を見る視野が交錯し介入し、世界戦争によって滅亡しつつある終末的な地球の視野を突き破って露出しているのである。

この奇妙な遠近法は次の三つのフェーズに分析することができる。

一　地球Aから見える月
二　その月から見える地球B
三　地球Aから月を見ている一の視野に、月から地球Bを見ている二の視野が侵入した結果、地球Aからじかに見えるようになった地球B

三では地球が二重化している。この絶対零度の重層性が「パスカルのいう「自己の自己に対する承認」であると共に、正にそれ故にアランのいう「自己の自己に対する対立」である」という「弁証法の種子」（「ひかりとノートル・ダム」）にほかならない。それはヘーゲル／サルトル弁証法における「即自かつ対自」を凍結させてしまうだろう。「自分の自分に対する同意の更に根柢に自分の神に対する同意がある」（「ルオーについて」）のだとすれば、この重層化した地球のヴィジョンにおいて森もまた「神に対する同意」を求められていたと言っていいのだ。「神」はここから森に露頭して来る。あるいは、そのように露頭しつつあるものに森は「神」という名を与える。この二重化した地球のヴィジョンからは「この核時代、宇宙時代に相応した終末的な神の姿が刻み出されてくる」にちがいないのだ。しかし、それまでは「今日もまた昨日のように各自の暗黒な経験の坑道を掘り進めていくほかはない」のである（「ルオーについて」）。

さて、あの「一つのイダンティテの感覚」に話を戻そう。少年時代との同一性を直覚したあの感覚もまた、この重層的に決定された地球のヴィジョンと同じ遠近法の「夢」だったのではないか。

少年時代の森は大人になった自分を想像したことがあっただろう。逆に、現にその大人になった森が、少年の頃の自分を回想したこともあっただろう。その回想では「もみじの木によじ登った手」が、まるで月から見た地球のように自分から遥か遠くに浮かんでもいただろう。しかし、あの夢の中では、地球が向こうに見えているにもかかわらず、それを見ている自分はまさしくその地球の中におり、その地球からそれを見ていた。それと同様、今、「もみじの木によじ登った手」は、遥か遠くに見えているにもかかわらず、ほかでもないその「もみじの木によじ登った手」を体の一部として持っている自分がそれを見ているのだ。逆から言えば、まさにその手でもみじの木に触れ、幼年時代の木上りの時間を生き生きと生きていながら、それでいてその「もみじの木によじ登った手」を遥か遠くに見ているのである。

この奇妙な時間の遠近法も次の三つのフェーズに分析することができる。

一　少年時代の森Aから想像される、すでに大人になった森

二　現実にすでにその大人になった森から回想された少年時代の森B

三　少年時代の森Aから大人になった森を想像する一の視野に、すでに大人になった森から少年時代の森Bを回想する二の視野が侵入した結果、少年時代の森Aからじかに見えるようになった少年時代の森B

三では少年時代の森が二重化している。どういうことか。

一本の架空の補助線を書き入れよう。「父が死んだあと、私を見る目が欠如していたように思われる」（「遥かなノートル・ダム」）。森有正の父、森明は森有礼の三男で牧師だったが、一九二五年、森有正が十三歳のときに三十六歳の若さで亡くなっている。そのとき以降、森にとって「私を見る目」が消失したというのだ。それは「父の目」であると同時に「神」でもあっただろう。しかし、それは父の死によって失われた。渡仏して以降、森が回復するのはそれではないか。その際、決定的だったのが、一九六二年八月に閑散としたパリ郊外で森が経験したあの「一つのイダンティテの感覚」なのではないか。この感覚において森は、まだ父が生きていた頃の少年時代の自分を回復するのではないか。より正確には、少年時代に父が自分を見てくれていたように自分自身を見ることで、父の死後、失われていた「私を見る目」を文字どおり回復するのではないか。そうだとしたら、それは森有正にとって、亡父の復活であると同時に「神」の露頭でもあっただろう。「私において、自分の経験の起源を問題にするならば、それはフランスへ渡ったことではなく、父の死をめぐる私の姿勢の中に求められなければならない」（「遥かなノートル・ダム」）とまで森が書いているということはしっかり記憶しておきたい。

この父子の遠近法も次の三つのフェーズに分析することができる。

一　森少年Aから見た父
二　父から見た森少年B
三　森少年Aから父を見た一の視野に、父から森少年Bを見た二の視野が侵入した結果、
　　森少年Aからじかに見えるようになった森少年B

さて、ここからもう一度、「一つのイダンティテの感覚」に戻ろう。森は今、「もみじの木によじ登った手」を、大人になった森の時間において見ているのではない。現実にはすでに中年の大人としてパリ郊外の誰もいない歩道を歩いているのだが、しかも精神は同時に幼年時代にタイムスリップしている。いわば「夢」の中で子供の時間を生きているのだ。「僕は、二十年前、いや三十年前と同じ自分に戻ったのである」。しかも、それでいて、たんに、子供である森がもみじの木をつかんでいる時間を生きているというわけでもない。子供の視点からのこの主観的な時間には、未来の、すでに中年になった大人の森が回想的に遠望することになるあの手が侵入しているのだ。「僕の存在の本当の現実が、主観的座標とは何の関係もない本当の現実が、そこに、主観の中に侵入して来た」のだ。今、森少年が懸命に手を動かして木上りをしているこの「現在」の時制を、いわば未来が回想することになる手が突き破って露出しているのである。

　すでに書き入れたあの架空の補助線に即して言い直せば、そこには、もみじの木によじ登る森少年を背後から見ていた「父の目」がとらえていた手が露出しているのである。つまり、不

意に少年に戻った森は「もみじの木によじ登った手」を、たんに自分の目からだけではなく、当時はまだ生きていた「父の目」からも同時に見ているのだ。「それで思わず自分の手をみたのです」。このように、父の死後失われていた「私を見る目」が回復し、自分の手を自分の目と神／父の目の二重の目で見た後には、風にそよいでいるプラターヌやマロニエの葉も、真っ赤な花が規則正しく並んで咲いているジェラニウムの花壇も、黄色い石の壁の上から枝を何本もさし出しているマロニエの古木も、駐車している二、三台の自動車も、つき当たりの赤煉瓦の庶民住宅も、これまでそれらをまるで見たことがなかったかのように見えただろう。だから、森ははじめて、「自分の周囲にあるすべてのものを自分の目で見ることが出来るようになった」と感じたのである。「《接触》が急に回復したのである」。周囲にあるすべてのものとの、父との、神との――。

それが「一つのイダンティテの感覚」だ。

一九三二、三三年頃から一九四五年の敗戦後も引き続き森の裡でずっと持続していた「戦争」を終わらせたのはこうした転回的な出来事なのだ。繰り返すが、それは一九六二年に起った。むろん、彼がそれまでにずっと「カタクリ粉を湯で捏ね」続けていたからこそ、その「混濁した半流動体」状の世界が「ある瞬間からおもむろに透明になり始め」たのではある（『遥かなノートル・ダム』）。しかし、彼の周囲に世界が「存在」し始めるこの透明化は一九六二年の或る朝に不意に起ったのだ。その結果、「戦争」が「一つのイダンティテの感覚」とともに一九六二年に終わったのである。言い換えれば、森にとって「戦後」はこの「一つのイダンティテの感覚」とともに一九六二年から始まるのである。森が記述していた、二つの遠近法が交錯

森有正『遥かなノートル・ダム』

するあの特異な感覚は、来るべき「戦後」の遠近法なのである。

2　森有正の「日本」

森は一九六六年十月一日から十一月十九日にかけて日本に一時帰国している。「遥かなノートル・ダム」はこの日本滞在中に書かれている。「遥かな」とは、これまでパリの自宅のすぐ間近にあって森に様々な表情を見せていたノートル・ダム寺院が、帰国して日本にいる今は「遥か」遠くに在ることが感ぜられるという意味だが、「それは必ずしも距離だけのことではない」（「遥かなノートル・ダム」）。同時に日本もまた、今、森はその中にいるにもかかわらず彼にはノートル・ダムと同じくらい「遥かな」ものと感じられているからだ。

一時帰国前に書かれた「霧の朝」、「ひかりとノートル・ダム」を、帰国中に書かれた「遥かなノートル・ダム」で締めくくるかのように、『遥かなノートル・ダム』の第I部はノートル・ダム寺院を機縁とする三編のエセーで構成されている。これら「主篇三篇」において次第に浮上するのは日本という問題である。この傾向は、『遥かなノートル・ダム』以後、さらに綿密かつ周到なものになってゆき、後年の『経験と思想』では、日本語の構造と日本人の経験の体質に対する批判が、ほとんど執拗とも言えるほどの密度で展開されることになる。

ただし、森が日本を問題にするのは、1で述べたあの奇怪な「一つのイダンティテの感覚」において、である。

「パリの生活の一断面」に記されているとおり、森は渡仏以前、日本の内側からフランスを遠望しながら、しかも強烈な「恐れ」を抱いていた。しかし、一九五〇年に渡仏し、その後そのままパリに住み着くようになると、今度はフランスの内側から日本を見るようになる。ところが、1で述べたように、一九六二年に「一つのイダンティテの感覚」とともに彼の内部の「戦争」が終わりを告げると、その後、森は、フランスから見た日本を、今度は、ほかでもないその日本の内側から覗き込むことを強いられるのだ。

より正確に言えば、一度目の帰国直前の一九五五年五月にすでに日本は「青い空間」として森の意識に侵入していた（『バビロンの流れのほとりにて』）。さらに一九五八年十一月十九日には、終末的な夢に持続した「日本の全感覚」をめぐって森はすでに「僕は日本に、自分がその中に在る日本に、外側から触れる」と記していた（『城門のかたわらにて』）。この接触は、一九六二年の「一つのイダンティテの感覚」以後、すなわち森の「戦後」において決定的な問題となる。外側から日本に触れていた森は、同時に「自分がその中に在る」ということを、地球が重層的に決定されていたあのヴィジョンのように鮮烈に経験するようになるのである。そこで感覚された日本は、もはやたんにフランスという外側から見られた日本ではない。フランスからさながらフランス人のように見ていた日本を、森はほかでもない、そこで対象として見られている日本の内側から日本人として見ることを強いられているのだ。

この奇妙な遠近法も三つのフェーズに分析することができる。

一　日本Aから見えているフランス
二　そのフランスから見えている日本B
三　日本Aからフランスを見ている一の視野に、フランスから日本Bを見ている二の視野

が侵入した結果、日本Aからじかに見えるようになった日本B

三では同じ一つの日本が二重化している。このフェーズでは、フランスはもはや特権的な視座にはなりえない。「私において、自分の経験の起源を問題にするならば、それはフランスへ渡ったことではなく、父の死をめぐる私の姿勢の中に求められなければならない」ということがはっきりするのだ。

たしかに、フランスから見た日本は対象として森の視野に静かに浮かんでいる。森はそれを外側から眺めている。しかし、その森はそこに浮かんでいる「日本」の表面にいるのだ。逆から言えば、森は自分がその中にいる日本を、あたかも日本からフランスでも見るように、中空に浮かんでいる対象として見ざるをえないのである。日本の存在の本当の現実が、主観的座標とは何の関係もない本当の現実が、フランスを見ている森の主観の中に侵入して来たのだ。「鋼鉄のような恐怖」にも似た強烈な異和が伴っただろう。

一時帰国前の「ひかりとノートル・ダム」の末尾に〈おことわり〉としてすでに次のように記されていたことに注意しよう。

私は長いこと海外で暮してきた。それは私なりの理由があるが、それは申さない。ただこの異常な情況が私の考えに必ずあるひずみをあたえていると思う。私はそれを恐れ、できるだけ矯正したいと願っている。しかし自分では仲々気がつくのがむつかしいであろう。

> それからもう一つのことは、以上の文章を書き終って、私は深い不幸を感じている。こんなことは書かなくてすませたいのである。私もこちらの雑誌その他に書くことがあるが、こういうことを書く必要はすこしも感じない。しかし今回書く時、私はその必要を感じたので書いた。私は早くこういう状態から出てしまいたいのである。大変個人的な言葉をそえて恐縮しているが、読者は必ず私の真意を汲みとって下さると信じている。

「こんなことは書かなくてすませたいのである」という森の言葉は素直にそのまま受け止めるべきだ。「こんなこと」とは、日本に対する批判的な指摘のことだろう。パリに十五年以上も暮らしている人間が、日本の現状をよくも知らないのに、わずか七週間ばかり日本に滞在して得た印象をもとに日本について悲観的なことを言えば、そういう言葉が読者である日本人の耳にどのように響くか、森はそれを鋭敏に感じ、「こんなことは書かなくてすませたい」と思いながら、「パリの生活の一断面」、「滞日雑感」、「遙かなノートル・ダム」を書き継いでいったのである。

　ユダヤ人やフランス人になりすましてまで日本人を批判的に論じたがる論者とちがって、森は「こんなこと」を書きたくて書いているわけではない。むしろ、彼の志向としてはリルケやバッハ、等々、ヨーロッパの芸術や思想の方だけを向いていたいのだろう。にもかかわらず、やむをえず「日本」について書くのだ。まるで本意に反して、強制されるかのように書くのである。なぜか。「一つのイダンティテの感覚」以降、フランスから見た「日本」は、できることならフランスを、ヨーロッパ文明を専心、見ていたい森の主観的視野に外部から異物として侵入して来たからだ。彼の主観的座標系をこの「日本」という存在の本当の現実が歪め、破り、この問題を考えることを無理やり強いてやまなかったからである。

森は「読者は必ず私の真意を汲みとって下さると信じている」と記している。しかし、ほとんどの読者は、この『遙かなノートル・ダム』以降、森が「書かなくてすませたい」と念じながら日本、日本人、日本語に関して敢えて述べた批判的な言説を、「真意」を汲み取らずに、ただ消費した。肯定的に、であれ、否定的に、であれ。

思うに、森有正の著作がユニークな日本論、日本人論という文脈で消費されるようになったのは、一九六七年に刊行された『遙かなノートル・ダム』あたりからではないか。一九六九年、次のエセー集『旅の空の下で』を出す頃にはすでに森は「殺人的に多忙」(同書「あとがき」)になっている。本物のヨーロッパを経験したパリ在住の思想家に日本がどれほど歪んだおかしなものに見えているか、読者は「日本」に関する森の批評をそういう趣向で『日本人とユダヤ人』(一九七〇)と同じ水準で消費したのだ。そういう本が好きなのが日本人なのであり、だからこそ森の著作が広く受け入れられるようになったのでもある。だが、森にとってはそれこそが「深い不幸」だったと言わねばならない。

そういう趣向で見れば、森の著作に見出されるのは、日本人、日本語に対するかなり厳しい批判ばかりだろう。だから、森が没して四十年近くの時が経ち、あらかたその日本批判的な言説を消費し尽くしてしまうと、その日本人論、日本語論を叩く論者が現われる。ありていに言えば《自分だって日本人のくせに、ちょっとパリ滞在が長かったからと言って、まるでフランス人にでもなったかのように、ヨーロッパ、なかでもフランスを標準にして日本人や日本語をダメだ、ダメだと批判しているのは鼻につく、しゃらくさい、我々はもっと日本に対して誇りを持つべきだ》というわけだろう。いわれのない、つまらない難癖である。すでに見たとおり、森はもともと「ひかりとノートル・ダム」の時点からすでにそういう反動的誤解を最も警戒していたのである。

しかも、森は、たんに、フランスから見える日本について、まるで自分はフランス人にでもなったかのように書いたのではない。森は、フランスから見たその日本のなかに同時に日本人として存在していることを痛感しているのだ。「一つのイダンティテの感覚」を強いるこの奇妙な、交錯した遠近法において「日本」について書いていたのである。

森が「書かなくてすませたい」のは、意に反して「日本」について考え始めると暗澹たる気持ちになるからでもあろう。一歩まちがえれば宿命論に陥りかねないような問題を日本に見出しているからだ。

たとえば、森は日本語の構造に固執して容赦のない批判的分析を展開する。フランス語に比べればまるで日本語はまだ言語になり切っていない半言語であるかのように。しかし、それは、彼の「経験」というプリンシプルが言葉と経験との関係を根柢的に問い直すものだからにほかならない。森によれば、経験は名辞を定義するものだ。ひとつの自明の概念、たとえば「自由」という名について「ああ、自由とはこういうことだったのか！」というようなさとり（「悟り、さとり、さーとり、そのようなものとして、直接に、受け取る」――「ある夏の日の感想」）をもたらす経験をするとき、その経験は「自由」という言葉を定義するものとなっている。このような意味での定義をもたらさないような経験を森は経験とは呼ばない。彼はこれを体験と呼んで区別している。肝要なのは、「自由」という既存の言葉の定義を上手に案出しているか否か、ではなく、その名辞をあらためて定義するような経験が確実に生きられているか否か、なのだ。森はそれを自他に徹底的に問うのである。経験によって言葉を定義する不断の運動に彼は思想の一切を賭けているのだ。だから、この運動を「日本」に対しても貫徹しようとするとき、それを阻害し停滞させる要因が日本語の構造に見られるなら、経験による定義の運動によってこの障害を突破するためにその構造を徹底的に分析する。それは、日本語がこのような構造のものである以上、日本人の経験は言葉（名辞）を定義するような「経験」にはついになりえまいという宿命論と紙一重の分析である。だから、森は書き終える都度、「深い不幸」を感じていただろう。「こんなことは書かなくてすませたいのである」。しかし、その必要を感じるのでやはり書き継ぐのだ。森は「早くこういう状態から出てしまいたいのである」。

すでに一九五五年に吉本隆明が明察していたとおり、「日本のコトバの論理化は、日本の社会構造の論理化なしには不可能である」（「蕪村詩のイデオロギイ」）。だが、この「日本の社会構造の論理化」を遂行する実質は、森に言わせれば、「経験」にほかならない。たとえば「自由」、「戦争放棄」、「個人」、「社会」、等々、こうした名辞を経験によって定義する不断の運動だけが「日本の社会構造の論理化」を成し遂げるのだ。なぜなら、森によれば、敗戦によって「終戦の詔勅」があり「平和憲法」が制定されたにもかかわらず、個々の日本人において「戦争」はまだ終わっていないからだ。「戦争放棄」という言葉も「自由」という言葉も、一九六二年に森自身がパリで経験したように、「カタクリ粉を湯で捏ねる」ように地道に積み上げられた運動が促した結果として一人一人の個人がそれぞれの「戦争」を終わらせるに至ったとき初めてそうした個々の経験によって定義されて、実質的に支えられるようになるのだ。憲法の文言を定義するようなそういう生活のかたちがあるのだ。たとえば、森は一九六六年の一時帰国直前の日記にこう記している。「茶碗一つ洗うにも、ストーヴ一つたくにも、肉を一つ切るにも、それが表われてくる。茶碗一つ正しく洗えない人間がむつかしいことを論じても僕は信じないのである。上手、下手の問題ではない。正しいか正しくないかの問題である。更に問題は、それがどこまで深まるか、という問題である」（『砂漠に向かって』一九六六年九月十八日）。憲法の条文について小賢しいディベートをする以前にまず生活の正しいかたちを個々が練り上げていることが前提なのだ。それ抜きには、どれほど抜け目なく議論しようと、「自由」という言葉も「戦争放棄」という言葉も空っぽの名辞にすぎない。逆に、こうした基軸を見失わない限り「宿命論に陥ることなしに、この問題（「日本あるいは東洋とヨーロッパ」に関する問題——山城）を正しく論ずる」（「パリの生活の一断面」末尾の「付記」）ことは不可能ではない。森の言葉はまさにその可能性の「暗黒な経験の坑道」を掘り進んだのだ。つまり、森は、経験によって既存の言葉を定義し直す運動を「日本」に対して貫徹するために、その障害となる日本人の経験の体質と日本語の構造を批判的に分析し記述していたのである。こうした運動から切り離して、森の言語分析の一面のみを取り出してさかしらに反駁しても、それは日本の現状を肯定し追認するに終わるだろう。もう一度、基軸に戻って、『遙かなノートル・ダム』が読み返されるべき時が来ているようだ。来るべき「戦後」のために。

　森は、『遙かなノートル・ダム』の唯一の例外として一九六二年以前に書かれた「赤いノートル・ダム」、短編小説的という意味でも例外的なこのエセーをこう結んでいた。

何かが本当に始まり、本当に終るということは、我々にとって、どんなに稀なことだろう。それがつみ重なって本当の文明が生れるのに。ヨーロッパにはたしかにそういう何かがある。

「一つのイダンティテの感覚」以後の森ならこう言うだろう。個において「戦争」が本当に終わり、「戦後」が本当に始まるということは、我々日本人にとって、どんなに稀なことだろう。それがつみ重なって本当の文明が生まれるのに。だが、「日本」にも「そういう何か」はあるのだ。

それが『遙かなノートル・ダム』の基本モチーフである。

あとがき

本書に収めた本論は、もともとは「新潮」二〇〇五年七月号に載った「一九四六年十一月三日」（拙著『連続する問題』所収）という短いコラムだった。昨年小林秀雄の没後三十年に寄せて三十枚ほどの原稿を書くよう話があった時点では、この旧稿を編み直して加筆する以上のことを考えていなかった。じじつ、そうし始めたのだが、「戦争の時」に関する細部の手触りに欠けているのに次第に不満を感じ、別個に以前から少しずつ進めていた「蘇州」に対する検閲削除処分に関するノートをこのエセーに組み込めないか工夫した。試行錯誤した挙げ句、第一章にあるように、明朝体の断章とゴチック体の断章を交互に積上げる形で、結局、百八十枚ほど書いた。「新潮」二〇一三年四月号に載った「蘇州の空白から——小林秀雄の「戦後」」がそれだ。このエセーは、「蘇州」問題を組み込んだ後も、引き続き、明朝体の断章とゴチック体の断章を交互に並べることで後半はシベリアの石原吉郎／鹿野武一を導き入れて書かれていた。しかし、こういうスタイルで書くと、長くなれば長くなるほど、感性的な飛躍に依存して、言葉によって詰めてゆく手作業が致命的にゆるくならざるをえない。それが不満だったので、今度、単行本にするにあたり全面的に書き改めた。結果、石原吉郎／鹿野武一をめぐる伏線は消えた。代りに、戦後の「「白痴」について」をめぐって小林秀雄／ラスコーリニコフをシベリアから「復員」させた。石原／鹿野が示しているように、シベリアを生きることが苛酷であったからこそ、そこからの復員以後を生きることはシベリアにもまして苛酷になる。結果から見れば、本書は、二十二年前の「小林批評のクリティカル・ポイント」(拙著『文学のプログラム』所収)と全く同じことを別の仕方でやったことになる。しかし、出来たものは全く違ったものである。「新潮」掲載時には矢野優氏と松村正樹氏の、単行本化にあたっては清水優介氏と冨澤祥郎氏のお世話になった。また、雑誌掲載から単行本化までコルクの三枝亮介氏の手を煩わせた。記して感謝する。

二〇一四年六月

山城むつみ

装幀　新潮社装幀室

小林秀雄《こばやしひでお》とその戦争《せんそう》の時《とき》
『ドストエフスキイの文学《ぶんがく》』の空白《くうはく》

二〇一四年 七 月三〇日 発行

著 者／山城《やましろ》むつみ
発行者／佐藤隆信
発行所／株式会社新潮社
東京都新宿区矢来町七一
郵便番号一六二―八七一一
電話 編集部(03)三二六六―五四一一
読者係(03)三二六六―五一一一
http://www.shinchosha.co.jp
印刷所 大日本印刷株式会社
製本所 大口製本印刷株式会社
乱丁・落丁本は、ご面倒ですが小社読者係宛お送り下さい。送料小社負担にてお取替えいたします。

ISBN978-4-10-335991-3 C0095
価格はカバーに表示してあります。